한 번,

　단 한 번,

단 한 사람을

　위하여

한 번,
단 한 번,
단 한 사람을
위하여

황주리 그림소설

노란잠수함

Once,
and only once,
and for one only

Robert Browning, 〈One Word More〉

한 번,
단 한 번,
단 한 사람을 위하여

로버트 브라우닝, 〈한 마디만 더〉

contents

one

불도그 편지

"

사람의 삶이나 개의 삶이나
지나가면 아무것도 없네요.
도대체 뭐가 남을까요?
그래도 사랑이 남겠죠.

"

불도그 편지

저는 불도그 베티라고 해요. 지금 우리 나이로 열네 살이네요.

주인님에 관해 말해 보라고요? 제 첫 번째 주인은 영화 제작자인 오빠였어요. 오빠를 처음 만난 건 대한 극장 앞에 있는 어느 동물 병원에서였죠. 차를 타고 지나가던 오빠가 차들이 쌩쌩 지나가는 길가의 담요 위에서 불쌍한 모습으로 자고 있는 새끼 불도그 한 마리를 발견하고는 그 길로 동물 병원에 들어가 저를 사서 집으로 데려갔대요. 제가 입양된 기억 속의 오빠네 집은 꽤 넓은 데다 정원이 있어서 참 좋았어요. 오빠의 아내인 그녀도 인상이 참 좋은 그런 여자였죠. 하지만 저는 그녀보다 오빠가 좋

한 번, 단 한 번, 단 한 사람을 위하여

았어요. 오빠랑 함께 있으면 배가 고파도 괜찮았어요. 오빠의 아내, 그녀 말고 아홉 살 난 영미, 그렇게 넷이 우리 가족이었어요. 영미는 가끔 오빠의 사랑을 독차지하는 저를 질투하곤 했죠. 그러던 어느 날, 오빠가 새로 제작한 영화가 별 수익이 없어서 작은 아파트로 이사를 가야 한다고 했어요. 그것도 개를 기르지 못하는 아파트라네요. 할 수 없이 저는 오빠의 누나가 사는 공기 좋은 주택으로 이사를 갔어요. 오빠의 누나는 이사 간 첫날부터 저를 정말 많이 사랑해 주었어요. 저의 두 번째 주인인 언니는 하루 종일 그림을 그렸어요. 저는 물감과 붓과 캔버스가 다칠세라 조심스럽게 언니의 화실을 걸어 다녔어요. 뭐가 뭔지 모르지만 언니가 그린 그림을 보면 행복했어요.

언니는 여행을 많이 다녔어요. 저는 여행을 떠나는 언니 가방에 들어가고 싶었어요. 한번은 몸집이 보다시피 작지 않은 터라 언니의 여행 가방에 들어가 커다란 얼굴을 내놓고는 잠이 들었어요. 밤에나 돌아온 언니는 제 머리를 쓰다듬으며 울고 있었어요. "우리 베티 미안해" 하면서요. 언니를 따라 이 세상 모든 곳을 여행할 수 있다면 얼마나 좋을까? 개보다 사람이 좋은 건 맘대로 여행을 할 수 있다는 거라고 생각해요. 물론 제 첫사랑은 오빠지만

불도그 편지

오빠의 화가 누나도 저를 참 많이 사랑해 주었어요. 제가 언니라고 부르는 그녀는 매일 한 시간씩 저를 모델로 그림을 그렸어요. "너처럼 아름답고 멋진 개는 이 세상에 없을 거야." 그렇게 말하면서요. 언니는 제 얼굴에 안경을 씌우고 그림을 그려서는 '자화상'이라는 제목을 붙였어요. 부제는 '내 이름은 베티'고요. 언니가 나고 내가 언니인 셈이죠. 사실 영화제작자인 오빠가 저를 주인공으로 독립영화를 만든 적도 있었어요. 제가 날개를 달고 하늘을 나는 영화의 마지막 장면을 보면서, 저는 제가 정말 개가 아닐지도 모른다고 생각했어요. 남매는 정말 저를 사랑해 주었어요. 그렇게 넘치는 사랑을 받은 건 제 행운이죠.

언니가 여행을 떠날 때마다 저는 언니의 가방 속에 들어갔어요. 무슨 소리냐면 언니가 가방 안에다 제 얼굴을 그려 넣었거든요. 그래선지 언니가 이 세상 낯선 어느 길을 가든지 언니의 여정이 제 눈에 다 보였어요.

"언니 거기는 위험하니까 가지마." 제가 멀리서 그렇게 속삭이면 언니는 마치 알아들었다는 듯이 발걸음을 다른 곳으로 옮기곤 했죠.

언니가 오늘도 여행을 떠나네요. 언니가 없어도 언니

불도그 편지

의 어머니인 할머니가 저를 챙겨 주세요. 맛있는 고기를 잘게 썰어서는 사료와 함께 비벼 주던 할머니, 참 그리운 이름이네요.

제 만성 지병인 눈병에도 할머니는 매일 아침 안약을 넣어 주셨어요. 제가 안약을 넣는 게 너무 싫어서 도망을 가면 맛있는 간식으로 꼬여서는 안연고를 제 눈에 넣어 주곤 하셨어요. 그게 다 넘치는 사랑이라는 걸 우리는 너무 늦게 알게 되죠. 언니는 어디로 갔을까? 온몸의 털을 곤추세우며 먼 곳을 바라보면 언니가 보여요. 언니는 오늘도 여행 중이에요. 아— 정말 언니를 따라 세상의 모든 곳을 다 가보고 싶어요. 언니는 "산다는 건 여행이다." 뭐 그렇게 말해 줬어요. 제가 가장 가보고 싶은 곳은 오래된 고향 영국이어요. 불도그가 영국의 황실 개라는 걸 알고 계시나요? 처칠 수상이 자기를 닮은 불도그를 참 많이 사랑했다는 것도 알고 계시죠? 제 몇 대손 할아버지는 처칠 수상 관저 벽난로 앞에 앉아 졸곤 하셨대요. 어쩌다 이렇게 먼 한국까지 날아와 살게 되었는지, 사는 게 꿈만 같네요.

저는 언니가 외출하고 없는 화실에서 가끔은 혼자 있는 게 좋아요. 저를 그린 그림들을 감상하면서 행복감을 느끼기도 하죠. 산다는 게 아무 것도 아니어서 사람으로

불도그 편지

한 번, 단 한 번, 단 한 사람을 위하여

태어났다 한들 저처럼 이렇게 흔적을 남길 수 있을까요? 저는 오빠 덕에 영화 속에서 언니 덕에 그림 속에서 영원히 살아남을 거라고 생각해요. 하지만 살아남는다는 건 또 뭘까요? 커다란 지진이나 쓰나미 한 방에 온 지구가 다 사라져 가도 소중한 건 우리들이 남기고 가는 기억들의 흔적들이죠. 할머니가 넓은 마당에서 뛰노는 저를 부르는 소리가 들려요, "베티야 밥 먹어."

저는 듣고도 못 들은 척 온 마당을 휘저으며 다녔어요. 할머니는 해가 질 때 까지 목이 쉬도록 '베티야' 하고 불러 대셨어요. 지금 생각하니 모두가 사랑이네요. 늘 눈이 충혈된 제 눈 안에 안약을 넣어 주시던 할머니, 이리 뛰고 저리 뛰며 안약 넣기를 싫어하던 제게 끊임없이 안약을 넣어 주시던 할머니, 보고 싶어요. 언니와 할머니와 내 사랑 오빠와 오빠의 아내 그녀와 그들의 딸 영미, 온 가족은 일요일마다 마당이 넓은 할머니 집에 모였어요. 그때마다 저는 사랑하는 오빠를 만날 수 있었죠. 언니네 가족은 일요일마다 만나 호텔 뷔페 레스토랑에 가서 스테이크 고기를 잔뜩 가져다 제게 주었어요. 고기를 그렇게 실컷 먹어 본 그때가 제 생의 화양연화죠.

언니는 오후 두 시부터 세 시간 꼬박 그림을 그리다가

다섯 시가 되어 해가 기울기 시작할 무렵이면 저를 끌고 산책을 나갔어요. 여름날 그 시간이면 아직도 해가 그 밝은 빛을 거두지 않는 대낮이었죠. 겨울이면 그림을 그리기 전 아직 해가 반짝할 때 저를 데리고 산책을 나갔어요. 생각해 보니 저는 언니 말을 참 안 들었어요. 개들은 누가 저보다 힘이 센지 금방 알아보고 힘센 자에게 굴복한다더군요. 힘센 사란 누굴까요?

착한 사람은 늘 힘이 약해요. 언니는 너무 착해서 제가 늘 함부로 대했어요. 하지만 맨 마지막에 힘이 제일 센 사람은 착한 사람이라고 저는 생각해요. 착한 사람은 죽어서도 누군가 잊지 않는 법이죠. 밥 먹으라고 그렇게 불러 대던 할머니의 목소리, 이제는 그만 돌아다니고 현관에 들어와 자라고 불러 대던 할머니와 언니의 목소리, 참 그립네요. 왜 우리는 모든 걸 그렇게 늦게 깨달을까요?

제가 받은 그 많은 사랑이 행복이었다는 걸 말이죠. 그 많은 사랑을 받고도 저는 늘 외로웠어요. 언니가 저를 끌고 시골길을 거닐 때 만나는 토종 견들에게 저는 사랑을 느끼지 못했어요. 한 지붕 안에 살던 씩씩한 수놈 붕붕이에게도 저는 한 번도 이성적 감정을 느끼지 못했어요. 일찌감치 불임수술을 해서일까요?

제 영원한 사랑 오빠는 대한극장 앞 동물 병원에서 저를 데려와 한 살이 되는 해 불임수술을 시켰어요. 불도그는 머리가 커서 새끼를 낳다가 죽을 확률이 크다는 말을 들어서래요. 낳아 봤자 잘 기르지도 못할 바엔 오빠 말이 백번 옳죠. 아니 저는 자신이 개라는 사실을 모르고 살았나 봐요. 큰 마당 안에 이미 오래 살고 있던 붕붕이, 재재, 앵두, 가을이, 그중 아무와도 말을 섞지 않았지만 그들은 으레 공주처럼 저를 대해 줬어요. 할머니와 언니가 워낙 저를 사랑해 줬기 때문이죠. 차에 치어 다리가 하나밖에 없으면서도 우리 중 가장 빨리 달리던 바람둥이 수놈 앵두도 저를 넘보지 못했으니까요. 지금은 이 세상 개들이 아닐 그들도 참 보고 싶네요. 진짜 있을 때 잘 하라는 말은 명언이죠.

언니가 발칸반도를 여행했던 그때가 언젠지 까마득하네요. 루마니아, 불가리아, 세르비아, 크로아티아, 보스니아, 슬로베니아 등 이름만 들어도 설레는 그 아름다운 나라들을 두루 돌아보면서 언니는 제게 전화를 했어요. 할머니가 제게 전화를 바꿔 주셨어요. 언니 목소리가 들렸어요. "우리 베티 잘 있지?" 사람의 말을 못한다는 게 저

한 번, 단 한 번, 단 한 사람을 위하여

는 참 안타까웠어요. 그래서 수화기를 자꾸만 핥았어요. 할머니는 제 마음을 아신다는 듯 전화기에 대고 언니에게 이렇게 말했어요. "베티도 네가 보고 싶대. 이 어미보다 베티가 더 보고 싶냐?" 할머니는 전화를 끊고는 섭섭하시다는 듯 제 머리를 쓰다듬어 주셨어요. 언니의 가방 속에 그려져 있는 저의 마음은 언니를 따라 발칸반도를 여행했어요. 마음이야 어디든 못 가겠어요?

발칸반도 중에서도 언니가 가장 사랑한 곳은 내전의 상처로 얼룩진 보스니아의 풍경이었어요. 여행은 생각이 다른 생각으로 이어지는 생각여행이기도 하죠.

세월이 약이라는 말로는 사라예보의 상처를 어루만지기엔 너무 약하다고 언니는 가끔 말해 주었어요. 가운데 내륙 평지를 삥 둘러싼 산들 위에 조그만 집들이 빼곡한 동화처럼 아름다운 도시 사라예보는 마치 우리 동요 〈고향의 봄〉의 "나의 살던 고향은 꽃피는 산골" 하는 노랫말을 생각나게 했어요. 제가 언니, 할머니와 같이 사는 북한산 동네도 "나의 살던 고향은"을 생각나게 하는 아름다운 곳이었죠.

'정지용'의 시 〈향수〉 속에서처럼 실개천이 휘돌아 나가는 그곳, 여름에는 그 실개천에 물이 불어 물고기들도 제법 헤엄을 치곤 했어요. 그 물고기들을 내려다보며 짖어 대는 저를 보며 할머니가 말씀하셨어요.

"베티야 네가 처음 우리 집에 왔을 때 언니하고 나는 네가 벙어리 개인 줄 알았단다. 절대 안 짖었거든."

저는 오빠네 집에서 언니네 집으로 이사 온 뒤부터 짖는 법을 배웠어요. 같이 살던 친구들로부터요. 앵두, 가을이, 붕붕이, 새재. 가끔 놀러 오는 이웃사람들은 이 친구들을 똥개라고 불렀어요. 언니는 제게 절대 그들을 그렇게 부르면 안 된다고 말해 주었어요. 얼마나 예쁜 한국의 토종견들인데 제가 그들을 무시하면 절대 안 된다고요. 생각여행은 끝이 없어요.

지금은 평화롭기 짝이 없는 사라예보의 매력적인 골목길들을 천천히 거닐며 언니와 저는 마음으로 산 위에서 쏘아 대는 총소리를 들었어요. 산꼭대기로 둘러싸인 분지 스타일의 특이한 지형 탓에 그곳은 일거수일투족 적에게 그대로 노출될 수밖에 없었다고 해요. 전쟁 당시 사람들은 땅굴을 파서 그곳을 빠져 나가 음식과 물을 들여왔다고도 하고요. 세르비아 무장군인들이 산 위를 모두 점령하고 꼼짝없이 포위된 산 아래 평지에 사는 민간인 회교도들을 향해 허구한 날 총을 쏘아 댔대요. 4년 동안의 그

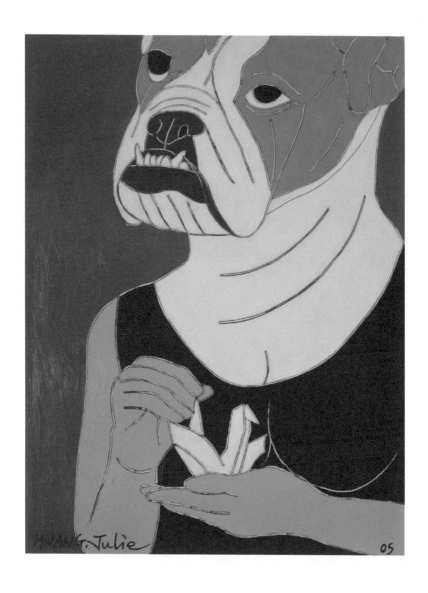

불도그 편지

한 번, 단 한 번, 단 한 사람을 위하여

아픈 내전의 상처가 이제는 조금이라도 아물었기를 언니와 저는 기도했어요. 하느님께 그리고 언니와 제가 너무도 사랑하는 할머니께요. 보스니아 전쟁이 끝난 지 20여 년이 흘렀어요. 그 당시 세르비아 군에게 집단 강간을 당했던 수많은 보스니아 이슬람계 여인들은 집단 수용되어 원치도 않는 아이를 낳았대요. 출생의 비밀을 모르는 채 자랐을 그 아이들 또한 이제는 젊은이가 되었죠.

엉뚱한 이야기지만 언니는 가끔 제게 "미안해 베티" 하고 말했어요. 제가 한 살 되던 해, 불임수술을 시킨 일이 미안하다고요. 불도그는 머리가 커서 새끼를 낳다가 죽는 경우가 허다하다지만 요즘은 제왕절개로 많은 불도그들이 새끼를 낳곤 하죠. 게다가 게으른 불도그들은 제 몸도 가누기 어려워 새끼 기르는 게 쉽지 않대요. 하지만 할머니와 언니가 제일 좋아하는 텔레비전 프로그램 '동물농장'에서 누나 불도그가 몸을 제대로 못 가누는 장애 동생 불도그를 극진히 돌보는 장면을 본 적 있어요. 언니는 그 장면을 보며 말했어요. "우리가 옳다고 믿는 생각은 얼마나 인간 본위인 것일까?" 인간이나 개나 기를 수도 없는 새끼를 낳는 건 무의미하다고 제 첫 주인인 오빠 마음속으로 제게 말했어요. 어떤 게 옳은지 사실 저는 잘 몰라

불도그 편지

요. 저를 사랑해 주는 오빠와 언니와 할머니께 제 삶을 송두리째 그냥 맡기고 싶었어요. 그게 행복했어요.

언니가 여행에서 돌아와 제일 먼저 찾는 건 언제나 저였어요. 대문 밖 멀리에서부터 들리는 언니의 발걸음 소리는 제게 베토벤의 교향곡 '운명'처럼 들렸어요.

'우르르 쾅, 우르르 쾅'하는 그 소리가 참 그립네요. 제가 제일 싫어하는 계절은 여름이어요. 여름이면 풀이 자라는 곳 어디나 모기와 진드기가 극성을 부리기 마련이죠. 언니는 여름이면 제 온몸을 샅샅이 뒤지며 몸에 붙은 진드기를 떼어 주느라 고생을 하곤 했어요.

그림을 그리는 언니의 작업실 소파가 제 침실이었어요. 언니는 가끔 무서운 꿈에 시달리곤 했어요. 한밤중에 언니가 물에 빠진 사람처럼 소리를 지르며 잠꼬대를 하면 저는 자다가도 달려가 언니의 나쁜 꿈을 깨워 주곤 했죠. 그러면 언니는 제 머리를 한참동안 쓰다듬으며 말했어요. 꿈에 나쁜 사람들이 저를 끌고 가는 꿈을 꾸었다고요. 저는 워낙 겁이 많아 개미 한 마리를 봐도 깜짝 놀라곤 했어요. 아니 움직이는 모든 것들을 무서워했어요.

제일 무서운 건 택배아저씨가 타고 오는 오토바이, 아

불도그 편지

한 번, 단 한 번, 단 한 사람을 위하여

니, 짐을 잔뜩 실은 트럭이었어요. 저는 무서울 때 짖어요. 하지만 제가 짖는 일은 굉장히 드문 일이죠. 제가 언니와 할머니가 사는 북한산 산장에 와서 처음으로 짖은 건 처음 눈 오는 걸 보았을 때였어요.

아— 눈이 무서워서 짖은 건 아니어요. 너무 아름다워서 짖었어요. 사람들은 개들이 낯선 사람을 위협하기 위해 짖는 거라고 생각하지만 꼭 그런 건 아니어요. 때로 개들은 낯선 존재를 보면 짖어요. 이를테면 외계인이라든지 이상한 옷을 입은 소방관이라든지,

하지만 도둑을 가릴 능력은 제게는 없어요. 도둑이 만일 친절하다면 저는 반갑게 맞아줄 거예요. 우리 불도그들에게 도둑을 잡으라고 한다면 그건 당치도 않은 일이죠. 사실 저는 바다가 보고 싶었어요. 언니는 늘 제게 바다에 데려가 준다고 약속했어요. 파도치는 바다는 눈 오는 겨울처럼 신기할 테니까요. 하지만 언니, 제가 바다를 가보지 못했다 해도 미안해하지 마세요. 언니가 일기 속에 쓴 구절을 제가 몰래 훔쳐 보았거든요.

'끝없는 해변에서 베티를 맘껏 뛰놀게 놓아 주고 싶다. 내 그림의 무료 전속 모델이며, 내가 세상에서 가장 사랑하는 그놈에게 선물하고 싶은 것은 바로 바다다. 타고난

비만 탓에 요즘은 사료 외엔 고기도 생선도 많이 주지 않는다. 가끔 사과 한 쪽이나 홍당무, 혹은 간식으로 쇠고기나 닭고기로 만든 육포 한 쪽씩을 줄 뿐이다. 사랑하는 그놈에게 사실 나는 매일 무언가를 선물하고 싶다. 먹는 게최고인 그놈에게 실컷 살코기를 줄 수 없을 바에야, 아주다른 선물, 바다는 어떨까 하는 생각이 들었다. 한 번도본적이 없는 바다를 본다면 베티는 어떤 표정을 지을까?'

처음 언니네 집으로 왔을 때, 오빠네 아파트 따뜻한 거실에서 살던 저는 한겨울에 바깥의 썰렁한 개집에서 잠을 자야 했어요. 그리고 한 달 두 달 지나자, 저는 집 안의현관으로 밀고 들어가, 현관이 제 방이 되어 버렸죠.

그리고 몇 달 뒤엔, 언니가 그림을 그리는 작업실로 밀고 들어가 낮에는 밖에서 맘껏 뛰놀고, 밤에는 따뜻한 실내의 소파에서 잠을 자는 복 많은 견공이 되었어요. 언니와 할머니는 날이 갈수록 저를 참 많이 사랑해 주었어요. 제 생애 가장 행복한 날들이었죠. 그렇게 저는 네 살이 되었어요. 언니와 할머니가 시내의 아파트로 이사를 하는바람에 저는 제 첫 주인인 오빠가 새로 마련한 분당의 넓은 빌라로 다시 돌아갔어요. 그곳은 북한산 산장처럼 맘대로 뛰놀 수는 없었지만, 햇빛이 환하게 쏟아져 들어오는 발코니가 있어서 참 좋았어요. 거실 한 가운데 햇빛 부서지는 창가에 제 침대가 놓여 있는 그 집은 정말 '베티네 집'으로 불릴 만했지요. 그 집으로 돌아간 저는 일요일마다 동부이촌동 언니네 아파트로 오빠네 가족과 함께 놀러 갔어요.

그날도 언니는 제게 바다에 데려가 준다고 약속했어요. 가까운 바다, 안면도 삼봉 해수욕장쯤이면 딱 좋겠다고요.

언니는 봄, 여름, 가을, 겨울, 계절이 바뀔 때 마다 여행을 떠났어요. 세상의 모든 풍경들을 구경하려고, 언니의 가방 속에 그려진 제 마음은 언제나 따라나서네요. 그리스 산토리니의 파란 지붕을 한 하얀 집들, 터키의 카파도키아의 수많은 동굴 집들, 고흐의 그림 속 짙푸른 밤하늘을 그대로 옮겨 놓은 에스토니아의 짙푸른 하늘, 라오스 남부 이름 모를 마을들의 무섭도록 아름다운 정적, 그 중에서도 언니가 가장 사랑했던 아프리카, 그 맑은 눈동자의 아이들, 그리고 세상에서 가장 큰 마다가스카르의 바오밥 나무. 언니는 어디를 가든 저를 잊지 않았어요.

세상 어느 낯선 골목에 들어설지라도 사무치게 그리운

건 '베티'라고 언니가 말해 줬어요. 언니는 가끔 '파미' 얘기를 해줬어요. '파미'는 언니가 어릴 적에 모든 사랑을 준 얼룩이 무늬가 있는 토종견이었대요. 언니는 제가 어릴 적 그토록 사랑했던 파미가 환생한 건지도 모른다고 말했어요. 하지만 아니어요. 언니. 개로 한 번 태어났으면 그 뒤엔 사람으로 태어날 거예요. 사실 저는 다시 태어나면 제 첫 주인, 오빠의 첫사랑으로 태어나고 싶어요. 첫사랑으로 만나 결혼해서 100살까지 사는 그런 행복한 이야기의 주인공이 되고 싶어요. 오빠와 언니가 어릴 적에 그렇게 사랑하던 '파미'라는 개는 그 시절 골칫거리였던 쥐를 잡으려고 놓아 둔 쥐약을 먹었대요. 파미를 동물병원에 열흘 동안 입원시킨 뒤 회복이 되어 집으로 데려왔지만, 이후 파미는 기억상실증에 걸려 주인을 몰라보았대요.

그리곤 집을 나가 행방불명이 되었다고 해요. 사라진 파미를 찾아 헤맨 언니는 몇 날 며칠을 울다가 병에 걸려 병원에 입원을 했대요. 병원에 입원해서 그린 파미의 그림이 지금도 남아 있어요. 불독이 아닌데도 어쩌면 저를 그렇게 닮았을까요? 얼룩 강아지 파미는 언니의 첫사랑이었어요. 어쩌면 저 베티는 언니의 영원한 사랑이 아닐까 생각하네요. 하긴 제가 파미고 파미가 저인지도 모

불도그 편지

한 번, 단 한 번, 단 한 사람을 위하여

르죠. 집 나간 파미를 다시 만난 건 파미가 집을 나간 1년 뒤 동네의 공사장에서였대요. 언니는 너무 놀라 떨리는 가슴으로 "파미" 하고 불러 보았대요. 하지만 파미는 미동도 않더래요. 기억을 아주 잃어버려 언니를 몰라보았던 거죠. 공사장 인부 아저씨가 다가오더니 묻더래요. "저 개를 알아? 주인이 없는 개인데 참 영리해."

언니는 당황해서 그저 아무 말도 안하고 집으로 돌아왔대요. 며칠 뒤 언니는 파미를 찾으러 다시 공사장으로 가보았지만, 이미 파미는 그곳에 없었대요. 그때 그 인부 아저씨가 다가와 "그 개 어디로 가버렸어" 하더래요. 언니는 그곳에 주저앉아 숨을 쉴 수가 없었대요. 발견하자마자 집으로 데려가지 않은 일이 너무 가슴이 아파서요. 어쩌면 그 공사장 인부들이 파미를 잡아먹었을지도 모른다는 무서운 꿈에 언니는 가끔 자면서 가위에 눌렸어요. 그때마다 제가 언니를 깨워 주곤 했죠. 다 지난 일이죠. 사람의 삶이나 개의 삶이나 지나가면 아무것도 없어요. 도대체 뭐가 남을까요? 그래도 사랑이 남겠죠.

언니의 마음속에 슬픈 흔적으로 남은 파미, 하지만 언니, 제 기억은 즐겁게 남겨 주세요.

우리가 행복했던 날의 기억만으로도 만리장성을 쌓을

수 있을 거예요. 여름날 제 온몸을 샅샅이 뒤지며 진드기를 잡아 주던 언니, 매일 아침 도망가는 제 눈에 안약을 넣어 주던 할머니, 곁에만 있으면 너무 행복하던 제 첫사랑 오빠. 그중에서도 언니, 절대 못 잊어요. 제 얼굴을 그렇게 많이 그려 주었거든요.

술 마시는 베티. 화장하는 베티. 지하철 타고 할머니네 집 가는 베티. 바이올린 켜는 베티. 그림 그리는 베티. 커피 마시는 베티. 기도하는 베티. 모자를 쓴 베티. 아— 그모든 게 사랑이었다는 걸 이제야 아네요. 사진작가가 모델을 사진 찍을 때, 가장 좋은 사진은 작가가 모델을 사랑할 때래요. 언니의 그림이 그래요. 저를 너무 사랑해서 그린 그림들이라, 제가 너무 생생히 살아 있어요.

언니의 일기장엔 이렇게 쓰여 있었어요.

왜 우리는 사랑했던 사람보다 기르던 개를 더 못 잊는 걸까? 우리가 사랑했던 개들은 참으로 한결같이 우리를 사랑해 주었기 때문이다.

사랑이 영원하면 얼마나 좋겠어요? 하지만 오빠와 오빠의 그녀는 결국 헤어졌어요. 초등학교 시절부터 좋아하던 오빠와 그녀는 왜 헤어졌을까? 혹시 오빠가 그녀보다 나를 더 너무 사랑해서는 아닐까? 그런 부질없는 생각들로 하루가 가네요. 오빠와 베티는 전생에 부부였을 거라고 생각해요. 저는 늘 오빠를 지키는 수호천사가 되고 싶었어요. 영화 제작 사업이 잘 안 되자 오빠는 못 마시는 술을 마시기 시작했어요. 술을 마시면 오빠는 저를 품 안에 꼬옥 껴안아 주었어요. 제 덩치가 너무 커서 오빠의 가슴팍에 다 들어가지 않는데도 그럴수록 오빠는 저를 더 세게 꼬옥 껴안아 주었어요. 가끔은 제 몸이 다 젖도록 오빠는 눈물을 흘렸어요. 오빠는 왜 그렇게 슬펐던 걸까? 너무 슬퍼서 저도 같이 울었어요. 오빠의 슬픔은 언니가 데려간다 약속했던 바다처럼 넘쳐흘렀어요. 그럴 땐 베티도 한잔하고 싶었어요.

그렇게 오빠네 가족은 뿔뿔이 흩어졌어요. 오빠는 누나인 언니와 할머니가 있는 아파트로, 오빠의 아내인 그녀는 친정집으로, 그림을 잘 그려서 미술대학에 들어간 영미는 학교 기숙사로, 그리고 저 베티는 용인에 있는 명견 훈련소로. 개 훈련소로 이름 붙여진 그곳의 소장님은 참 좋은 분이셨어요. 그곳은 월세를 받고 개들을 장기투숙객으로 맡아 주는 곳이기도 했어요. 소장님이 우리 집

불도그 편지

한 번, 단 한 번, 단 한 사람을 위하여

에 왔을 때, 설마 저는 그저 놀러가는 것이라고 생각하며 그분을 따라갔어요. 가끔 불도그의 지병인 피부병이 자주 도지는지라 동네 병원에 입원하기도 했거든요. 며칠 지나면 어김없이 오빠가 저를 찾으러 와 같이 집으로 돌아가곤 했던 기억, 하지만 이번엔 달랐어요. 한 달이 지나도 오빠는 저를 찾으러 오지 않았어요. 어쩌면 오빠가 몸이 많이 아파서 저를 보러 못 오는지도 모른다고 저는 스스로 마음을 위로하려 애썼어요.

그곳엔 세상의 모든 종류의 개들이 훈련을 받으러, 혹은 주인이 출장이나 휴가로 외국을 갈 때마다 개들을 맡겨 두었다가 길어도 열흘 뒤에는 어김없이 집으로 돌아가곤 했어요. 골든 레트리버, 그레이하운드, 닥스훈트, 몰티즈, 시베리아 허스키, 달마티안, 도베르만, 래브라도 레트리버, 비글, 아프간하운드, 요크셔테리어, 코커스패니얼, 잉글리시 시프도그 등등. 얼마나 신기하고 아름다운 개들이 많았는지 처음 며칠은 오빠도 언니도 영미도 할머니도 그 아무도 생각이 나지 않았어요. 어쩌면 저는 제가 개가 아니라 사람인 줄 알며 살아온지도 모르겠어요. 문득 북한산 산장에서 살던 행복한 날들이 떠올랐어요. 그곳에서 함께 살던 친구들, 정말 남자다웠던 붕붕이, 다

불도그 편지

소곳한 가을이, 교통사고로 한쪽 다리를 잃고도 마라톤 선수처럼 빨리 뛰던 앵두, 너무 꾀죄죄한 모습으로 버려져 우리 집으로 들어와 함께 살게 된 재재, 이웃 사람들이 똥개라고 부르던 그 친구들이 그리워 눈물이 났어요. 그들은 저보다 다들 나이가 많았어요. 제일 어린 제가 그 집에 들어가자마자 언니가 저를 너무 사랑해서인지 그들은 저를 왕따시키지도 않았고 공주처럼 대해 주었죠.

훈련소에는 그렇게 이름 없는 개들은 한 마리도 없었어요. 하물며 진돗개도 풍산개도 없었어요. 낯설면서도 근사한 그 개들은 어느 날 들어왔다가는 며칠 있다 어김없이 주인을 따라 돌아가기 일쑤였죠. 정이 들 틈도 없이 개들의 얼굴이 바뀌었어요. 어쩌면 저는 같은 종족인 개를 사랑한 적이 단 한 번도 없다는 슬픈 생각이 들더군요. 저는 오빠나 언니를 따라 산책을 할 때도 개는 거들떠보지도 않았어요. 길다면 길고 짧다면 짧은 제 생애 동안 그저 사람만을 사랑했어요. 뭐 이런 견생이 있을까 가끔 생각이 들기도 하지만 너무 늦었네요. 훈련소 막사에는 저보다 나이 든 닥스훈트 한 마리가 있었을 뿐, 다들 저보다 나이가 젊었어요. 처음 훈련소에 들어갔을 때만 해도 저는 기운이 팔팔했어요. 젊은 개들과 어울려 운동장을 몇

불도그 편지

바퀴씩 돌곤 했죠.

하지만 하루가 다르게 저는 늙어 갔어요. 친해질 만하면 집으로 돌아가는 개들은 떠나면서 걱정을 해주었어요. "너는 왜 주인이 데리러 오지 않니?" 하면서요. 하지만 그런대로 살아지더라고요. 소장님도 훈련사 오빠도 저를 참 사랑해 주셨어요. 언니가 달마다 전화를 해서 소장님께 부탁했대요. 베티는 세상에서 제일 착하고 사랑스런 아이니까 주인처럼 많이 많이 사랑해 달라고요.

소장님은 말했어요. 베티가 이곳에 적응하라고 오빠와 언니가 찾아오지 않는 거라고요. 이곳에서 밥 잘 먹고 행복하면, 그때 베티를 보러 올 거라고요. 그래서 저는 일부러 행복한 척 했어요. 그러던 어느 겨울이었어요. 저만치 오빠와 언니가 걸어오고 있었어요. 저는 속으로는 너무 반가워서 눈물이 났지만, 모르는 척 했어요. 오빠와 언니가 다가와 제 머리를 쓰다듬으며 울었어요. 저는 갑자기 힘이 나서 오빠와 언니가 보는 앞에서 운동장을 몇 바퀴 돌았어요. 오빠와 언니는 제 온몸을 그 옛날처럼 샅샅이 만져 주며 울면서 말했어요. "또 올게. 베티."

그게 마지막이었어요. 저는 무리를 한 탓인지 숨이 막혀 왔어요. 갑자기 언니가 수없이 그리던 꽃 그림이 보고 싶었어요. 그중에서도 노란 해바라기 그림을요. 저는 언니와 오빠를 만나고 난 이틀 뒤 새벽에 죽었어요. 하지만 사랑하는 사람들을 봤으니까 행복해요. 저는 꿈속에서 지하철을 타고 오빠와 언니, 할머니, 영미가 저를 기다리고 있는 곳으로 가는 중예요. 사랑해요. 영원히…….

two

한 남자와 두 번 이혼한 여자

"

감정도 숫자처럼 질서정연하다면
세상은 평화로울 것이다.
그녀는 잠시 숫자 같은 사랑을 꿈꾸었다.
오만 삼천육백구십의 사랑.

"

한 남자와 두 번 이혼한 여자

중·고등학교 시절 그녀는 수학과목을 제일 싫어했다. 어머니의 권유로 대학생이던 친한 친구 오빠가 집에 와서 일주일에 두 번 수학을 가르치면서, 그녀는 조금씩 수학이 좋아졌다. 점점 수학 문제를 푸는 일이 캄캄한 밤에 별을 헤는 일처럼 아름답게 여겨질 무렵, 군대를 갔다 와 복학생이던 친구 오빠는 오래 사귄 여자 친구와 결혼식을 올렸다. 그날 이후 친구 오빠를 다시 보지 못했지만, 그녀는 이전처럼 수학이 싫지는 않았다. 수학뿐 아니라 모든 과목 성적이 썩 좋은 편은 아니던 그녀는 서울에서 멀지 않은 거리에 있는 전문사립대학, 안경학과에 입학했다.

사실 그녀는 누군가 장래 희망이 무어냐고 물을 때마

다 곤혹스러웠다. 아무것도 되고 싶은 게 없었다.

하지만 그녀는 어릴 적 처음 시력검사를 했을 때를 잊지 못했다. 하얀 가운을 입은 잘생긴 청년이 그녀에게 커다랗고 무거운 검안 안경을 씌우고, 점점 조그매지는 숫자와 글씨들로 그득한 신비로운 시력검사판을 막대기로 짚어 가며 작은 글씨들이 보이냐고 묻던 그 장면이 늘 잊히지 않았다. 그 이후 그녀는 하얀 가운을 입고 사람들의 시력을 재는 검안사가 되고 싶었다. 참 독특한 미래의 꿈이었다.

날 때부터 눈이 나빴던 그녀는 초등학교 2학년 때부터 안경을 썼다. 어릴 적부터 그녀는 안경점 쇼윈도를 들여다보길 좋아했다. 유리창을 사이에 두고 갖가지 모양과 색깔의 안경들을 들여다보는 일은 마치 낯선 나라의 신기한 나비들이 박제되어 있는 채집 상자를 들여다보는 것처럼 가슴이 두근거렸다. 날 때부터 한집에 같이 살던 외할머니가 돌아가셨을 때, 머리맡에 덩그러니 할머니의 돋보기안경이 남아 있는 것을 보고, 그녀는 사람은 죽은 뒤 육신은 땅에 묻히고 이 지상에 한 개 혹은 여러 개의 안경을 남긴다는 엉뚱한 생각을 했다. 하긴 사람이 남기는 게 안경뿐이랴? 옷도 구두도 치약도 화장품도 비누

한 남자와 두 번 이혼한 여자

도 다 남기고, 그저 그 물건들을 한때 소유했던 사람만 거짓말처럼 사라지는 거라는 걸 알면서도, 그녀의 머릿속에 할머니의 유품은 안경 한 개로 남았다. 만일 안경에 관한 논문을 쓰라면 '유품으로서의 안경에 관한 연구' 그런 제목을 붙이면 될 것 같았다.

사실 안경학과라는 과가 대학에 생긴 것은 얼마 되지 않은 일이었다. 과 선택을 하느라 노심초사하다가 안경학과라는 과를 발견하고 그녀는 탄성을 질렀다. 안경학과는 안경에 관한 모든 것을 공부하는 과였다. 사실 안경에 관한 과학적인 접근 말고도 그녀가 늘 관심을 갖는 것은 안경의 디자인이었다. 얼마나 많은 모양의 안경들이 이 세상에 존재하는 것일까? 이 세상에 하나밖에 없는 안경을 만들고 싶었던 그녀는 사실 안경학과가 아니라 디자인을 전공하는 미술대학에 갔어야 할지 모른다.

안경학과에서는 기하광학, 안경광학, 콘택트렌즈 가공 실습 등 안경원에서 필요한 모든 것을 깊이 있게 공부한 뒤, 졸업 후 일선 안경원이나 안과 등에서 검안 테크니션으로 일하는 게 보통이었다. 만일 그녀가 친구 오빠가 가르쳐 준 수학의 신비에 심취한 적이 없었다면 그 꿈을 접었을지 모른다. 왜냐하면 안경사란 수학에서, 아니, 숫자에서부터 시작되는 직업이기 때문이다. 안경사란 누구인가에 대해 지식백과 사이트에 물으면, 이렇게 쓰여 있다.

안경사는 안경이나 콘택트렌즈, 선글라스를 납품할 때 착용자의 얼굴이나 눈에 맞게 제조하여 편안하게 착용할 수 있도록 착용자를 도와주어야 할 의무가 있다. 이런 과정 속에서 피검사자로부터 얻은 개인의 신상 기록이나 데이터를 타인에게 누설하지 않을 의무가 있고, 이러한 모든 일을 보건복지부 장관으로부터 면허를 취득하여 국민의 시력 향상을 위해 일하는 사람이다. 안경사 면허제도의 입법 취지는 국민의 눈 건강 향상을 위해 무자격자의 주먹구구식 무분별한 안경 조제 및 시력검사를 막아 주고 정확하고 책임질 수 있는 안경 조제와 시력검사, 콘택트렌즈 공급을 위해 제정한 제도이며, 전문대학 안경광학과 졸업자만 국가고시의 응시자로 제한되어 있다.

그녀는 사립전문대학 안경학과를 졸업한 뒤, 안경사 국가고시 시험에 합격, 꿈에도 그리던 안경사가 되었다.

한 번, 단 한 번, 단 한 사람을 위하여

화려한 강남의 대로에 위치한 수입 안경원의 안경사로 일하게 된 그녀는 매일 하얀 가운을 입고 손님들을 맞았다. 마음에 드는 안경을 고른 뒤 시력을 재는 사람들 앞에 서면 그녀는 언제나 잠시 동안 호흡을 골랐다. 어릴 적의 꿈이던 검안사의 역할은 생각보다 더 단조로웠다. 하지만 그녀는 그렇게 똑같은 일을 반복하는 게 싫지 않았다. 하루 종일 손님이 몇 없는 날도 있었고, 반대로 눈코 뜰 새 없는 날도 있었다.

그 어떤 날이든, 비가 오든 눈이 오든 그녀는 수없이 많은 안경 속에 둘러싸여 있는 게 행복했다. 손님이 별로 없는 날은 새로운 안경 디자인을 스케치하곤 했다. 똑같은 일의 반복이 아닌 일이 있을까? 우리들의 일상은 늘 그렇게 똑같은 일의 반복에서 시작되어 똑같은 일의 반복으로 끝난다. 하루 종일 접시를 닦거나 사람들의 시력을 재거나 수술을 하거나 음식을 만들거나 시체를 닦거나 어쩌면 모든 직업은 반복이라는 면에서 닮아 있다.

그 반복의 단조로움에 길들여지지 않으면 생활인으로서 살아갈 수 없는 법이다. 그녀는 아주 가끔 일탈을 꿈꾸었다. 이태리제 명품 선글라스를 끼고 유럽의 거리를 쏘다니는 풍경을 상상하며 잠시 눈을 감았다. 그때 누군가 안경원 안으로 들어와 어디선가 들어본 나직한 목소리로 그녀의 이름을 불렀다. "오랜만이네. 예뻐졌네." 그렇게 외마디 탄성을 지르며 반가워하는 사람은 오래전 수학의 기쁨을 알게 해 준 친구 오빠였다.

사는 게 하도 따분해서 안경이나 새로 바꾸려고 들어왔다며 그는 안경 하나를 골라 그녀에게 건네주었다. 고도근시에다 난시가 심했던 그는 예전에 늘 알이 두터운 안경을 쓰고 다녔다. 이렇게 얇은 렌즈도 있다니 세상이 너무 좋아졌다며 갑자기 행복해진 얼굴로 밥이나 같이 먹자 했다. 마침 문을 닫을 시간이라 그러자고 하면서도 그녀의 마음속에 약간의 떨림이 일었다. 그 나이가 되도록 단 한 번도 남자와 단둘이 밥을 먹은 적이 없었다.

그 흔한 미팅 같은 것도 해본 적이 없었다. 누군가를 좋아해 본 적이 있었을까?

몇 년 전 사고로 아버지가 돌아가신 뒤 어머니는 친구 소개로, 아내를 여의고 혼자된 대학교수와 재혼을 했다. 그 뒤 원룸을 빌려 죽 혼자 살아온 그녀에겐 누군가를 마음에 담을 여유가 없었다. 혼자 힘으로 사는 게 빠듯하기도 했지만 아무도 그녀에게 다가오는 사람이 없었다. 그녀는 마른 몸매에 깨끗하고 창백한 피부를 지녔지만, 남의 눈에 잘 띄지 않았다.

하루 종일 곁에 있어도 사람들은 그녀를 그곳에 없는 사람 취급하곤 했다. 그녀는 그게 오히려 편했다. 친구도 별로 없었다. 같이 안경학과를 졸업하고 안경사로 일하다가 안경을 맞추러 온 미국인과 결혼해서 뉴올리언스에서 사는 친구가 딱 하나 있었다.

그 친구로부터 자주 이메일이 왔다. 그 친구와 주고받는 메일이 그녀의 유일한 타인과의 소통이었다. "뉴올리언스는 미국이지만 유럽 같아. 하지만 유럽 어디에도 없는 독특한 분위기를 지닌 곳이 이곳 뉴올리언스야. 해질 무렵 흑인 음악가들이 재즈 연주를 하는 카페에 앉아 맥주 한 잔을 마시며 해지는 거리를 내려다보면 얼마나 아름다운지. 네가 꼭 와보길 바라."

똑같은 일상의 반복에 지칠 때마다 그녀는 뉴올리언스의 해지는 거리를 떠올렸다.

어쩌면 그녀가 외로운 삶의 한가운데서 얼핏 떠올린 남자가 있었을까? 있었다면 그는 바로 그녀에게 수학의 기쁨을 가르쳐 준 고등학교 시절 친구 오빠였다. 남들이 들으면 거짓말 같겠지만 그녀의 감성 노트는 빈 노트였다. 그녀의 마음속엔 오직 점점 작아지는 숫자들이 새처

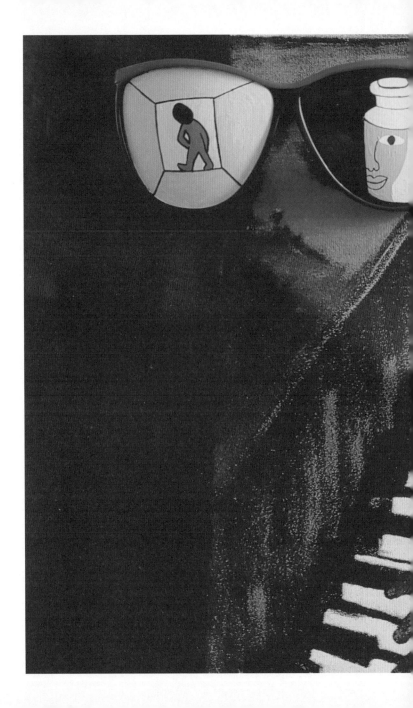

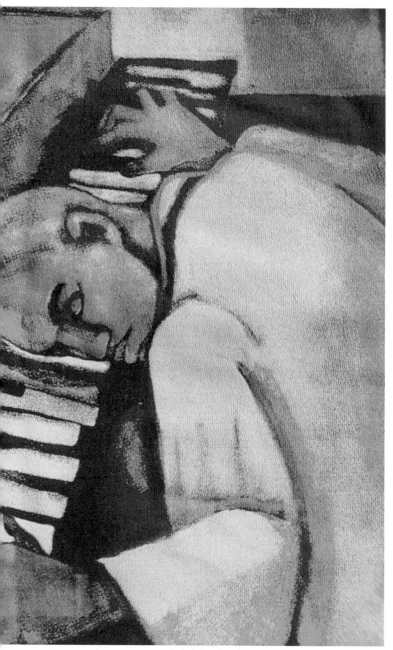

뉴올리언즈의 추억 The memory of New Orleans, 2016

럼 날아가는 하얀 시력검사판이 있었다. 아니면 캄캄한 밤에 별을 헤는 것도 그녀가 좋아하는 일이었다. 잠 안 오는 밤에 눈을 감고 양의 숫자를 세는 것도 그다지 나쁘지 않았다. 숫자를 세거나 시력을 재거나 할 때마다 아주 가끔 그녀는 수학을 가르쳐 준 그를 떠올렸다. 그건 마치 그림 그리는 일을 가르쳐 주거나 기타를 켜는 일을 가르치는 것 하고도 비슷했다. 숫자는 그녀에게 감성으로 다가와 하늘을 향해 날아가 별이 되었다.

그녀는 정말 오랜만에 우연히 만난 친구 오빠와 안경원 근처의 이탈리안 레스토랑으로 들어갔다. 자신도 모르게 한 번쯤은 꼭 만나고 싶었던 그 사람이 지금 여기 눈앞에 있다는 게 믿어지지 않았다. "정말 뜻밖이다. 안경사라니. 네가 안경학과에 입학했다는 걸 듣고 그런 학과가 있다는 걸 처음 알았어. 참 이 세상엔 내가 아는 것 빼곤 다 모르는 것투성이지."

그녀는 왜 자신이 오랜만에 마주 앉은 그를 가끔 떠올렸는지 그제야 알 것 같았다.

그는 사려 깊었고, 남의 말을 조용히 들어줄 줄 알았고, 잘난 척하지도 않았고, 무엇보다도 한없이 섬세한 숫자

한 남자와 두 번 이혼한 여자

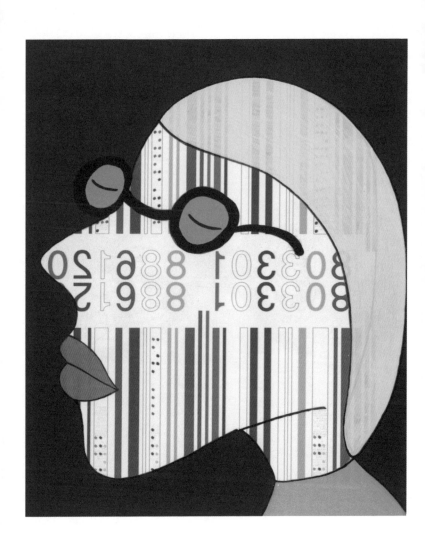

한 번, 단 한 번, 단 한 사람을 위하여

들처럼 섬세하고 따뜻했다. 그녀는 그를 만난 뒤로 숫자가 따뜻하다는 생각을 처음 해보았다. 숫자란 얼마나 냉정한 기호인 걸까? 은행이나 우체국에 가면 우선 순번을 정하는 번호표를 뽑아야 한다. 감옥에 갇힌 죄수도 숫자로 구분된다. 1213호 뭐 이런 식으로. 아니 우리들의 주민등록번호도 여권 번호도 아파트도 공동묘지도 다 숫자로 구분된다. 어쨌든 이 냉정한 숫자의 아름다움을 일찌감치 가르쳐 준 그에게 그녀는 그동안 어떻게 살았느냐고 묻고 싶었다. 하지만 그가 먼저 물었다.

"나도 그렇지만 너도 너무하다. 어떻게 그렇게 연락 한 번 안 해?" 사실 그들 사이의 매개체였던 친구와 연락이 끊긴 지 오래여서 그녀는 그가 이혼했다는 사실도 까맣게 모르고 있었다. 사람들은 왜 헤어지는 것일까?

감정도 숫자처럼 질서정연하다면 세상은 평화로울 것이다. 그녀는 잠시 숫자 같은 사랑을 꿈꾸었다. 오만 삼천 육백구십의 사랑, 그녀가 머릿속에 한없이 길어지는 숫자들을 풀어 놓을 때, 그가 말을 꺼냈다. "이혼하는 거 어려워 보이지만, 사람에 따라서는 굉장히 쉬워. 오랫동안 내곁에 있었던 아내가 이혼하자 그랬을 때 잠시 귀를 의심했어. 하긴 내가 아내에게 많이 부족했지." 절대 이혼이라는 말이 어울리지 않을 그가 이혼한 사유는 이랬다.

집안의 장남이던 그가 결혼한 지 3년 만에 자식 사랑이 유난히 끔찍하던 아버지에게 치매가 왔다. 처음에 아버지의 증세는 가끔 사람을 잘 알아보지 못하는 정도였다. 일찍이 아내를 여의고 혼자 사시던 아버지는 치매 증세가 하루하루 심해져 혼자 내버려 둘 수 없는 상태가 되었다. 어쩔 수 없이 아버지를 모시고 와 같이 살게 된 부부는 처음에는 그럭저럭 잘 견뎠다. 아버지의 치매는 며느리와 오래전에 세상을 떠난 아내를 착각하는 증세로 발전했다. 남편이 출근하고 난 뒤 시아버지와 단둘이 집에 있어야 하는 며느리의 고충은 상상 이상이었다. 시아버지는 틈만 나면 며느리 손을 잡고 산책하러 나가자 졸랐다. 어느 날 오후 시아버지는 한강 둔치로 산책하러 나가서는 술래잡기를 하자 했다. 눈을 가리고 열을 센 다음 눈을 뜨니 시아버지는 없었다. 온종일 찾아도 시아버지는 나타나지 않았다.

경찰에 실종자 신고를 하고 몇 날 며칠을 기다려도 아버지는 나타나지 않았다. 그날 이후 부부 사이는 조금씩 삐걱거리기 시작했다. 그는 아내 때문에 아버지가 실종되었다는 생각을 지울 수가 없었고, 그의 아내는 그 모든 일을 자기 탓으로 돌리는 남편을 참을 수가 없었다. 그렇게 그들 부부는 이혼을 하기에 이르렀다는 속사정을 들으며 그녀는 잠시 엉뚱한 생각에 빠져들었다. 오랜만에 마신 와인 한잔 때문이었을까? 아니면 아무리 먹어도 줄어들지 않는 커다란 접시에 담긴 해산물 파스타 때문이었을까? 그녀는 자신이 숫자를 사랑하게 해준 그 사람의 아내가 된 장면을 상상했다. 치매에 걸린 시아버지가 자신을 오래전에 세상을 떠난 아내와 착각하는 장면을 떠올렸다. 시아버지는 그녀에게 산책하자고 조른다. 다정하게 손을 잡고 산책길에 나선 그녀와 시아버지는 어딘가 알 수 없는 언덕의 끝없는 계단을 오른다. 어쩌면 네팔의 히말라야 안나푸르나를 걸어 올라가는 끝없는 계단 길인 것도 같다. 아주 높은 산꼭대기 절벽에 이르자, 갑자기 시아버지가 그녀를 산 밑으로 밀어 버린다. 상상 속 아득한 절벽 아래로 떨어지면서 문득 그녀는 자신이 다른 사람으로 다시 태어나는 상상을 한다. 왠지 앞에 앉은 그 사람이 그녀가 다른 사람으로 다시 태어나는 걸 도와줄지도 모른다는 터무니없는 생각이 들었다.

그녀는 자기도 모르게 가끔 떠올렸던 친구 오빠와 다

시 만난 걸 운명이라고 생각했다.

하긴 이 좁은 서울 바닥에서 우연히 만난 건 그리 신기한 일도 아니다. 하지만 워낙 마음의 문을 닫고 사는 그녀에게 그런 우연은 처음이자 마지막일 것 같았다. 게다가 그는 이혼한 뒤, 주말마다 치매에 걸린 아버지를 찾으러 전국을 돌아다니며 혼자 살고 있었다. 고등학교 수학교사였던 아버지는 어머니 없이 자식들을 혼자 키운 너무도 고맙고 훌륭한 존재였다.

그녀와 그는 아버지를 찾는다는 핑계로 전국을 돌아다니며 데이트를 시작했다. 전국의 무의탁 노인시설들과 노숙자들이 잠을 자는 지하철역들과 전국 어디에나 있는 24시간 찜질방들까지 그들이 안 간 곳은 거의 없을 정도였다. 사실 그의 아버지는 조기 치매가 온 거였지 그렇게 노인도 아니었다. 멀쩡할 때는 아주 멀쩡했다. 정말 놀랍게도 그들이 우연히 만나 아버지를 찾으러 다니기 시작한 지 석 달 만에 아버지를 극적으로 찾았다. 그것도 아버지가 어떻게 그 먼 곳까지 갔을까 싶은 신안군 증도에서였다.

1004개의 섬으로 이루어져 천사의 섬으로 불리는 증도는 아시아 최초의 슬로시티로 지정되어 수많은 사람이 찾는 곳이기도 했다. 2010년 증도대교가 개통되기 전에는 배를 타고 가지 않으면 갈 수 없는 섬이었다. 아버지는 어떻게 배를 타고 그 먼 곳까지 갔을까?

전국의 파출소들에다 신고해 놓은 지 몇 년 만에 아버지와 인상착의가 비슷한 노인이 증도의 바닷가 펜션에서 살고 있다는 제보가 들어왔다. 그런 일이 여러 번 있던 터라 별 기대도 안 했는데, 인터넷으로 보내온 사진을 보니 그의 아버지가 틀림없었다. 그녀와 그는 제보가 들어온 그날이 마침 휴일이라 아침 일찍 증도로 향했다.

슬로시티 증도는 늦게 개발된 탓에 횟집과 노래방으로 즐비한 다른 섬들에 비해 깨끗하고 아름다운 별천지였다. 차가 밀려 어두워진 뒤에야 도착한 증도의 밤하늘은 이름 모를 별들로 가득했다. 밤에는 가로등을 완전히 꺼놓는 탓에 증도의 모든 길은 칠흑처럼 어두웠지만, 별들만은 환하게 빛나 길손들의 길잡이가 되어 주었다.

그녀와 그는 별이 이끄는 대로 무작정 따라간 민박에서 늦은 저녁을 먹고 그날 밤을 지냈다. 잠이 오지 않는 밤이었다. 결혼해서 호주에 가서 사는 그녀의 친구는 아버지를 찾았다는 오빠의 전화에 대고 흐느꼈다. 고등학교 때 친했던 그녀의 목소리를 듣고 친구는 그저 반갑고 고

한 남자와 두 번 이혼한 여자

그대 안의 풍경 The scene within you, 2010

맙다고 말하며 울었다. 우리가 죽을 때까지 아주 끝나는
인연은 없다. 언제 어디선가 우리들의 인연은 다시 이어
진다. 다음 날 아침 그녀와 그는 아버지가 살고 계신다는
화도로 향했다. 수많은 섬으로 이루어진 섬 증도는 소금
의 섬이었다.

소금의 고향이라 할 증도는 소금 장인들의 땀과 열정과
노력으로 만들어지는 대한민국 최고의 소금이 만들어지
는 태평 염전으로 더 알려졌다. 그녀와 그는 차를 타고 달
리면서 태평 염전의 소금 판 위로 하얀 눈꽃 같은 소금의
결정체들을 바라보며 눈이 부셨다. 아버지는 왜 이곳에
계실까? 그가 갑자기 이제야 생각이 난 듯 무릎을 쳤다.

"아버지가 부모님을 따라 피난을 내려와 정착한 곳이
바로 증도 태평 염전이었대. 1953년 증도의 태평 염전은
북한에서 내려온 피난민들을 정착시키고 소금 생산을 늘
리기 위해 조성된 염전이었다나 봐. 어린 시절 아버지는
소금을 만드는 부모님을 따라 염전에서 놀았던 기억을 내
게 들려주시곤 했어. 왜 이런 생각이 이제야 나는 걸까?"

그녀는 문득 수학의 아름다움을 가르쳐 준 옛날 옛적
의 그를 떠올렸다. "수학은 복잡한 세계를 가장 단순한 방
법으로 표현하게끔 도와주는 학문이거든." 그 옛날 그는

그렇게 말했었다. "미분이 곡선을 직선으로 바꿔 사물을 무한대로 잘게 쪼개는 거라면, 적분은 쪼개진 것들을 더하거나 쌓아서 넓이를 계산하는 공식이야."

그녀는 지난밤 캄캄한 증도의 하늘에 박혀있던 별들을 떠올렸다. 눈에 보이는 별들을 다 합하면 몇 개가 될까? 눈에 보이지 않는 별들도 다 합하면 몇 개가 될까? 이 세상은 눈에 보이지 않는 슬픔으로 똘똘 뭉쳐진 소금 덩어리는 아닐까?

화도로 들어가는 노두길 바닷가 끝자락에 아버지가 계셨다. 시간이 멈춘 것 같은 증도의 여러 섬 중에도 다리하나만 건너면 도달하는 화도는 옥황상제의 딸 선화공주가 이곳에서 귀양살이하며 외로움을 달래기 위해 꽃을 가꿔, 온 섬에 가득 핀 꽃 때문에 이름이 붙여졌다는 전설이 내려오고 있다고 여행 책자에는 쓰여 있었다.

'바닷가 펜션'이라고 팻말이 붙여져 있는 단층 가옥 한쪽 큰 방에서 한 노인이 그물을 손질하고 있었다.

낮이라 그런지 손님은 아무도 없었다. 그녀는 우두커니 방 앞에 서 있었고, 친구 오빠는 방으로 뛰어들어가 아버지를 끌어안았다. 눈물을 흘리며 그가 아버지를 불렀을 때, 아버지의 반응은 의아하다는 표정으로 "누구세요?" 하는 한 마디였다. 아버지는 많이 늙어 보였고, 아들을 전혀 기억하지 못하는 듯했다.

집으로 가자고 말하는 아들을 보고 말도 안 된다는 듯 고개를 저으며 그물만 만지던 노인은 방 밖에 정물처럼 서 있는 그녀를 보자마자 눈물을 글썽이며 뛰어나왔다.

"당신을 얼마나 찾았는데, 어디서 뭘 하다가 이제 오는 거요?" 아버지의 절규 가까운 목소리에 당황한 그녀도 갑자기 눈물이 났다. 세 사람은 방으로 들어가 앉아 아버지가 내오는 생선회 한 접시를 초고추장에 찍어 먹었다. 소주도 한잔하라며 두 사람에게 술을 따라주는 아버지는 너무 멀쩡했다. 치매에 걸린 사람이라고는 보기 어려웠다. 아들은 쳐다보지도 않고 노인은 아들이 데려온 여자만 쳐다보았다. 그동안 고생은 안 했느냐? 뭘 먹고 살았느냐?

그런 질문들에 아무런 답도 할 수가 없는 그녀는 슬며시 일어나 방을 나왔다. 나오다 보니 몸집이 좋은 할머니 한 분이 걸어 들어오고 있었다. 가까이 보니 할머니보다는 아주머니에 가까운 고운 자태를 지닌 분이었다.

할머니를 보자마자 아버지는 마치 엄마를 본 어린아

이처럼 뛸 듯이 좋아했다. 자초지종 이야기를 들은 뒤 할머니가 말했다. 처음 노인을 만났을 때, 소금 창고가 길게 늘어서 있는 소금밭에 쭈그리고 앉아 울고 있었다 했다. 금지구역이니 나가라고 아무리 말해도 막무가내로 버티고 앉아 줄기차게 엄마를 찾아 달라 했다.

마침 염전을 구경하러 온 손님들을 태우러 갔다가, 울고 있는 노인의 사연을 물으니 일 나간 엄마를 아무리 기다려도 오지 않는다고 했다. 얼굴을 보니 얌전하고 깨끗한 노인으로 보여 데리고 와서는 펜션에서 이일 저일 맡겨보니 못 하는 일이 없었다.

아버지는 생각 속에서 시간이 자유자재로 이동했다. 염전에서 소금을 만드는 일을 하던 어머니와 오래전에 아이 둘을 남기고 일찍이 세상을 떠난 아내와 아들의 이혼한 아내와 아들이 데리고 온 처음 보는 여인의 얼굴들이 서로 뒤섞여 아버지의 머릿속을 맴돌았다.

아버지는 자기 삶 속의 여인들 얼굴을 누가 누군지 기억하지 못했다. 나이 든 여인은 어머니로, 젊은 여인은 아내로 생각되었다. 그건 치매도 아니고 정신 분열도 아니고 그저 시간 여행이었다. 몸집이 좋고 얼굴이 고운 펜션 주인 할머니는 노인이 불쌍해서 밥도 해주고 옷도 사주

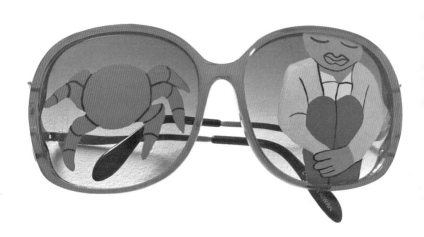

한 번, 단 한 번, 단 한 사람을 위하여

고 하면서 마침 자신도 외로운 처지라 가족처럼 지냈다고 했다. 하지만 아버지는 가끔 정신이 번쩍 들어서는 아들을 찾으러 서울 가야 한다고 발을 동동 굴렀다. 펜션에 묵는 손님들에게 서울로 데려가 달라고 통사정을 하곤 했다. 할머니는 어느 날씨 좋은 봄날, 손수 운전해서 노인을 태우고 서울을 향해 떠나 안 가본 데 없이 아들을 찾아 헤맸다고 했다. 그런데도 아버지는 눈앞에 있는 아들을 못 알아보는 것이었다.

늙음이란 얼마나 외롭고 허무한 것일까? 아니 죽음이란 우리를 도대체 어디로 데려가는 것일까? 자신을 젊어서 죽은 아내로 착각하는 고독한 노인을 바라보면서, 그녀는 문득 언젠가 텔레비전 교육방송에서 본 인상적인 다큐멘터리 영화의 영상들이 떠올랐다.

제목이 〈티베트의 소금장수〉였다.

〈티베트의 소금장수〉, 그 제목이 잊히지 않는 건 영상이 아주 아름다웠기 때문이었다. 북쪽 지역의 소금호수까지 3개월에 걸쳐 소금을 가지러 이동하는 네 명의 유목민의 행렬을 따라 그들의 삶을 묘사한 영화였다. 그들은 물물교환의 수단이 되는 그 귀중한 소금 더미를 북북 긁

어모아 야크 등에 얹혀 있는 무거운 자루 속에 꾹꾹 눌러 담고는 집으로 돌아온다. 지구에서 자장 아름답게 고립된 이 지역에서 남자들은 여성이 결코 가까이 근접할 수 없는 소금호수의 소금 언어로 이야기한다. 그건 고대로부터 내려온 삶의 방식이며 서구인들이 결코 해독할 수 없는 상징으로 번역될 수밖에는 없다고 말하던 오래전에 본 영상들이 그녀의 머릿속에 또렷이 그려졌다. 우리가 그냥 스치고 지나가는 건 아무것도 없을지 모른다.

나중에 생각하면 우리가 보고 느끼고 냄새 맡았던 그 모든 것들은 우리의 삶을 설명하는 이유 있는 이정표들이다. 오던 길에 본 광활한 염전의 소금판 위로 하얀 소금 꽃들이 여기저기 피어나고 있었다. 소금 언어란 어떤 언어일까? 아버지는 아무도 알아듣지 못하는 그 신비한 소금 언어로 말하고 있는 듯했다. 여기도 아니고 저기도 아닌, 그 아무 데도 없는, 아버지의 마음속에만 있는 곳의 언어로. 그녀는 그 언어가 친구 오빠가 가르쳐 준 수학의 언어가 아닌지 잠시 생각했다. 복잡한 것을 단순하게 만들어 설명하는 수학의 언어, 짜지만 한없는 바다를 품은 소금의 맛, 그게 바로 티베트의 유목민들끼리 통하는 '소금 언어'일 거라고 그녀는 생각했다.

아버지는 서울로 가자고 졸라대는 아들의 말은 듣지도 않고 펜션 주인 할머니를 향해 큰절을 하고는 "집사람이 돌아왔으니 서울로 올라가겠습니다" 하는 것이다. 그렇게 세 사람은 서울로 돌아왔다. 펜션 주인 할머니는 손수건으로 눈물을 훔치며 미역이니 김이니 말린 생선이니 염전에서 만든 귀한 소금 몇 포대를 차에다 실어 주셨다.

서울로 올라와 그들은 한집에 살기 시작했다. 그녀와 친구 오빠는 가끔 가곤 하던 시내 가까운 절에 가서 둘이 결혼식을 올렸다. 시아버지는 여전히 그녀를 자신의 아내와 착각했다. 신기하게도 시아버지는 어릴 적 피난민 대열에 끼어서 어머니의 손을 붙잡고 고향인 나남에서 흥남까지 한없이 걸어가, 배를 타고 남한을 향해 무작정 내려오던 날을 또렷이 기억했다. 피난길에 아버지를 잃어버린 모자는 울며불며 부산으로 내려왔다. 어디서부터 필름이 지워진 걸까? 인간의 기억은 어쩌면 자신이 기억하고 싶은 것만 기억하는 건지도 모른다. 아니 정반대 타입의 사람도 있을 터였다. 삶의 나쁜 기억만 간직하고 사는 사람, 그녀의 친구 오빠, 아니 지금은 남편이 된 사람이 그랬다. 그에게 수학은 나쁜 기억들로 단순화되었다. 자신과 아버지를 버리고 간 아내, 늘 아프기만 하던 어머니의 기억, 아버지의 치매, 그녀는 쓰기만 하면 슬픔과 고독이 없어지는 치유의 안경을 만들고 싶었다. 3차원이나 4차원 입체영화를 볼 때 착용하는 안경을 쓰면 세상의 모든 사물, 아니 등장인물에게 중요하게 인지되는 사물들이 바로 눈앞으로 다가온다. 영화 속의 기쁨과 슬픔과 외로움과 고통과 행복의 순간들이 안경을 쓰면 약간의 현기증이 나면서, 손에 쥘 듯 눈앞에 와 있다. 입체 영화용 안경을 쓰지 않는데도 시아버지의 어린 시절은 바로 눈앞에 머무르고 있었다. 그 특별한 치매증상이 아픔을 치유하는 방법일지도 모른다는 생각에 그녀는 시아버지를, 그를 닮은 남편을 이해하려고 애썼다. 그들이 가족을 이룬 이후 묘하게도 부자는 사이가 조금씩 나빠졌다. 늘 과거에 머무른 시아버지의 며느리에 대한 집착은 나날이 커졌다. 시아버지의 머릿속은 부산으로 피난을 내려와 서해의 증도에 정착, 광활한 염전에서 보낸 어린 시절과 어른이 되어 이뤘던 아내와의 인연의 시간으로 나뉘었다. 그 두 가지의 시간 사이를 오락가락하는 아버지의 증상이 치매 때문이라는 걸 알면서도 남편은 점점 말이 없어져 갔다.

말 없음을 숫자로 환원하면 어떻게 될까? 점점 입을 굳게 다무는 남편을 보며 그녀는 섭섭한 생각이 사무쳤다.

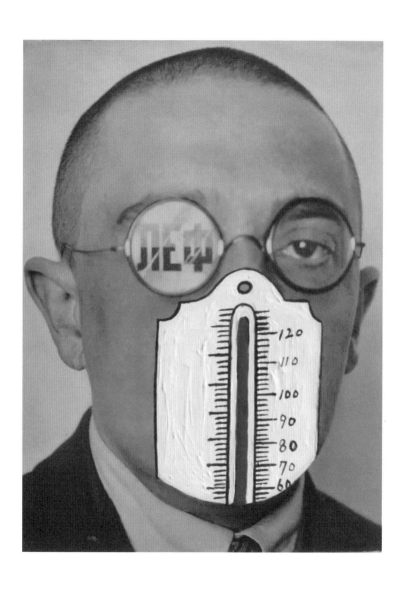

한 남자와 두 번 이혼한 여자

한 번, 단 한 번, 단 한 사람을 위하여

자신에게 딱 맞는 직업이라고 생각하던 안경사 일을 그만두고 그녀는 운명적으로 두 사람의 아내가 되었다. 하지만 그 두 개의 역할은 늘 힘에 부쳤다. 시아버지는 아들의 기분이 나빠 보일 때면 멀쩡한 사람처럼 늘 눈치를 봤다. 그럴 때면 시아버지는 섬으로 데려가 달라고 며느리를 졸랐다. 그날따라 돌아오지 않는 남편을 기다리다가, 새벽녘에 시아버지를 차에 태우고 그녀는 소금의 섬 증도를 향해 달렸다.

시아버지는 증도로 가는 길 내내 며느리의 손을 잡고 놓지 않았다. 왼손으로 핸들을 잡고 오른손은 시아버지에게 잡힌 채 그녀는 섬을 향해 달렸다. 식물들이 제대로 숨을 쉬라고, 별을 보기 좋으라고, 밤에는 완전히 불을 끄는 섬, 그녀는 칠흑처럼 캄캄해진 증도의 밤이 좋았다. 마침 차가 막히지 않아 그들은 한낮에 섬에 도착했다. 염전에 핀 하얀 소금 꽃들을 바라보며 시아버지는 노래를 불렀다. 그가 기분이 좋을 때 부르는 노래는 노랫말이 어느 나라 말인지 해독할 수 없었다. 그녀의 귀에는 시아버지가 부르는 노래가 그저 '우르르 쾅, 우르르 쾅' 이렇게 들렸다. 어쩌면 이게 바로 소금 언어인지도 모른다고 그녀는

한 남자와 두 번 이혼한 여자

생각했다. 순간순간 바뀌는 풍경에 따라 시아버지의 자아도 바뀌었다. 마치 잠에서 깰 때마다 다른 사람이 되는 것 같았다. 노두길 건너 갯벌 한가운데 덩그러니 놓인 펜션에 도착하자마자 시아버지는 주인 할머니를 찾아 단숨에 안방으로 뛰어들어갔다. 주인 할머니와 시아버지는 마치 오랜만에 만난 어머니와 아들처럼 부둥켜안았다. 그들을 남겨두고 화도를 빠져나와 그녀는 섬을 한 바퀴 돌며 오랜만에 혼자가 되었다. 전망대에 올라가 바라다본 태평염전은 그 끝이 보이지 않을 정도로 광활했다. 매년 1만 5000톤의 천일염을 생산하는 국내 최대의 염전에는 67동의 건물이 3킬로미터에 걸쳐 늘어서 있었다. 그녀는 자택과 목욕탕과 관리 사무실 등이 아직도 남아 있는 곳을 바라보며 그곳에서 보냈을 시아버지의 어린 시절을 상상해보았다. 그녀는 요즘 없던 버릇이 생겼다.

잠을 쪼개서 나눠 자는 버릇이었다. 그렇게 쪼개 자는 잠 속에서 그녀는 매번 다른 역할을 했다. 내성적이고 말이 없는, 그저 밤하늘의 별을 세거나 머릿속에 펼쳐지는 넓은 초원에서 풀을 뜯는 양의 숫자를 한 마리 두 마리 세면서 외로움을 달래던 어린 시절의 그녀, 그녀에게 수학의 아름다움을 가르쳐 주던 지금의 남편을 마음속 깊은 서랍 속에 묻어 두던 사춘기 시절의 그녀, 그 사람을 꿈에서처럼 다시 만나 결혼을 한 그녀, 남편의 아버지인 시아버지의 오래전 죽은 아내로 환생한 그녀, 그 많은 역할은 그녀에게 버거웠다. 하지만 다행스러운 건 시아버지의 사랑법이 남달랐다는 점이다. 그 사랑은 마치 그녀가 좋아하는 숫자들 같았다. 말 없음 0, 보고 싶다 7, 그립다 8, 손잡고 싶다 9…… 그 이상의 숫자는 존재하지 않았다.

　시아버지가 손을 잡는 일은 이 세상에서 가장 많은 숫자의 사랑이었다. 억도 조도 아니 그것보다 훨씬 많은 무한대의 사랑은 0에서 9까지의 숫자로 모두 표현되었다. 원래 조용하고 누구에게나 품성이 좋은 사람으로 불리던 그에게 치매라는 병조차도 우아하게 찾아왔다. 그는 며느리를 아내로 착각하는 것 외에는 그 아무도 괴롭히지 않았다. 그리고 그는 늘 책을 읽었다. 물론 책의 내용을 하나도 이해하지도 못하면서 늘 책을 끼고 살았다. 신기하게도 수학교사였던 시아버지가 끝내 놓지 못하는 책은 아인슈타인의 상대성이론에 관한 책들과 파브르의 곤충기였다. 예전에 너무나 잘 알고 있던 것들도 머릿속에서 하얗게 지워져, 책은 그에게 백지나 다름없었다.

　그런데도 시아버지는 온종일 책장을 넘겼다. 뭘 보느

냐고 물으면 그냥 웃기만 했다.

그녀는 그런 시아버지가 좋았다. 그녀는 시아버지가 잠들었을 때 가끔 그 책들을 들여다보았다. 무슨 말인지 하나도 모를 그 암호 같은 말들이 그녀는 좋았다.

'중력이 시공간을 왜곡시킨다.' '빠른 속도로 달리는 운동계에서는 외부보다 시간이 느리게 흐른다.' '어떤 질량을 가진 물질도 빛의 속도에 도달할 수 없다.' 등등. 피로가 몰려올 때마다 시아버지의 책을 들여다보면, 뭔지 하나도 모를 공식들이 밤하늘의 별처럼 그녀의 머릿속에서 반짝였다. 소금 박물관에도 들어가 보고, 소금 카페에 들어가 차도 한 잔 마시고 하면서 그녀는 오랜만에 완전한 혼자가 된 기분이었다. 누가 고독을 외롭다 하는가?

그녀는 예전에 자신이 지녔던 고독을 되찾고 싶었다. 아니 이 세상에는 혼자의 고독과 둘의 고독과 여럿의 고독, 군중 속의 고독이 있을 뿐, 그 아무도 고독을 벗어날 수는 없는 것이 아닐까?

그런 하염없는 생각들 사이로 그녀는 자기도 모르게 물이 들어올 듯 말듯 찰랑거리는 노두길로 접어들었다. 펜션의 벤치에 앉아 주인집 할머니와 시아버지가 그녀를 기다리고 앉아 있었다. 집 나간 아내가 오랜만에 돌아온

한 남자와 두 번 이혼한 여자

것처럼 반가워 팔짝 뛰는 시아버지가 그녀 역시 아주 반가웠다. 너른 갯벌에 해가 지고 있었다. 눈물이 날 것처럼 아름다운 일몰이었다.

온통 빨갛게 물든 하늘을 올려다보며 그녀는 목이 메었다. 온종일 통화가 되지 않는 남편은 무얼 하고 있을까? 이 복잡한 감정을 숫자로 표현하면 어떻게 될까?

나를 아내라 부르는 시아버지는 도대체 나와 무슨 인연으로 이어져 있는 것일까? 그녀는 인연을 믿었다.

오랜 세월 마음속으로 그리던 친구 오빠가 거짓말처럼 그녀가 일하는 안경원 안으로 들어섰을 때, 그 사람의 사라진 아버지를 찾으러 온 세상을 헤매다 인연 있는 섬 중도에서 마침내 발견했을 때, 그리고 조그만 절에서 아무도 보는 이 없이 두 사람이 부부가 되었을 때, 그녀는 긴 인연의 실 가닥이 구불구불 서로에게 이어져 있는 묘한 느낌을 받았다.

시아버지가 늘 치매 상태로 있는 것은 아니었다. 드물지만 아주 멀쩡할 때도 간혹 있었다. 그럴 때는 참 인자한 아버지로 돌아와 자신이 살아온 거짓말 같은 옛날이야기를 해주었다.

바라만 봐도 목이 메는 붉은 노을이 서서히 어둠 속에 먹혀 들어가 금세 사방이 캄캄해졌다. 양 미간을 찌푸리고 밤하늘을 올려다보면 갯벌 속의 뭇 생명이 하늘로 이사를 해서 알알이 들어가 박힌 것만 같았다. 갯벌에는 물이 들어차 아침이 오기 전까진 뭍으로 나갈 수도 없었다. 저녁상을 물리고 펜션 주인 할머니와 셋이 앉아 밤하늘을 쳐다보는데, 그 순간 깜빡 시아버지는 제정신으로 돌아와 옛날이야기를 들려주었다. 그런 상황을 여러 번 겪어 본 터라 그들은 언제나 하는 똑같은 이야기를 처음 듣는 것처럼 경청했다. 이상하게도 시아버지가 들려주는 옛이야기는 늘 같은 이야기였지만, 할 때마다 새끼를 쳐서 몰랐던 사실들이 한둘씩 드러났다.

증도의 캄캄한 하늘, 별을 세는 것만으로도 그녀는 심심하지 않았다. 목이 멜 것 같은 노을보다는 캄캄한 하늘이 그녀는 좋았다. 밤에는 하늘이 낮에는 갯벌이 온통 커다란 하나의 우주가 되어 사람들을 품어 안는 곳, 시아버지는 그 갯벌과 하늘을 친구삼아 어린 시절을 보냈다. 6·25 전쟁 때 갓난이였던 그는 어머니 품에 안겨 그 추운 한겨울에 돌아오지 않는 아버지를 찾으러 길에 나왔다가 피난민 행렬 틈바구니에 휩쓸려 길을 잃어버렸다. 고향인

함흥에서 피난민 행렬에 밀려 옴짝달싹할 수 없었던 모자는 흥남까지 밀려 걸어가 피난민들이 아우성치는 흥남부두에 도착했다. 마침 아이를 품에 안고 어쩔 줄 모르던 어머니는 부두에서 고향 사람을 우연히 만나, 목사인 남편이 가족을 찾으러 집에 갔다가 길이 어긋나 국군을 따라 배를 타고 남쪽으로 내려갔다는 말을 들었다. 아버지가 가족을 두고 내려갈 수 없다고 발버둥치는 길, 목사라서 더욱 위험하다고 생각한 친분이 있던 미군 대위가 억지로 배를 태웠다고 했다. 그 소리를 듣고 모자는 아우성치는 마지막 피난민 행렬에 끼어 배를 탔다. 피난민들로 아우성치는 흥남부두의 살풍경을 갓난이가 기억할 수 없는 게 당연했지만, 시아버지는 마치 눈에 본 듯 그 광경을 자세히 설명하곤 했다. 누군가 시아버지 귀에 귀가 닳도록 들려준 이야기가 틀림없었다. 기를 쓰고 울어 대는 갓난아이를 품에 안고 시아버지의 어머니는 죽을힘을 다해 배에 올랐다.

콩나물시루 같은 배 안에서 피난민들 틈에 끼어 이리 밀리고 저리 밀리면서 모자는 부산까지 내려갔다. 그 지옥 같은 아수라장 속에서 그들을 지켜 준 건 남편이 배를 타고 남하했다는 소식을 알려준 고향 사람이었다. 그는 가족 하나 없이 혼자 소작농으로 뼈가 굵은, 목사였던 시할아버지 교회에 나가던 독실한 교인이었다. 그는 온 힘을 다해 갓난이를 품에 안고, 가엾은 모자를 보살폈다.

그들이 도착한 건 부산 외곽지대에 있는 피난민 수용소였다. 그 후 모자를 돌본 것도 그 고향 사람이었다. 얼마 뒤 시아버지와 그 어머니와 고향사람은 당시 정부의 피난민 정책의 일환의 대열에 끼어 증도의 염전으로 건너가 정착했다. 시아버지의 기억은 늘 증도의 아름다운 소금이 보석처럼 반짝이는 염전에서 시작되었다. 모자를 보살펴 준 성실한 소작농이던 고향 사람은 그 성실함을 인정받아 그곳에 없어서는 안 될 소금 장인이 되었다. 그는 정말 좋은 사람이었다. 전쟁이 끝난 몇 년 뒤 가족을 찾아온 세상을 다 헤매던 시아버지의 아버지가 염전에 나타났다. 그들 가족의 상봉은 행복하지만은 않았다. 어디선가 남편이 사망했다는 소식을 전해 들은 시아버지의 어머니는 이미 고향 사람, 소금 장인의 아내가 되어 있었다.

영화 〈남과 북〉의 주제가 〈누가 이 사람을 모르시나요?〉를 떠올리게 하는 슬픈 사연이었다.

그녀는 텔레비전 다큐 프로그램을 보는 걸 좋아했다.

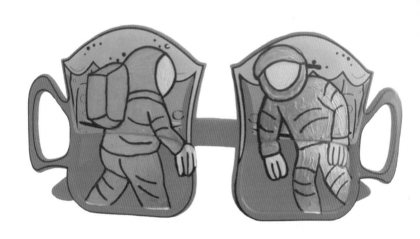

한 번, 단 한 번, 단 한 사람을 위하여

다른 나라에 가본 적이 한 번도 없는 그녀는 다큐 프로그램을 통해 지구상의 그 어느 곳도 안 가본 데가 없었다. 가본 곳과 가 보았다고 생각하는 것의 차이는 뭘까? 그건 기억의 조작일지도 모른다. 가끔 그녀는 그렇게 생각했다. 그녀는 달나라도 화성도 목성도 다 가본 것만 같은 기분이 들었다. 그중의 한 곳이 볼리비아의 우유니 소금사막이었다. 친한 친구로부터 너무 많이 들어서 그곳에서 살아본 것만 같은 미국의 뉴올리언스, 혹은 다큐 영화에서 본 티베트의 소금호수만큼이나 그녀는 볼리비아의 우유니 소금사막이 마치 가본 듯 낯익었다. 얼마나 많은 꿈속에서 그곳들을 보았던가? 그녀가 만든 안경을 쓰고 잠자리에 들면 이 세상 그 어디도 다 가볼 수 있었다.

그녀는 과거와 현재의 시공을 넘나드는 시아버지에게도 그만의 안경을 만들어 주고 싶었다. 모든 사람의 시력은 자기만의 도수를 지닌다. 자기만의 안경이 필요한 건 그 때문이다. 그 누가 타인의 삶에 관해 부연 설명할 수 있으랴?

다큐 필름에서 본 우유니 소금사막은, 아니 꿈속에서 본 그곳은, 사실 어느 쪽이 맞는 풍경인지 그녀는 확신할 수 없었다. 남한의 10분의 1 크기, 충청남도 넓이와 비슷한 우유니 소금사막의 소금물이 건조하면 벌집 같은 육각형 무늬의 소금결정체들로 사방이 하얗게 뒤덮였다. 천연소금으로 뒤덮인 소금사막이다. 멀리 산들이 섬처럼 보이고, 약간의 비라도 올라치면 소금호수에 하늘의 구름이 비치면서 마치 커다란 거울처럼 하늘을 담아낸다. 그 하늘이 담긴 소금호수에 빠져 죽고 싶다는 생각이 들 정도로 아름다운 곳, 밤에는 헬 수도 없는 별들이 쏟아져 내리는 그곳, 소금사막에서 별을 본 사람들은 그 수많은 별들을 보기 위해 사막을 다시 찾는다고 했다. 사막에다 침낭을 가져와 깔거나 덮고 누워서 밤하늘의 무수한 별들을 바라본 경험을 해 본 사람은 그 경험 이전의 존재와 다른 존재가 될지도 모른다고 그녀는 생각했다.

그녀의 상상 사이로 현실의 밤이 겹쳤다. 갯벌의 밤하늘이 우유니 소금사막과 다를 것이 없었다. 그녀는 담요를 깔고 드러누워 밤하늘의 별을 올려다보았다. 별 보기 체험을 실행하느라 밤에는 가로등을 모두 끄는 섬, 증도는 유난히 별이 잘 보이는 섬이다. 하늘의 별을 모두 다 세어 볼 작정으로 그녀는 별들을 세어 나갔다. 그녀에게 별의 숫자는 무한대처럼 보였다. 하긴 무한대란 비현실의 수학적 표현이라고 누가 그랬던가? 그러니까 영원이라는 건 비현실이다. 영원한 사랑, 영원한 삶 등등.

하지만 그녀는 그 비현실을 사랑했다.

별을 세다가 방향을 잃으면 처음부터 다시 세다가, 그러다가 문득 환영인지 실제인지 그녀는 빛을 발하지 않는 별 하나를 찾아냈다. 빛을 발하지 않는데도 그녀 눈에만 보이는 그런 별 하나를. 그러면서 문득 그즈음에 어느 과학 잡지에서 읽은 태양계의 지식이 겹쳐 떠올랐다. 태양계의 많은 행성들은 타원형 궤도를 가지고 있으며 그 궤도는 다른 행성에 의한 영향 때문에 궤도축을 중심으로 조금씩 회전한다. 일단 바깥에서 중력 반경 안으로 들어가면 어떤 물체도 다시 바깥으로 빠져나갈 수 없다. 따라서 중력 반경 안의 영역은 외부 관측자에게 전혀 빛을 발할 수 없으며, 그것은 과학적 용어로 '검은 구멍'이라 불린다. 이것의 물리적 의미는 별의 진화 과정에서 찾아볼 수 있다. 미국의 천문학자 '수브라마니안 찬드라세카르'는 모든 별은 모든 진화가 끝난 뒤 한없이 수축한다는 사실을 밝혀냈다. 검은 구멍은 그 별들의 최종 상태라 생각된다. 현재 관측할 수 없는 검은 구멍으로 보이는 천체가 몇 개나 존재하는지 확증할 길은 없다.

그녀가 갯벌 한가운데의 거대한 하늘에서 찾아낸 그

그대 안의 풍경The scene within you, 2010

빛을 발하지 않는, 진화를 멈춘 별은 어쩌면 시아버지의 별이었을까? 그러나 현실 속의 시아버지는 드문 순간이지만 가끔은 세상 어느 별보다도 더 반짝이는 별로 돌아오기도 했다. 증도에서는 더욱 자주 그랬다. 빛을 발하지 않는 별의 궤적을 따라가고 있는데, 펜션 주인 할머니와 시아버지가 텔레비전을 보다 말고 밖으로 나와 그녀 곁에 앉았다. 그러면서 시아버지의 옛이야기는 또다시 시작되었다.

시아버지의 아버지가 물어물어 모자를 찾아왔을 때, 어머니의 배는 점점 불러 오고 있었다. 하지만 어쩔 수 없는 일이었다. 소금 장인이 된 나중 남편과 목사였던 옛날 남편은 서로 잘 아는 사이였기 때문에, 굳이 다른 설명은 필요 없었다. 한 며칠 묵고 가려던 옛날 남편은 한 달 두 달 지나자 그냥 눌러앉아, 그들은 다 함께 살게 되었다. 옛날 남편과 나중 남편은 쩍하면 갯벌에서 치고받고 싸우기 일쑤였지만, 막걸리 한 사발씩 주거니 받거니 하다 보면 금세 친구가 되었다. 시아버지는 그날의 풍경들을 기억했다. 참 행복한 시간들이었다.

갯벌에는 언제나 '따각따각' 생명의 소리가 들렸다. 짱

뚱어, 농게, 칠게, 고동 등 수많은 생명체들이 사람의 기척만 들려도 재빠르게 갯벌 속으로 숨어 버렸다. 기억 속에서 시아버지의 유년은 끝없는 갯벌과 염전으로 넓어졌다. 그들 네 식구의 식사는 언제나 목사님의 기도로 시작되었다. 시아버지는 행복한 얼굴로 그렇게 평화로운 시간들에 관해 회상했다.

염전에서 최고로 인정받는 소금 장인인 새아버지의 노력으로 섬 최초의 교회가 세워졌다. 하지만 그들 이상한 가족에 관해 이러니저러니 소문을 퍼뜨리던 섬사람들은 아무도 교회에 오지 않았다. 빈 교회 의자에 앉아 만삭이 되어 가던 아내를 위해 기도하던 두 아버지의 기억을 시아버지는 잊을 수 없었다. 시아버지의 초현실적인 이야기를 들으며 그녀는 속으로 생각했다. 과연 그런 일이 있을 수 있을까? 시아버지의 기억 속에서 기억이 조작되거나 변형된 것은 아닐까? 어쨌든 그 행복은 그리 오래가지 않았다. 그러던 어느 날 어머니가 바닷가 절벽 아래 시신으로 발견되었다. 어린 시아버지는 아마도 친아버지가 어머니를 절벽 아래로 밀었을 거라고 생각했다. 며칠 뒤 아무 말도 없이 섬을 떠나버린 친아버지로 인해 그의 심증은 굳어졌다. 섬사람들은 남은 두 사람만 보면 입을 다물었지만, 뒤에서는 별 소리를 다 수군대곤 했다. 시신을 분명히 보았는데 사람을 부르러 간 뒤 다시 가니 없어졌다는 둥, 친아버지가 어머니를 업고 도망가듯 섬을 빠져나가는 걸 보았다는 둥, 그 수군대는 소리들은 바닷바람에 실려 온 섬을 떠돌았다. 두 사람이 떠나간 뒤, 시아버지는 새아버지인 소금 장인의 아들로 살았다. 새아버지는 좋은 사람이었다. 온 염전에 갖은 소문이 다 퍼디하게 피졌지만, 새아버지는 늘 따뜻하게 아들을 감싸 안았고 섬사람들의 거친 말들로부터 아들을 보호해 주었다. 아무도 그들이 남남이라는 사실을 아는 사람은 없었다. 이렇게 기막힌 이야기들을 들려주는 시아버지의 눈동자에 눈물이 어렸다. '저 눈물을 숫자로 표현하면 몇이나 될까?' 하고 그녀는 생각했다. 문득 아주 오래전 지금은 남편이 된 친구 오빠가 가르쳐 주던 삼각함수의 정의가 떠올랐다.

　"삼각함수는 한마디로 원운동을 직선으로 바꿔 주는 거야. 순간의 곡선을 직선으로 표현하는 거지. '얼마나 사랑하는지'를 '이만큼 사랑해' 하고 숫자로 표현할 수 있는 게 삼각함수야. 세상을 숫자로 표현할 수 있는 게 수학의 승리지."

　하지만 시아버지의 평범하지 않은 어린 시절을 숫자로

한 남자와 두 번 이혼한 여자

표현할 수 있을까? 도대체 이 복잡한 세상을 숫자로 표현할 수 있을까? 하지만 정말 우리는 모두 이 세상의 결과물을 다 숫자로 표현하면서 산다. 월급은 얼마이며, 전화번호는 몇 번이고, 자동차 번호는 몇 번이며, 인구는 얼마이고 평균 수명은 얼마이며, 주민등록번호와 여권 번호와 의료보험증 번호, 버스와 지하철의 번호, 모든 거리들과 모든 주소들의 번호, 그러고 보니 숫자로 표현될 수 없는 건 하나도 없었다. 문득 며칠째 소식이 없는 남편의 자신에 대한 사랑이 숫자로 표현하면 얼마만큼인지 궁금해졌다. 거꾸로 그녀의 남편에 대한 사랑은 몇이나 될까?

그 숫자에도 그녀는 슬며시 자신이 없어졌다. 아버지를 아내에게 맡겨 두고 며칠째 소식이 없는 남편, 며느리를 아내로 착각하는 아버지의 사랑을 질투하는 남편, 그 남편을 지금 얼마나 사랑하는지 묻는다면 0 이하로밖에는 답안지를 쓸 수 없을 것 같았다. 하지만 그 0 이하로도 숫자는 무궁무진한 것이다. 하지만 과연 수학은 승리했을까? 그녀는 슬며시 마음속의 서랍에서 자기만의 안경을 꺼내 썼다. 안경 속으로 시간이 거꾸로 흘러 시아버지가 작은 소년으로 변해 있었다.

남편이 이혼 서류를 들고 찾아온 건 그녀가 시아버지를 모시고 집을 떠나 증도로 온 뒤 두 달이 지난 뒤였다. 남편에게 아무리 전화를 해도 통화가 되지 않았던 그녀는 당황하지 않을 수 없었다. 이혼하고자 하는 사유는 대충 이랬다. 그렇게 많은 부담을 그녀에게 지울 수 없다는 거였다. 그녀가 아무리 괜찮다고 해도 남편은 굳건하게 고개를 저으며, 그렇게 가다가는 첫 번째 아내처럼 자기 곁을 또 떠나갈 게 틀림없다는 말도 안 되는 변명이었다.

　그녀는 기가 막혔지만, 한편으로는 홀가분하기도 했다. 그녀가 힘들었던 건 시아버지의 치매가 아니라 남편의 마음속 어둠이었다. 시아버지의 우아한 치매는 물론 마주 대하기 쉽지는 않았지만 그녀에게 이전에 없었던 숭고한 마음을 지니게 하기도 했다. 남편의 자기학대적인 어둠은 숫자를 사랑하는 그녀에겐 너무 무겁고 캄캄했다. 그렇게 그들은 너무 쉽게 헤어졌다. 숫자로 표현하면 결혼은 0이고, 이혼도 0일지 모른다. 하긴 삶도 0이고 죽음도 0이다. 수없는 사람들이 결혼에 대한 정의를 내려왔다. 해도 후회 안 해도 후회라는 둥, 미친 짓이라는 둥. 하지만 그녀는 여전히 진짜 사랑이란 결혼해서 같이 늙어 가는 사람들 사이에 오가는 소금 언어 같은 것이라고 믿었다. 어린이들이 학교에 가야 하는 것처럼 어른이 되면 누구나 결혼을 해야 하는 거라고 믿어 의심치 않았다. 하지만 두 사람 중 누구도 아무 잘못한 것도 없이 이혼을 하게 되는 이런 경우도 있을까? 원시 부족들도 이혼이라는 걸 했을까? 그녀는 서로 많이 증오하는 사람끼리만 이혼을 하는 줄 알았다. 그들은 단 한 번도 서로를 미워하지 않았고, 하긴 살뜰히 사랑한 것 같지도 않았다. 남편은 대단히 결단력이 있는 사람이었다. 아니 그는 늘 생각을 행동으로 옮겼다. 그것도 빠른 시간 안에. 이혼을 한 뒤 남편은 아프리카 남 수단으로 떠났다. 그녀가 한 번도 상상해본 적 없는 낯선 곳이었다. 아니 생각해 보니 그곳은 그녀가 어느 다큐 영화에서 본 신부님이 굶주리고 병든 아프리카 아이들을 돌보다 돌아가신 곳이기도 했다. 집을 짓는 일에 경험이 없지 않던 남편은 회사를 그만두고 절친한 친구 건축가를 따라 남 수단으로 건너가 학교와 병원을 짓는 일에 동참하고 있었다. 남편은 아버지를 부탁한다는 말과 함께 같이 살던 시내의 작은 아파트를 그녀 명의로 해주었다. 그 집은 사실 수학교사였던 시아버지가 근검절약해 모은 돈으로 산 집이기도 했다. 그녀는 시아버지를 증도에 두고 서울로 올라와 강남의 안경원에 다시 다니기 시작했다.

혼자된 그녀에게 세상은 날아갈 듯 가벼웠지만, 가끔 보고 싶은 사람은 남편이 아니라 시아버지였다. 아니 시아버지를 주인공으로 한 증도의 갯벌 풍경이었다. 주말마다 그녀는 증도를 향했다. 달라진 건 아무것도 없었다. 어쩌다 남편으로부터 이메일이 오기도 했다.

헤어진 사람들이라는 걸 잊은 듯 그들은 서로의 안부를 가끔 궁금해했다. 그녀는 하루 일을 마치고 집에 돌아와 시아버지의 서재 방에 들어가 몇 시간씩 앉아 있곤 했다. 그 방에는 수많은 책이 꽂혀 있었다. 그중에서 그녀가 제일 좋아하는 책은 알지도 못하면서 뽑아 들은 수학 잡지 중의 한 권이었다. 그중의 모르는 누군가가 쓴 한 페이지에 그녀의 마음이 꽂혔다.

만일 영원성이 한없이 계속되는 시간으로 정의되는 것이 아니고, 무한성이 끝없이 계속되는 공간의 개념이 아니라면? 아인슈타인은 특별 상대성 원리에서 공간과 시간을 하나의 수학적 구조로 보았다. 그 하나의 구조인 시공간 속에 시간도 공간도 없고, 단지 사이(interval)만 있을 수 있다고 했다.

한 번, 단 한 번, 단 한 사람을 위하여

무슨 말인지 알쏭달쏭하면서도 그녀는 책을 손에서 놓을 수가 없었다. 그녀의 머릿속에 남은 문장은 "아인슈타인의 상대성원리의 수학적 시공간 구조 속에 하나로 결합된 무한성의 영원성, 혹은 영원성의 무한성"이었다. 그녀가 못내 바라던 순도 100프로의 사랑을 숫자로 표현한다면 바로 무한성의 영원성, 영원성의 무한성이 되고 말리라.

　시아버지의 서재에 꽂힌 책들에는 그렇게 알쏭달쏭한 언어와 기호와 숫자들로 가득했다. 치매의 징후가 하루 종일 책을 읽는 일이라면 뭐가 그리 나쁠 것인가? 시아버지는 요즘도 하루 종일 책을 읽었지만 뭘 읽으셨는지 물으면 아무것도 읽은 게 없었다. 그런데도 어떻게 아는지 이상하게도 수학에 관한 책만 읽었다.

　그녀는 신문에서 읽은 치매에 걸린 화가의 이야기가 가끔 떠올랐다. 치매에 걸린 미국의 어느 유명한 노화가는 아침에 일어나서 해가 질 때까지 캔버스에 밑칠을 했다. 결코 그림을 그리지는 않았다. 그냥 하루 종일 벽에 페인트칠을 하듯 캔버스에 밑칠을 했다. 그가 칠한 캔버스의 사진도 떠올랐다. 그냥 누구나 칠할 수 있는 평범한 밑칠이었다. 중요한 건 일어나서 해질 때까지 반복적으로 칠을 한다는 거였다. 시아버지의 책 읽기도 그런 식이었다.

그녀 역시 틈날 때마다 서재 방에 들어가 이해가 가지 않는 어려운 수학책들을 읽는 낙이 생겼다. 어려우면 어려울수록 그녀의 마음에 평온이 찾아왔다. 마치 어릴 적 맨 처음으로 시력검사표를 보았을 때, 자신이 살아 있다는 느낌을 받았던 그런 느낌과도 비슷했다.

그녀는 다시 혼자가 되었지만, 매일매일 일을 하는 것이 행복했다.

손님이 없을 때는 쇼윈도 안의 갖가지 안경들을 써보곤 했다. 다른 안경을 쓰면 다른 사람이 되는 것 같았다. 그녀는 가끔 혼자 영화를 보러 갔다. 아이맥스 영화관에 가서 입체 안경을 쓰고 3D 영화를 보는 일은 그녀를 행복하게 했다. 서울과 증도 외에는 그 아무 곳에도 가본 적이 없는 그녀에게 아이맥스 3D 영화관은 마치 다른 우주에 착륙한 것 같은 기분에 빠지게 했다. 그즈음 아이맥스 영화관에 가서 그녀가 본 3D도 아닌 4D 영화는 그 유명한 〈아바타〉였다. 입체감이 있는 것뿐 아니라 의자가 흔들리고 연기가 나고 냄새까지 나는 4D 영화는 그녀에게 살아 있다는 떨림을 주었다. 영화 아바타는 인류의 마지막 희망인 행성 판도라에 관해 이야기하고 있었다. 영화의 주배경이 되는 판도라는 지구에서 4.4광년 떨어진 행성으로, 인류가 발견해낸 생명력 넘치는 공간이었다. 300미터에 달하는 나무들이 우림을 이루고 언옵타늄이라는 물질이 지닌 자기장 속성으로 인해 거대한 산들이 공중에 뜬 채 끊임없이 이동한다. 밤이 되면 판도라는 수많은 생명체들이 내부의 화학반응을 통해 뿜어내는 형광빛으로 눈부신 아름다움을 표출한다. 영화를 보는 내내 그녀는 증도를 떠올렸다.

가로등 불빛 하나 없는 밤, 별들이 움직이는 소리를 들을 수 있는 캄캄한 증도의 밤은 행성 판도라와는 거리가 멀었다. 하지만 그녀만의 특별한 안경을 끼고 바라다보면, 수많은 생명체들이 구멍 속으로 들어가고 나가며 목숨을 이어가는 삶의 현장 갯벌이 그녀에게는 행성 판도라와 다름없었다. 물이 넘쳐 들어왔다가 거짓말처럼 싹 빠져버리는 갯벌은 그녀에게는 언제나 마치 판도라의 움직이는 산만큼이나 신비로웠다. 영화의 내용은 이랬다.

가까운 미래 지구는 에너지 고갈 문제를 해결하기 위해 머나먼 행성 판도라에서 대체 자원을 채굴하기 시작한다. 하지만 판도라의 독성을 지닌 대기로 인해 자원 획

득에 어려움을 겪게 된 인류는 판도라의 토착민 나비족의 외형에 인간의 의식을 주입해 원격조종이 가능한 새로운 생명체 아바타를 탄생시키는 프로그램을 개발한다. 링크 머신을 통해 인간의 의식으로 아바타 몸체를 원격 조종할 수 있는 것이다. 게다가 아바타는 토착민 나비와 똑같은 모습과 동일한 신체 조건으로 만들어졌기 때문에 판도라 행성에서 자유롭게 활동할 수 있다. 판도라의 토착민 나비족은 파란 피부에 3미터가 넘는 키, 뾰족한 귀와 긴 꼬리를 지니고 있었다. 입체 안경을 낀 그녀는 문득 영화 속 나비족 여인에게서 자신의 모습을 보았다. 지구인인 주인공과 나비 원주민의 행성을 뛰어넘은 사랑, 그녀는 문득 남편의 아바타가 아프리카 남 수단에 가 있는 거라는 착각이 들었다. 진짜 남편은 중도에 있을지도 모른다는 생각이 스쳐가자 그녀의 온몸에 소름이 돋았다. 자신을 오래전에 세상을 떠난 아내와 착각하는 시아버지의 모습이 영화 아바타에 겹쳐졌다. 그렇다면 자신은 얼굴도 본 적 없는 시어머니의 아바타일까? 아니 어린 시절 갑자기 수증기처럼 세상에서 증발한, 시아버지의 그리운 어머니의 아바타는 아닐까? 그녀는 문득 시아버지의 서재에 꽂혀 있던 낡은 잡지에서 본 알 듯 모를 듯한 수학에 관한 정의들이 영화 '아바타'를 설명하는 것 같아 신기한 생각이 들었다.

　만일 영원성이 한없이 계속되는 시간의 개념이 아니고, 무한성이 끝없이 계속되는 공간의 개념이 아니라면?

　영화 '아바타' 속에서 시간과 공간은 따로 있지 않았다. 하나의 수학적 구조로서의 시공간 속에 있는 사이 (interval), 그 사이에 그녀가 있었다.

　남편이 돌아왔다. 아프리카는 그에게 너무 먼 우주였다. 가난하고 병든 아이들에게 학교와 병원을 지어 주고 우물을 파서 깨끗한 물을 먹여 주는 일은 늘 보람 있는 일이었지만, 남편은 어딘가 조금씩 아프기 시작했다. 어디가 아픈지 알 수도 없었다. 서울로 돌아와 제일 먼저 떠오르는 얼굴은 그녀였다. 그래서 그들은 말없이 약속이라도 했던 것처럼 또 다시 부부가 되었다. 남편은 매일 조금씩 더 어딘가 아팠다. 하루는 배가 아팠고, 하루는 머리가 아팠고, 하루는 눈이 아팠고, 하루는 귀가 아팠고, 하루는 마음이 아팠다. 병원에 가서 검진을 받아도 이유를 모르는 병이라 했다. 그녀는 시름시름 앓는 남편을 집에 놓아 두고 일을 하러 나가는 게 불안했다. 아니 어떤 날은 남편이 그녀를 따라 안경원에 같이 가서 하루 종일 같이 앉아 있는 일도 있었다. 누구나 보기만 해도 기분이 좋아지는 꽃미남 형으로 생긴 남편의 외모 탓인지, 남편과 동행하는 날이면 고가의 비싼 안경이 여러 개 팔리기도 했다. 그래서 안경원 사장도 그녀가 남편과 함께 가게에 나오는 걸 싫어하지 않았다. 하지만 그것도 며칠일 뿐, 남편은 시름시름 앓기 시작했다. 나중에야 안 일이지만 남편의 병은 아프리카의 희귀종 모기에게 물려 생긴 특종 말라리아였다. 병원에 가서 치료를 받아도 아무 소용이 없었다. 남편은 계속 신열에 들떠 헛소리를 했다. "어머니가 살아 계신다. 전라남도 나주 산속에 어머니가 살아 계신다. 어머니가 부적을 그려 주면 아무리 아픈 아이도 금세 살아난단다." 그녀는 그게 무슨 뜻인지 도저히 알 수가 없었다. 병원에서는 병원에서 할 수 있는 일이 없으니 집에 데려가 간호하라 했다. 남편의 병이 점점 심해지던 어느 날, 마치 거짓말처럼 멀쩡한 시아버지가 아들을 보러 증도에서 올라왔다. 그녀는 너무 멀쩡한 시아버지가 아픈 남편의 얼굴을 쓰다듬는 모습을 지켜보았다.

"아버지, 할머니가 전라남도 나주 산골의 어느 산사에 살아 계세요." 그게 남편의 마지막 말이었다. 그녀와 시아버지와 펜션 아주머니 셋이 남편의 유골을 중도 바다에 띄워 보냈다. 남편이 세상을 떠난 뒤 시아버지는 점점 더 멀쩡한 사람이 되어 갔다. 모든 생각이 멀쩡했는데도, 며느리를 아내로 착각하는 것만은 여전했다. 어쩌면 그녀가 시어머니의 아바타일지 모른다는 소름끼치는 생각이 가끔 그녀의 머릿속을 맴돌았지만, 워낙 점잖은 시아버지의 모습이 그녀를 마음 놓이게 했다. 시아버지가 자꾸 어머니를 찾으러 가자고 그녀를 보챈 건 남편이 죽은 뒤 스무 날이 지난 뒤였다. 시아버지와 함께 전라남도 나주에 있는 산사를 찾아가는 길은 멀었다. 깊은 산이 휘돌아 감은 그 아득한 산자락에 암자가 하나 있었다. 어쩌면 그렇게 아름다운 사찰이 산골 깊숙이 숨겨져 있었다. 그들 일행은 주지스님이 계신다는 암자에 들러 사연을 이야기드렸다.

중년의 주지스님은 마치 기다리고 있었다는 듯 그들 일행을 반갑게 맞아 주었다. 그리고 다음 순간 90은 되었을 비구니 한 분이 장지문을 느리게 열고 들어섰다.

시아버지는 놀랍도록 해맑은 노스님의 얼굴과 마주치는 순간 '어머니' 하고 오열을 터뜨릴 듯한 표정을 지었

한 남자와 두 번 이혼한 여자

다. 하지만 편안한 얼굴의 노비구니는 그저 다 알고 있다는 듯이, 아무 말 없이 시아버지의 얼굴을 물끄러미 들여다보며 말했다. "저는 처사님의 어머니가 아닙니다. 요즘 부쩍 처사님의 어머니 꿈을 자주 꾸는 탓에 한번 꼭 뵈었으면 했습니다. 처사님의 어머니는 이 절에서 오랜 세월 공양주 보살을 했던 분이지요. 음식을 하도 맛있게 해서 저도 이 절에 와서 밥을 참 많이 먹었습니다. 그림솜씨도 좋아서 신도들에게 부적을 그려 주곤 했지요. 이상한 건 그분이 자신이 누구인지 어디서 살았는지 전혀 기억이 없다는 거였습니다. 그리고 그 기억이 어느 날 갑자기 되살아난 건 세상을 떠나기 얼마 전이었어요. 오랜 세월 피붙이처럼 지낸 제게 몇십 년 만에 한꺼번에 떠오른 사연을 들려주며 한없이 우셨어요. 아들을 만나 보고 이 세상 떠나는 게 소원이셨지요. 여기서 며칠 머무르시며 어머니를 위해 기도나 해드리시지요."

그랬다. 산다는 건 아무것도 아니고 그저 공짜 여행이었다. 하루라도 더 살면 얼마나 고마운 일일까. 그녀는 그날 밤, 시아버지를 암자에 두고 혼자 차를 몰아 서울로 돌아왔다.

그녀는 서울에 돌아오자마자 책장 속에 가득히 꽂힌 시아버지의 책들과 그가 남긴 일기와 편지들을 정리했다. 어느 시점 이후부터는 전혀 기억이 없는 시아버지의 삶을 되돌려보고 싶었다. 그래야 남편의 삶도 이해할 수 있을 것 같았다. 한 사람의 생은 수많은 단어들로 조립된 사전이다. 우선 그녀는 자신의 삶을 구성하는 단어들을 하나씩 떠올려보았다.

숫자, 안경, 사막, 별, 중도, 한 번도 가본 적 없지만 다큐 필름이나 영화, 혹은 꿈속에서 본 풍경들, 뉴올리언스의 가면무도회, 우유니 소금사막, 티베트의 소금호수, 아바타, 행성 판도라. 시력검사표, 영원한 사랑 등등. 그녀는 문득 자신과 관련 있다고 생각해 온 그 많은 단어들 중 자신과 관련 있는 단어가 하나도 없다는 허무한 생각에 이르렀다. 가본 적도 없는 낯선 나라의 풍경, 해본 적도 없는 사랑, 입체 안경을 쓰지 않으면 보이지 않는 영화 속 우주의 미로, 도수가 맞지 않는 수많은 안경들, 한 번도 이유 있는 그녀의 삶을 설명해 주지 못한 시력검사표. 그녀의 삶을 그림에 비유한다면 한 번도 구체적인 사실화인 적이 없었다.

늘 아득한 추상화였다. 점과 선과 원과 직사각형과 아

득한 수평선들로 마무리되는 그런 추상화……. 그렇다면 아무리 들여다봐도 이해할 수 없는 타인의 삶은 어떨까?

　그녀는 시아버지의 삶의 사전 속 단어들을 나열해보았다. 전쟁, 흥남 부두, 피난민으로 가득 찬 배, 염전, 소금, 아버지, 어머니, 의붓아버지, 만삭의 어머니, 절벽에서 내려다보이는 바다, 증도의 작은 교회, 그 안에 앉아 기도하던 네 사람, 사라진 어머니, 사라진 친아버지, 착한 의붓아버지, 수학, 책, 아인슈타인, 상대성이론, 별, 증도, 죽은 아내, 살아 돌아온 아내(며느리와 착각하는), 살아 돌아온 어머니(펜션 주인 아주머니와 착각하는) 등등. 시아버지의 삶을 그림에 비유한다면 치매에 걸리기 이전과 이후로 설명될 수 있을 것이었다. 치매에 걸리기 이전은 구상, 이후는 추상이었다. 아니 구상과 추상을 넘나드는 초현실주의였다. 그녀는 이제는 세상에 없는 남편의 삶 속의 단어들도 떠올려 보려 애썼다. 일찍이 세상을 떠난 어머니, 아내를 여의고 온 삶을 받쳐 두 아이를 길러 낸 정말 좋은 아버지, 어느 날 갑자기 치매에 걸린 그리 늙지도 않은 아버지, 아들의 첫 번째 아내를 오래전에 세상을 떠난 자신의 아내와 착각하는 아버지, 아들의 두 번째 아내도 오래 전에 세상을 떠난 자신의 아내와 착각하는 아버지, 아

한 남자와 두 번 이혼한 여자

프리카, 말라리아, 대학 시절 수학을 가르치던 고등학교 시절의 앳된 그녀를 다시 만난 강남의 안경점, 크고 작은 운명들 등등. 하지만 우리가 자신의 삶을 설명하는 그 많은 단어들과 자신이 아무런 상관도 없다는 걸 알게 되는 데는 그리 오래 걸리지 않는다. 그렇다면 삶은 무엇인가?

모래성이었다. 그녀의 눈앞에 마치 3D 영화관에서 입체 안경을 쓰고 바라보듯, 어린 모습의 시아버지가 바닷가에서 모래성을 쌓는 모습이 보였다. 아니 그 어린아이는 시아버지가 아니라 세상을 떠난 남편의 어린 시절 모습이기도 했다.

우리가 언제 만났었던가? 그녀에게 수학을 가르쳐 주던 남편의 풋풋한 모습이 스쳐 지나갔다. 그때 그가 그녀에게 가르쳐 준 미분과 적분과 삼각함수가 다 모래성이었다. 아인슈타인은 알았을까? 그가 발견해 낸 상대성 원리가 바로 모래성을 쌓는 일이었다는 걸. 그러나 그럼에도 불구하고 이 지구가 어느 날 영원히 마지막을 고할 때, 그래도 모래 위에 손가락으로 남기고 싶은 단 하나의 단어가 '사랑'이라고 그녀는 믿고 싶었다. 그런 수많은 생각들 사이로 그녀는 마치 시각장애인이 점자책을 읽어 내듯 책장 서랍 속에서 편지 뭉텅이를 찾아냈다. 누렇게 바랜 종이가 금방 부스러질 듯 서걱거렸지만, 잉크로 써내려 간 글씨만은 또렷했다. "아들아. 이 애비가 죽을 날이 얼마 남지 않은 것 같다. 너에게 이 말만은 꼭 전해야 할 것 같아 편지를 쓴다. 아무래도 네 어머니가 죽지 않고 살아 있는 것만 같다. 꿈속에 수없이 나타나 미안하다며 울더라. 네가 너무 보고 싶다 한다. 그때 네 친아버지가 네 어머니를 데리고 같이 섬을 떠나는 걸 본 건 바로 나였다. 절벽에서 떨어져 죽은 줄만 알던 네 어미를 업고 섬을 떠나는 네 친아버지를 말릴 수 없었던 나를 용서해라. 이제 곧 세상을 떠나려 하니, 세상은 설명할 수 없는 암호들로 가득한 낯선 곳이었다. 평생 소금쟁이로 살아온 내가 그래도 정성을 다한 건 소금과 내 아들 바로 너였다. 그러니 네가 바로 소금이다. 빛과 소금이 되어라. 내 사랑하는 아내, 아니 네 어머니, 그녀를 업고 가는 네 친아버지인 목사님을 말리지 못한 건 그분에 대한 존경심과 미안함 때문이었다. 가난했던 우리 가족을 다 먹여 살려 주던 목사님의 선친을 생각하면 정말 면목이 없었다. 이게 다 그 전쟁 탓이었다고 이 아비를 용서해 주길. 어쩌면 이 세상 어디엔가 살아 있을 네 어머니와 그때 만삭이던 뱃속에서 무사히 세상에 나왔을지도 모르는 네 동생을 꼭 찾아 주

한 번, 단 한 번, 단 한 사람을 위하여

길 바란다." 편지는 이렇게 끝나 있었다.

그녀는 차분한 마음으로 부스러질 것만 같은 낡은 편지를 조심스럽게 넘기며 한 번 두 번 세 번을 다시 읽었다. 결코 남의 이야기일 수 없는 슬픈 가족사가 그녀의 마음속에 오랜 가뭄처럼 무겁게 내려앉았다. 누구의 가족사인들 슬프지 않으랴? 더구나 전쟁을 겪은 나라에 사는 사람들의 가족사는 켜켜이 얼룩진 눈물의 교향곡이다.

가끔 전화가 걸려 오기도 하지만, 그녀는 아주 잊었다고 생각했던 어머니를 떠올렸다. 하지만 아무런 감흥이 없었다. 결혼을 하면서 그녀는 가족이 생겼다. 어머니가 재혼을 한 이후로 그녀는 단 한 번도 자신이 가족이 있다는 생각을 하지 않고 살았다. 하지만 지금 치매에 걸린 시아버지가 자신의 유일한 가족이라는 사실이 그녀에게 위로가 되었다. 알 수 없는 일이었다.

그녀는 매일 아침마다 안경원에 출근하여 쇼윈도 속의 안경들이 제 자리에 있는지 점검했다. 가끔은 자리를 바꾸기도 하고 렌즈를 닦기도 했다. 요즘 부쩍 손님이 없었다. 불경기 탓이라지만 아마도 라식 수술을 하는 사람들이 많아진 탓이라고 그녀는 생각했다. 아직 햇볕이 강하지 않은지라 선글라스를 사러 들어오는 사람도 별로 없었다. 손님이 없는 날은 그녀는 혼자만의 환상에 빠져들곤 했다. 거짓말처럼 안경원에 나타났던 그녀의 첫사랑, 아니 생애 단 한 번뿐인 사랑인 남편이 이제는 이 세상 사람이 아니라는 게 그녀는 시간이 갈수록 믿기지 않았다. 어느 비 오는 오후, 고등학교 시절 그녀에게 미분과 적분과 삼각함수를 가르쳐 주던 앳된 남편의 모습이 안경원의 유리창 밖에 나타나 한동안 미동도 않고 서있었다. 그녀는 말없이 서 있는 남편에게 말을 걸었다.

"당신 죽은 거 맞아?" 남편은 말이 없었다. 단지 좀 추워 보였다. 그녀는 남편이 죽은 게 아니라고 확신했다.

다큐 필름 속에서 본, 한 번도 가본 적 없는 세상의 모든 풍경들이 가본 것과 뭐가 다를까? 그녀는 그렇게 생각했다. 그렇듯 남편은 아프리카에서 걸린 열대병을 앓다가 어이없이 죽은 게 아니라, 그저 그녀와 두 번 이혼한 거라고 생각했다. 한 번은 아프리카로 떠나기 전 남편과, 또 한 번은 아프리카에서 돌아온 남편과 두 번째 이혼한 거라고 그녀는 생각했다.

그래서 언젠가 남편은 다시 돌아올 거라고 그녀는 생각했다. 며칠 뒤 주말에 그녀는 시아버지의 서재 낡은 서랍에서 발견한 낡은 편지 뭉텅이를 들고 시아버지가 머물고 있는 나주의 작은 암자로 내려갔다. 왜 이제 왔냐며 반기는 시아버지의 곁에는 노 비구니 스님과 주지스님이 가족처럼 화기애애하게 앉아 있었다. 대뜸 시아버지가 말을 꺼냈다.

"여보. 여기 이 사람이 내 동생이네. 그러니까 자네의 하나뿐인 시아주버니지." 주지스님은 조심스럽게 그녀에게 이해하라는 듯 눈길을 보냈다. 그가 시아버지의 어머니가 낳은 시아버지의 동생임이 틀림없다는 건 얼굴만 봐도 알 수 있었다. 그들은 참 많이 닮아 있었다. 아니 그들은 같은 사람의 한참 젊은 시절 얼굴과 나이 든 얼굴처럼 보였다. 이 복잡한 인연의 실타래에 그녀가 끼어 있다는 사실이 믿기지 않았다. 정작 그녀의 남편은 이 세상을 떠나고 없는 것이다. 왜 남편이 치매를 앓는 시아버지가 며느리를 아내라고 착각하는 현상을 질투하며 아프리카로 떠났는지 문득 이해할 수가 없었다. 아니 어쩌면 오해를 한 건 남편이 아니라 그녀였는지도 모른다.

남편이 말했듯, 정말 그녀에게 그렇게 무거운 짐을 맡기고 싶지 않아서였을지도 몰랐다. 누군들 타인의 마음을 알 건가? 제 마음도 잘 모르면서.

그녀는 열대병에 걸려 돌아와 자신 곁에서 시름시름 앓다가 죽어 간 남편과 시아버지가 두 사람이 아닌 같은 사람으로 생각되는 이유도 알 수 없었다. 누가 누구의 아바타였는지 알 수 없지만, 그들은 그녀의 마음속에서 결코 분리될 수 없는 하나의 존재처럼 느껴졌다. 남편이 죽어 가며 아버지를 부탁한다는 말 한 마디 남기지 않았지만, 그녀는 시아버지를 남처럼 버려둘 수 없었다.

노 비구니 스님은 그녀에게 시아버지의 어머니에 관해 길고 긴 이야기를 들려주었다. 시아버지의 어머니가 목사였던 남편과 소금 장인이었던 두 번째 남편 중 누구를 더 사랑했는지는 알 수 없었지만, 두 사람 다 사랑했다는 건 부인할 수 없는 사실이었다. 절벽에서 사체로 발견된 시어머니를 업고 떠나는 목사님을 멀리서 바라보고 있었던 건 시아버지를 진심으로 길러 준 소금 장인 의붓아버지였다. 그 다음 이야기는 아무도 모른다. 죽은 줄 알았던 시아버지의 어머니는 아무런 기억도 하지 못하는 과거 없는 여인이 되어 버린다. 그러면 그녀를 안고 섬을 떠났던 목사님은 어떻게 되었을까? 그의 소식을 아는 사람은 아무도 없었다. 단지 아무 기억도 하지 못하는 시아버지의 어머니는 어느 작은 사찰에서 아이를 낳고, 그 아들

한 남자와 두 번 이혼한 여자

이 그곳의 주지스님이 되었다는 사실만 알게 되었을 뿐이다. 그곳에서 공양주 보살을 하며 살아온 그 오랜 세월을 곁에서 계속 지켜본 사람이 바로 노 비구니 스님이었다. 주지스님과 함께 시아버지의 어머니 임종을 지켜 준 분도 그 분이었다. 임종하기 얼마 전에 모든 기억이 되살아나서 증도에 두고 온 아들을 너무나 보고 싶어 했던 그 슬픈 여인의 이야기를 들으며 그녀는 밤새 울었다. 모든 생물체의 이야기는 슬프다. 반복되는 슬픈 인생을 살아온 사람들의 삶에 관해 사람들은 드라마 같다고 말한다. 하지만 삶은 때로 드라마보다 더 드라마틱하다. 부쩍 피곤했던 그녀는 반은 졸면서 쉬엄쉬엄 시아버지의 어머니의 슬픈 삶에 관한 이야기를 듣고 또 들었다. 그러면서 시아버지의 의붓아버지가 남긴 편지 중 한 구절이 계속 맴돌았다.

"나는 평생 소금쟁이로 살아왔다. 사랑하는 아들아. 세상의 빛과 소금이 되거라." 자신의 하나밖에 없는 아들이 스님이 되었다는 사실도 모르는 채 시아버지의 의붓아버지는 시아버지의 진짜 아버지인 목사님과 함께 세운 섬 교회를 가꾸면서 늙어 갔다. 그곳에 가서 기도를 하는 일이 그의 유일한 기쁨이었다. 그가 세상을 떠난 뒤에도 그

교회는 그가 남긴 자산으로 섬 아이들의 장학금을 주는 일 등으로 반짝반짝 빛이 났다.

이혼한 남편이 다시 돌아와 병들어 세상을 떠났을 때, 그녀는 이혼하든 사별을 하든 다른 게 하나도 없다는 생각이 들었다. 헤어짐의 방법이 다를 뿐, 그녀는 그저 죽은 남편과 두 번 이혼한 것뿐이라고 다시 한 번 생각했다. 두 번 이혼을 하고 남편은 다시 아프리카로 떠나 가끔 편지를 보내는 거라고 생각했다. 아버지를 돌보아 줘서 고맙다는 구절을 한 번도 쓰지는 않았지만, 어느 날 강남의 안경원에서 그녀를 다시 만난 순간이 생애 가장 행복했던 순간이었다고 써 보낸 그의 글씨가 눈에 보듯 아련했다.

three

아마 늦은 여름이었을 거야

"

아마도 그는
그녀를 사랑한다고 말했다.
그렇게 시간이 흘러
때는 바야흐로 또 늦은 여름이었다.

"

아마 늦은 여름이었을 거야

아마 늦은 여름이었을 거야.

우리 둘은 호숫가에 앉았지.

이렇게 시작되는 산울림의 노래는 오래전 그녀의 대학 시절 분위기를 떠올리게 하는 엑기스 같은 노래였다. 그 노래는 80년대 특유의 절규도 저항도 큰 목소리도 아닌 예외적인, 평화롭고 작고 부드러운 목소리였으며, 중심이 아닌 주변을 맴도는 나른한 수런거림이었다. 그것은 젊음 특유의 불안, 열정, 사랑이라고 이름 붙여지기 전의 모호한 욕망, 그러나 때 묻지 않은 신선함, 그런 것들을 떠올리게 했다.

아마 늦은 여름이었을 거야.

우리 둘은 호숫가에 앉았지.

그 남자를 사랑한 것도 아닌데, 대학 시절을 생각하면 떠오르는 얼굴이 있었다.

어느 여름밤, 정말 그 둘은 호숫가에 앉아서 아마 키스를 했을지도 모른다. 미적지근하고 미숙하기 짝이 없는, 덜 삶아진 국수 같은, 그렇다고 별 떨림도 없는 키스. 그리고 3학년 2학기가 끝나갈 무렵 그는 군에 입대했다.

그녀의 왼팔은 의수義手였다. 어릴 적 어머니를 따라 길을 건너던 그녀는 어머니의 부주의로 어머니 손을 놓쳤다. 그러다 사고가 났고 왼쪽 팔 하나를 잃었다. 20여 년을 의수를 끼고 살아온 그녀에게 그는 첫 키스를 한 뒤 바로 이렇게 말했다. "우리 엄마가 왜 하필이면 팔 병신을 만나느냐고 그러더라." 물론 그의 성격상 악의惡意는 하나도 없었다. 그저 그 존재 자체가 그날 밤 그녀에게는 커다란 악의였다. 그는 군대 가기 전날 밤 불쑥 찾아와 "너 오늘 밤 집에 들어가지 마" 했었다. 그 과장된 몸짓이 그녀는 마음에 들지 않았다.

헤어짐의 슬픔도 별로 없이 맨송맨송하게 그들은 아무

일도 없이 헤어졌다. 사실 그녀는 다른 누군가와 영화를 보고 싶을 때, 그와 함께 영화를 보았다. 다른 누군가와 강물을 바라보고 싶을 때, 그와 함께 차를 마시고 술을 마셨다. 다른 누군가와 하고 싶던 키스를 그와 함께 나누었다. 속으로는 다른 사람을 그리면서, 늘 그에게서 위로를 받았다. 그녀는 늘 다른 사랑을 꿈꾸며, 그와의 지루함을 참으며 벌을 서고 있는 기분이었다. 그 아까운 청춘의 날들에 그녀는 그렇게 시간 낭비를 하곤 했다. 그게 다 외로웠기 때문이라는 걸 그녀는 나중에 알았다.

하지만 그가 군에 입대하고 소식을 끊은 뒤에도 그녀는 가끔 그를 생각했다. 세월이 많이 지난 뒤에도 자신을 정말 사랑한 건 그뿐이라는 생각을 한 적도 있었다.

세월이 많이 흐른 뒤 어느 더운 여름날 오후, 그녀는 길에서 우연히 그를 만났다. 길을 건너려고 파란 불이 켜지기를 기다리는 그녀 곁에 그가 서 있었다. 그가 적극적으로 아는 체를 하지 않았다면 그들은 그저 모르는 체 스쳐 지나갔을 것이다.

그들은 가까운 스타벅스에 들어가 아메리카노 두 잔을 주문했다. 커피가 나오기를 기다리는 동안 전화번호를 교환하고, 많이 변한 얼굴들을 바라보며 어색하게 뜨거운

한 번, 단 한 번, 단 한 사람을 위하여

커피를 마셨다. 다음 날 그가 전화만 하지 않았어도 그는 그녀에게 산울림의 노래 〈아마 늦은 여름이었을 거야〉의 이미지처럼 그렇게 산뜻하게 기억되었을 것이다.

다음 날, 그녀가 근무하는 대학 캠퍼스로 찾아온 그는 유쾌한 목소리로 저녁을 먹으러 가자고 했다. 근처의 이탈리안 레스토랑으로 들어가 앉기가 무섭게 그는 말문을 열었다. "사실은 말이야. 내가 아내와 이혼을 하려고 해. 우리 그냥 결혼해서 같이 살자."

그때 그녀의 머릿속에서 또 그 노래가 맴돌았다. 〈아마 늦은 여름이었을 거야〉

그는 군대 가기 전날처럼 또 엉뚱한 청혼을 하고 있었다. 그 순간 그녀는 그때나 지금이나 왜 자신이 그를 사랑할 수 없었는지 그제야 알 것 같았다. 그날 이후 다시는 그에게서 연락이 없었다. 마치 군대가기 전날, 그때처럼.

그녀는 가끔 라디오에서 흘러나오는 그 노래를 들을 때마다 언제나 스무 살로 돌아가는 듯한 나른한 기분이 들었다. 몇 해의 여름인가가 지나갔고, 그녀는 한국 주둔 미군 변호사랑 결혼을 해서 뉴저지에 정착한 언니를 따라 미국으로 유학을 떠났다. 죽 공부해 왔던 그림을 포기하고 아트 테라피(미술치료)로 전공을 바꾸었다. 어쨌든 아트 테라피는 그녀의 적성에 맞았다. 학교를 마치고 그녀는 뉴저지 근교의 신경정신과 병원에 취직을 했다. 세상을 향해 마음의 문을 굳게 닫은 아이들에게 그림을 그리게 하고, 그림으로 그들의 아픈 마음을 치료하며 그녀는 보람을 느꼈다.

제리를 처음 만난 건 그러니까 그녀가 병원에 취직을 한 그해 늦은 여름이었다. 제리는 한 달에 두 번 자폐 증세가 있는 조카를 데리고 병원에 왔다.

아이는 그림 그리기를 좋아했다. 특이한 건 커다란 종이 위에 언제나 딱 한 사람만을, 그것도 귀퉁이에 개미처럼 조그맣게 그려 넣었다. 그 배경으로 아이가 칠한 하늘은 막막한 검은색이거나 음울한 회색이거나 잔뜩 성난 듯한 붉은색이었다.

그녀는 문득 엄마 손에 이끌려 미술학원을 다니던 어릴 적 자신의 모습을 떠올렸다. 언제나 구석에 앉아 아무 말 없이 그림만 그리던 아이, 도화지 위에 하늘색은 절대 칠하지 않던 아이, 의수인 왼팔을 누가 눈치챌까 봐 화장실도 못 가던 아이. 그러던 어느 날, 미술학원에서 같이 그림을 그리던 한 남자 아이가 슬며시 다가와 이렇게 말했다. "너 팔 하나 없지? 근데 너 혹시 벙어리니?"

그녀는 아무 대답도 하지 않았다. 말하자면 요즘 세상에서라면 그녀야말로 중증 자폐 어린이였다. 그녀의 자폐증은 일종의 결벽증의 형태로 나타났다. 공책에 글씨를 쓰면 그 글씨들을 하나도 믿을 수 없었다. 그래서 그 글씨가 남의 눈에 제대로 보일 때까지 지우고 다시 쓰고 또 지우고 다시 썼다. 그러다가 공책은 찢어지기 일쑤였다. 공부를 하려면 책상과 의자와 방의 공기 중에 먼지가 너무 많아 집중이 되지 않았다.

학교에 가려면 매일 의수와 의족들을 파는 광화문의 가게 앞을 지나야만 했다. 그 가게 앞을 지나는 게 그녀에게는 크나큰 고통이었다. 그 옆집은 생사탕生蛇湯을 파는 집이었다. 긴 유리관 안에 똬리를 튼 뱀들이 담겨 있었다. 눈을 질끈 감고 그녀는 의수 가게와 생사탕 가게를 지나쳤다. 1960년대 말, 그 시절엔 길에서 전쟁의 후유증을 앓는 상이용사들을 종종 볼 수 있었다. 그 모습을 볼 때마다 그녀는 자신의 있지도 않은 왼팔에 통증을 느꼈다.

그녀는 제리의 조카 '빌'을 보면서 어릴 적 자신을 떠올렸다. 여덟 살인 빌은 온순하다가도 가끔 난폭한 모습을 보였는데, 그것은 타인을 향한 것이 아니라 자신을 향한 난폭성이었다. 화가 나면 귀를 피가 나도록 잡아 뜯고,

아마 늦은 여름이었을 거야

그대 안의 풍경 The scene within you, 2005

손톱에 피가 나도록 물어뜯었다.

그녀는 진심으로 빌을 대했다. 빌뿐만 아니라 그 누구든 다 진심으로 대했다. 그녀가 근무하는 병동 중 한 건물은 주로 자폐증 어린이들이나 심한 우울증 환자들을 위한 정신 병동이고, 다른 건물은 정신 지체 장애인들을 위한 요양원이었다. 그녀는 그 두 곳을 왕래하며 수많은 종류의 마음이 아픈 사람들과 소통하려고 노력했다. 미국은 그들에게 참 관대한 나라였다. 이를테면 정신 지체 장애인들에게 나라에서는 매달 기금이 나왔다. 그들이 모르는 새 통장에는 새록새록 돈이 쌓였다. 그 돈으로 그들은 자신도 모르게, 요양원의 월세를 내고 생활 필수품을 사고 가끔은 영화도 보고 단체로 외출도 했다. 하지만 이해가 가지 않는 건 단체 영화 관람 때 어떤 영화를 볼지 결정하는 데 간호사들의 입김이 크다는 거였다. 그녀들이 공포 영화를 보고 싶으면 그들은 단체로 공포 영화를 보러 갔다. 무서운 영화를 보면서 정신 지체 장애인들은 부들부들 떨었다. 그녀는 이 우스꽝스러운 형식뿐인 행사의 절차에 관해 진절머리를 냈다. 커다란 두 눈에 순수한 열정을 머금은 잘생긴 유대인 청년 제리는 요양소에서 일어나는 이런저런 얘기들을 귀담아들어 주는 그녀의 유일한 친구였다.

제리의 아버지는 아우슈비츠에서 살아남은 마지막 생존자 중의 하나였다. 그는 아우슈비츠에서 살아남아 미국으로 오자마자 한국 전쟁에 동원되었다. 한국 전쟁 참전용사였던 그는 또다시 의연히 살아 돌아왔다. 만신창이가 된 몸과 굳건한 정신력으로 살아남아 아직도 가끔 홀로코스트에 관해 미국 전역을 돌며 강연을 했다. 우스꽝스러운 얘기지만, 그녀는 어릴 적부터 늘 전생에 자신이 '안네 프랑크'였다는 생각을 하곤 했다. 《안네 프랑크의 일기》는 그녀가 어릴 적 가장 감명 깊게 읽은 유일한 책이었다. 그런 생각들이 제리와 쉽게 가까워지는 계기가 되었을지 모른다.

어쨌든 그들은 주말마다 만났다. 그는 가진 땅도 가진 돈도 없었지만, '브라더스 포Brothers Four'가 부르고 양희은이 번안해 부른 〈일곱 송이 수선화〉라는 노래를 연상케 하는 순수함을 지니고 있었다. 그의 눈은 늘 이렇게 말하는 듯했다.

나는 너에게 땅을 사줄 수도 없고, 값비싼 반지를 사줄 수도 없지만, 일곱 송이 수선화를, 아침의 맑은 공기를, 지는 해의 아름다움을 보여 주겠노라고.

아마 늦은 여름이었을 거야

주말마다 그녀는 그와 함께 영화를 보고, 전시회에 가고, 저녁을 먹었다. 그들이 음식을 먹고 동시에 맛있어했던 기억은 거의 없었다. 그는 새우나 게 같은 갑각류와 날생선을 먹지 않았다. 고기도 거의 먹지 않았고 점점 더 채식주의자가 되어 가고 있었다.《이솝 우화》속 여우와 두루미의 식사를 닮은 그들의 식사는 늘 만족스럽지 못했다. 하지만 그녀는 그와 함께 걸으며 온 거리를 휘젓고 다닐 때, 세상을 처음으로 발견하는 아이들처럼 순진무구한 즐거움을 느꼈다.

아마도 그는 그녀를 사랑한다고 말했다. 그렇게 시간이 흘러 때는 바야흐로 또 늦은 여름이었다.

날씨가 제법 선선해진 어느 날 오후, 제리는 낡은 회색 트렁크 한 개를 들고 그녀의 집으로 들어왔다. 그렇게 그들은 같이 살게 되었다. 노래 속 일곱 송이 수선화의 주인공을 닮은 제리는 매일 저녁 한 다발의 꽃을 사들고 들어왔다. 그래서 언제나 꽃이 시들 날이 없었다. 수선화든 장미든 해바라기든 백합이든…….

이후로 그녀는 꽃을 선물하는 남자를 좋아하지 않게 되었다. 하긴 꽃이 무슨 죄일까? 이 세상의 사물들은 그

아마 늦은 여름이었을 거야

것과 어떻게 조우했는가에 따라 전혀 다른 모습으로 다시 태어나는 것 같았다.

꽃 한 송이가 일생의 아름다운 추억의 풍경으로 남는 사람도 있을 테지만 그녀의 경우는 좀 달랐다. 일곱 송이가 아니라 100송이라 해도, 차라리 사과 한 봉지나 바나나 한 다발이 나았을 것이다. 제리는 현실감이 전혀 없는 사람이었다. 밥을 굶어도 꽃을 사들고 들어왔다. 문제는 제리가 한 직장을 오래 다니지 못한다는 거였다. 길어야 1년, 혹은 6개월, 심지어는 한 달 만에 그만둔 적도 있었다. 제리의 사랑은 벽에 걸려 있는 보기 좋은 그림처럼 그녀를 바라만 볼 뿐, 그녀의 무거운 짐을 조금도 같이 들어주지 못했다.

사는 게 쉽지 않다는 생각이 들 때, 가끔 그녀의 머릿속에는 "아마 늦은 여름이었을 거야. 우리들은 호숫가에 앉았지" 하는 그 구절이 맴돌았다. 이상한 건 그 구절 외에는 다른 가사가 하나도 생각나지 않는다는 거였다. 그때 그 지루하던 젊은 날에 그녀 곁에 있어 주었던 그 물색없는 사내도 아주 가끔 생각이 났다. 그녀가 기억하는 그 노래 분위기 속에는 '너무나 사랑해서'라든지 '영원히 잊을 수 없는'이라든지, '목이 메어' 같은 처절하게 촌스런 정서가 없어서, 그녀는 그 노래를 좋아했다.

어쩌면 그녀는 지독한 사랑 같은 걸 한 번도 해본 적이 없었다. 아니 그녀는 단 한 번도 누군가를 선택해 본 적이 없었다. 마치 다가오는 계절처럼 누군가 다가왔고, 지나가는 계절처럼 그냥 슬며시 떠나갔다. 하지만 누군들 그렇지 않을까?

누가 남고 누가 떠나는지는 하나도 중요하지 않은 것이다. 사람들은 그 인연의 길이만큼 머무르다 떠나가는 것뿐이다. 떠날 때를 알고 우리 곁을 슬며시 떠나 주었던 그들은 얼마나 고마운 사람들이었을까? 그녀는 이별의 슬픔에 관한 정의를 이런 식으로 내렸다.

군대 간 뒤 소식이 끊겼던 〈아마 늦은 여름이었을 거야〉의 주인공 이후, 그녀의 없는 팔을 더 이상 아프게 하는 사람은 없었다. 거리에서 지하철에서 아무도 그녀의 손을 유심히 보는 사람은 없었고, 그녀가 떠났던 시절의 한국과 비교하면, 적어도 미국은 장애인을 위한 나라였다. 그리고 팔 하나 없는 것쯤은 별로 문제가 되지도 않는다고 그녀는 매일 아침 되뇌었다. 어쩌면 늦은 여름은 모두들 가는지도 모르고 지나가는, 젊음의 그래프 맨 꼭대기 지점일 것이었다. 그 여름이 또 그렇게 지나가고 있었다.

아마 늦은 여름이었을 거야

맨해튼 블루스Manhattan blues, 1998

어느 날 아침 제리는 미안하다는 편지 한 장을 남기고, 들고 왔던 낡은 회색 트렁크를 들고 들어왔던 문을 통해 총총 떠나갔다. 그는 빌의 아버지인 형의 도움을 받아 이스라엘로 떠났다. 그곳의 사회봉사 단체에서 일을 하고 있고, 꽤 보람이 있는 일이며, 행복하다는 내용이 적힌 몇 장의 엽서가 왔었고, 자연스럽게 소식이 끊겼다. 그녀의 집안에 제리의 흔적은 한 묶음의 잘 말린 장미 꽃다발로 남았다. 그리고 얼마의 시간이 흘렀을까?

어느 날씨 좋은 초가을날, 그녀는 결혼했다. 시청에서 단둘이 간단히 결혼식을 올린 뒤, 그녀는 남편의 집으로 이사했다. 그녀의 남편이 된 피셔 박사는 자폐 어린이 병동을 맡고 있는 의사들 중 가장 나이가 많은 사람이었다. 상처喪妻한 지 오랜 그에게는 정신 지체 장애를 앓는 딸이 하나 있었다. 그 딸이 바로 요양원에 살고 있었다. 피셔 박사는 오래전부터 자신의 딸을 따뜻하게 보살펴 주는 그녀에게 좋은 감정을 갖고 있었다.

박사의 딸 '킴'은 정신 지체 장애 정도가 심한 편이었다. 의사소통이 불가능했고, 한 자리에 오래 앉아 있을 수 없기 때문에 그림을 그리기도 힘들었다. 열여섯 살이 된

킴은 제법 처녀티가 났지만, 하루 종일 알 수 없는 소리를
질러 대며 요양원 주위를 걸어 다녔다. 그녀에게는 킴이
중얼대는 소리가 "빙글빙글 돌아. 자꾸만 돌아." 그런 뜻
으로 들렸다. 주말이면 부부는 킴을 차에 태우고 온 세상
을 빙빙 돌았다. 킴이 세상에서 제일 좋아하는 건 드라이
브와 아이스크림이었다. 밥을 먹이려면 간호사가 붙어서
같이 빙빙 돌며 먹여야 했다. 킴은 피셔 박사의 커다란 슬
픔이자, 지울 수 없는 상처였다. 그녀는 남편의 상처를 제
것처럼 꼭 감싸 안고, 자신에게 하듯 매일 마음의 약을 발
라 주었다. 남편은 좋은 사람이었고, 그녀의 상처인 없는
왼팔을 다 드러내 보여 주어도 아무렇지도 않았던 유일
한 사람이었다.

그녀의 삶은 대체로 평온했다. 실로 오랜만에 그녀는
그녀가 바라던 삶의 내용과 형식을 갖추었다. 그녀는 자
신의 어린 시절을 떠올렸다. 어릴 적 먹고 살 만했던 그녀
의 집은 가난한 친척들로 들끓었다. 어머니와 아버지는
겉으로는 문제가 없는 듯 보였지만, 속으로는 결코 소통
할 수 없는 겉도는 사람들이었다. 아버지는 그렇게 하면
그녀의 없는 팔을 보상받기라도 하듯, 가난한 친척들의
학비를 대주고 무기한으로 재워 주고 입혀 주고 먹여 주

었다. 그녀는 늘 소란한 집이 싫었다. 네 명이나 되는 형제들과 들끓는 사촌들 사이에서 그녀는 늘 숨을 곳이 필요하다고 혼자 되뇌었다. 단 한 순간도 조용히 있어 보지 못했던 기억으로 남는 그녀의 성장기는 마치 장애가 있는 딸의 존재를 잊으려는 듯 교회에 열광하는 어머니와 남들의 구제 사업에 열을 올리면서 정작 가족들에게는 무심한 아버지와 각자 겉도는 형제들 속에서 늘 고독했다.

오히려 한 낯선 미국인과의 결혼이 그녀의 고독의 무게를 새처럼 가볍게 덜어 주었다. 그녀는 병원과 요양소 일을 그만두었다. 남편은 늘 그녀에게 다시 그림을 그리라고 권유했다. 하지만 킴을 생각하면 그녀는 아무 일도 할 수가 없었다. 같이 살지는 않아도, 그녀는 주말마다 벌어지는 킴과의 해프닝에 대비해 매 순간 긴장했다.

그런대로 무사한 날들 사이로, 아버지가 편찮으시다는 어머니의 전화가 걸려 왔다. 정말 10여 년 만에 그녀는 서울로 가는 비행기를 탔다. 왜 그렇게 가기 힘들었을까? 그 이유를 그녀 자신도 알 수 없었다.

비행기가 이륙하고 얼마나 지났을까? 잠시 잠이 든 그녀의 눈 아래 하얀 구름이 펼쳐졌다. 생각해 보니 그녀는 대학 시절 파란 하늘 속의 구름을 그리는 구름 전문가였

아마 늦은 여름이었을 거야

다. 구름에는 또 얼마나 많은 종류가 있는 것일까? 그녀
는 미국에 온 이후 한 번도 떠올려 본 적 없는 뭉게구름,
새털구름, 양떼구름, 안개구름 같은 구름의 이름들을 떠
올렸다. 그리고는 엉뚱하게도 그녀가 좋아하는 노래 〈아
마 늦은 여름이었을 거야〉의 시작이 "아마 늦은 여름이었
을 거야"가 아니라 "꼭 그렇진 않았지만, 구름 위에 뜬 기
분이었어"로 시작된다는 사실이 떠올랐다. 아무리 생각하
려 해도 생각나지 않던 구절이 서울 가는 비행기 속에서
불현듯 떠올랐다는 사실이 그녀는 신기했다. 구름 사이로
언뜻언뜻 보이는 파란 하늘에 눈이 부셨다.

그렇게 오랜 시간 그녀는 서울에 가지 않았지만, 아버
지는 2년에 한 번씩은 딸들을 보러 미국에 오곤 했다. 정
말 아버지가 다녀간 지도 굉장히 오래되었다. 사업이 어
려워지기 시작했고, 건강이 나빠진 후론 비행기를 오래
탈 수가 없었다. 자식들이 다 뿔뿔이 흩어져 외국에 나가
살고 있었고, 사업이 기울자 친척들이 하나씩 둘씩 다 떠
나간 뒤 아버지는 늘 외로워했다. 그날도 아침에 일어나
산책을 하고 돌아오다가 그나마 다행히 집 앞에서 쓰러
졌다고 했다. 뇌졸중이었다. 아버지는 오랜만에 만난 딸
의 얼굴을 찬찬히 뜯어보았다. 부모의 입회도 없이 아무

도 모르게 결혼을 했다는 사실에 아버지는 무척 마음 아
파했다. 게다가 나이 많은 미국인이라니. 잘 움직여지지
않는 몸을 뒤척이며 아버지는 혀를 쯧쯧 찼다. 그러면서
도 속으로는 마음이 놓였을 것이다. 그는 딸이 결혼을 할
수 있으리라는 생각을 해본 적이 없었으니까. 착한 사람
이라니 또 얼마나 다행인가? 그녀는 오랜만에 늙은 아버
지의 얼굴을 바라보면서, 그의 평생의 선행이 다 자신을
위한 것이었음을 처음으로 느꼈다.

　오래전 김포공항에서 가족들과 이별을 한 뒤, 오랜만
에 다시 만난 서울은 너무 많이 변해 있어서 현기증이 났
다. 어릴 적 누가 쳐다볼까 봐 노심초사하며 길을 걷던 기
억이 거짓말 같았다. 이제 서울에서도 뉴욕처럼 아무도
그녀의 의수를 쳐다보지 않았다. 사실 얼핏 보면 진짜 손
과 질감이 흡사해서 만져 보지 않으면 누구도 가짜 손인
지 몰랐다. 그 손이 가짜인 걸 알아채는 이들은 오히려 어
린아이들과 개나 고양이 같은 동물들이었다. 하지만 그
녀는 정말 오랜만에 나가 본 명동 길에서 아직도 수족이
없는 장애인들이 온몸으로 기어가며 구걸을 하는 장면을
보고 경악했다.

　명동에서 그녀는 '스타벅스'나 '커피빈'이나 '엔제리너

그리고 삶은 계속된다 And life goes on, 2001~2003

스'가 아닌 오래된 찻집에 들어가 보고 싶었다. 겨우 찾은 찻집에 앉아 옛날 생각에 잠겨 있는데, 갑자기 그 노래가 흘러나왔다. 정말 오랜만에 그녀는 그 노랫말을 자세히 새겨들었다. 그리고는 정말 오랫동안 자신이 그 노래의 정서를 잘못 이해하고 있었다는 생각이 들었다. 그 노래는 자신이 생각했던 것보다 훨씬 가볍고 투명한 청춘의 떨림을 노래하고 있었다. 왜 그녀는 그 노래를 그렇게 우울하고 무거운 젊음의 배경 음악으로 생각했던 걸까? 아니 노랫말은 가볍고 경쾌했지만, 멜로디는 여전히 그녀에게 나른하고 슬프게 느껴졌다. 거기다 하나 더 덧붙이자면 아마 다시 돌아올 수 없는 젊음의 일회성에 관한 허무, 그 밝고 투명함이 그녀의 무겁고 어두웠던 젊음에 대비되어 닿을 수 없는 먼 햇빛의 추억으로 남았던 거라고 그녀는 생각했다. 그 노래를 마저 들으며 그녀는 정말 오랜만에 가슴이 설레었다.

꼭 그렇진 않았지만 구름 위에 뜬 기분이었어. 나무 사이 그녀 눈동자 신비한 빛을 발하고 있네. 잎새 끝에 매달린 햇살 꿈꾸는 듯 아련했어. 아마 늦은 여름이었을 거야. 우리들은 호숫가에 앉았지. 나무처럼 싱그러운 그날은 아마 늦은 여름이었을 거야……

그해 여름은 유난히 천천히 갔다. 9월에 들어서자 아버지의 병세는 생각보다 빨리 호전되었다. 이제 집으로 돌아가야겠다고 생각하며 그녀는 아무 생각 없이 텔레비전을 켰다. 뉴스 속보가 나오고 있었다. 화면 속에서 비행기 한 대가 세계 무역센터를 향해 부딪치는 장면이 나왔다. 그녀는 잠시 자신의 눈을 의심했다. 거대한 건물의 꼭대기 부분이 한순간에 떨어져 나갔다. 나머지 건물 부분도 서서히 조금씩 거짓말처럼 주저앉았다. 그녀는 갑자기 숨이 막혔다. 그 비행기 안에 남편이 타고 있을지도 모른다는 불길한 예감은 그대로 적중했다.

뉴저지의 집으로 돌아온 뒤 천천히 남편의 짐을 정리하면서, 그녀는 언젠가 읽었던 "죽음이란 셰이빙 크림의 반을 남기고 가는 것이다"라는 '하루키' 책의 한 구절을 떠올렸다.

남편이 남기고 간 것들 중에는 절반의 셰이빙 크림 외에도 수많은 책들과 많지 않은 옷가지들, 그리고 튼튼하고 아름다운 집 한 채와 적지도 많지도 않은 돈이 들어 있는 통장이 있었다. 그녀는 부동산 사무실에 집을 내놓

한 번, 단 한 번, 단 한 사람을 위하여

고, 집이 팔리면 나올 돈과 통장의 돈 모두를 남편의 딸 킴에게 상속하는 절차를 남편의 평생지기인 변호사에게 일임했다. 병원 사람들에게도 킴이 죽을 때까지 안전하게 지켜 줄 것을 당부했다. 그녀는 곁에서 킴을 지켜 주지 못하는 것을 진심으로 미안해했다.

그녀는 부부가 자주 가던, 이제는 폐허가 된 쌍둥이 빌딩을 떠올렸다. 다시는 꿈에서도 생각하기 싫은 장소였지만, 한편으로는 그리운 장소였다. 그들은 2층 책방에 가서 책을 고르고 커피를 마시면서 창밖에 내려다보이는 공동묘지를 조용히 내려다보곤 했다. 그녀는 묘지가 내려다보이는 그 책방의 창가에 앉아 있는 걸 좋아했다. 가끔은 남편 없이도 혼자 가곤 했다. 아일랜드계 미국인인 남편은 동양 음식을 좋아했다. 한국 음식도 중국 음식도 일본 음식도 다 좋아했다. 그녀가 열심히 만든 것이면 무어라도 다 맛있게 먹었다. 김치찌개와 흰 쌀밥과 살짝 구운 스팸 한 쪽이면 그는 정말 맛있게 식사를 했다.

유난히 근검절약한다는 것을 제외하고는 그는 나무랄 데가 없는 남편이었다. 그렇다고 해도 자신의 새 옷이나 새 구두를 사지 않는다는 정도지, 아내가 돈 쓰는 걸 나무라는 사람은 아니었다. 물론 그녀도 쓸데없는 데 돈을 쓰는 일은 거의 없었다. 밥을 먹은 지 도대체 얼마나 오래된 걸까? 그녀는 우는 일이 굉장한 많은 에너지를 요한다는 사실을 알았다. 너무 많이 울어서 배가 고팠다. 뜨거운 밥에 김치찌개와 스팸 한 쪽을 구워서 그녀는 허겁지겁 밥을 먹었다. 그러다 갑자기 목이 메었다. 목이 멘다는 뜻이 어떤 것인지 그녀는 제대로 실감했다. 또다시 혼자였다.

어쩌면 이런 일이 조금쯤 빨리 온 것뿐이라고 그녀는 자신의 마음을 어루만졌다. 어쩌면 다시는 이곳에 돌아오지 않을지도 모른다고 생각하며, 또다시 서울행 비행기에 올랐다.

아무리 기다려도 비행기는 이륙하지 않았다. 무슨 문제가 생긴 모양이었다. 잠시 조는 사이 얼마나 시간이 흘렀을까? 그녀는 선뜻한 아침 공기 속에서 눈을 떴다.

남편 피셔 박사가 왜 그렇게 오래 자냐며 걱정스러운 얼굴로 그녀의 얼굴을 내려다보고 있었다. 그녀는 자신의 왼팔을 꼬집어 보았다. 아무런 감각이 없었다. 적어도 그녀의 의수는 꿈이 아닌가 보았다. 하지만 그녀의 없는 왼팔은 어쩌면 그녀의 날개가 될 수도 있을 것이었다.

그날 오후, 그녀는 정말 오랜만에 미국에 처음 올 때 가지고 온 그녀의 마지막 그림을 벽장 속에서 꺼냈다. 파란 하늘에 뭉게구름이 떠가는 풍경이었다. 갑자기 마음 한구석이 아려 왔다. 그 길로 그녀는 차를 몰아 미술 재료를 파는 화방으로 갔다. 자폐 어린이들을 위한 미술재료들을 사들인 적은 있었지만, 자신을 위해서는 정말 오랜만의 일이었다. 그녀는 캔버스와 여러 가지 색깔의 물감들과 갖가지 굵기의 붓들을 두근대는 마음으로 골랐다.

꼭 그렇진 않았지만, 정말 구름 위에 뜬 기분이었다

아마 늦은 여름이었을 거야

바오밥 나무를 좋아하세요?

"

바오밥은 가끔 생각했다.
태어난 곳에서 한 치도 다른 곳으로 가보지 못한 사람과
자신처럼 이 세상 끝 안 가본 데가 없는 사람 중,
어느 쪽이 더 행복할까?

"

바오밥 나무를 좋아하세요?

그는 바오밥 나무를 좋아했다.

마다가스카르 모론다바 지역에 밀집해 있는 그 키 큰 나무를 처음 본 이후 그는 자신의 삶이 변했다고 생각했다. 사실이었다.

일곱 살에 미국인 부모에게 입양되어 시카고에서 20대를 보낸 그가 경비행기 조종사 자격증을 딴 건, 꼭 그런 건 아니었지만, 언젠가 생텍쥐페리의 《야간비행》을 읽고 난 뒤였다.

그는 시카고 인근의 교외 땅을 아무리 걸어도 끝이 없는 땅 부자였던 양아버지의 경비행기를 시험 삼아 운전하곤 했다. 대망의 아프리카 땅을 처음 밟은 건 그의 나이

스물여덟이었다. 사진작가였던 절친 미국인 친구 빌이 마다가스카르의 바오밥 나무를 사진 찍으러 갔다가 갑자기 하느님을 만나 선교사가 되어, 지도에도 나와 있지 않은 케냐의 사막지대 오지인 '시리'에 정착했을 때였다.

1993년, 그는 오랜 시간 비행기를 타고 케냐의 나이로비에 도착해, 다시 비행기를 갈아타고 마다가스카르 섬으로 향했다. 마다가스카르의 수도 안타나나리보에서 빌과 합류한 그는 다시 경비행기를 타고 바오밥 나무를 보러 가기 위해 모론다바를 향했다. 그렇게 먼 길을 돌아 만난 바오밥 나무는 그의 눈에 나무가 아니었다. 이집트의 피라미드 같기도 했고, 뉴욕의 엠파이어 스테이트 빌딩 같기도 했으며, 거대한 스핑크스 같기도 했다.

실제로 옛날에 그 큰 나무에 구멍을 뚫고 사람이 살기도 했고, 사람이 죽으면 구멍 안에 시체를 밀어 넣고 판막이로 입구를 못질해 매장하기도 했다고 빌이 말해 주었다. 시간이 지나면 바오밥 나무는 죽은 시신을 껴안고 녹여 제 한몸으로 받아들인다는 이야기도 기억에 남았다. 그 시절, 그는 죽어서 바오밥 나무 구멍 속에 들어가 그 큰 나무와 한몸이 되기를 꿈꾸었다. 두 달 동안 빌과 함께 아프리카 여행을 하면서 그는 다른 사람이 된 기분이 들

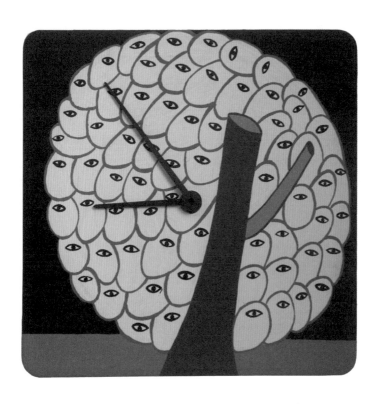

바오밥 나무를 좋아하세요?

었다. 아프리카 대륙은 가난했지만 살아 있었다. 배고픈 아이들이 맑은 눈을 빛내며 그 부드러운 손으로 그의 손을 꼭 잡을 때, 그는 행복했다.

하느님이 실수로 땅에다 거꾸로 심었다는 바오밥 나무, 위로 뻗은 줄기가 뿌리처럼 보이는 하늘을 향해 뻗은 크고 힘센 바오밥 나무는 짧게는 몇백 년 길게는 몇천 년을 산다고 했다. 그가 맨 처음 바오밥 나무 이야기를 들은 건 세상의 많은 보통 사람들처럼 어릴 적 읽은 《어린왕자》에서였다. 하지만 어른이 되면 보통 사람들은 어린왕자를 잊어버린다. 바오밥 나무도 별도 사막여우도 장미꽃도 보아구렁이도 다 잊어버린다. 무슨 찜 쪄 먹는 바오밥 나무란 말인가? 만일 그가 입양되어 미국에 오지 않았다면, 어린왕자나 경비행기 조종 따위는 꿈도 꾸지 않았을 것이다. 어른이 되어서도 그는 어린 왕자가 살던 별이 너무 작아 바오밥 나무가 빨리 자라면 그 별이 두 조각으로 쪼개질까 걱정하는 페이지의 장면이 내내 잊히지 않았다. 도대체 그 큰 나무가 정말 현실 속에 있는 것일까 하는 궁금증은 맨 처음 바오밥 나무를 보았을 때, 한 순간에 풀려 버렸다. 그 크고 멋진 나무는 거기에 그렇게 실재하고 있었다. 그즈음 양아버지와 어머니가 아프리카를 여행할 겸 아들을 만나러 바오밥 나무를 보러 오는 길에 비행기 사고로 숨졌다. 참 좋은 분들이었다. 그는 자신의 거대한 슬픔을 바오밥 나무에 묻었다. 그리고는 커다란 바오밥 나무를 그대로 축소해서 만든 기념품을 한 개 사서 품에 안고 돌아왔다. 그 안에 양부모가 살아 있다고 생각하며 살아온 지 20여 년이 흘렀다. 양부모가 돌아가신 후 파일럿 선교사가 되어 경비행기에 사람들을 태우고 아프리카의 오지에서 오지로 사람들을 날라다 주는 일을 한 지도 어언 20년이 넘었다.

그가 선교사들을 태우고 한 달에 한 번은 들어가는 '시리'의 낮과 밤은 완전히 딴 모습이었다. 뜨거운 태양이 작열하는 낮에 시리의 풍경은 앙상하고 조그만 가시나무들이 일정한 간격으로 듬성듬성 서 있을 뿐, 아무것도 없는 불모의 땅이었다. 하지만 해가 지고 어둠이 깔리면, 시리는 딴 세상으로 변했다. 사막의 밤에 별들이 쏟아져 내려 별로 샤워를 하는 기분이었다. 그 쏟아지는 별들 속에서 그는 그저 그가 운전한 경비행기 뒷자리에 두 시간 동안 탑승했던 여자와 몇 시간 만에 사랑에 빠졌다. 그게 쏟아지는 별 때문이라는 건 중요하지 않았다.

듬성듬성 서 있는 키 작은 가시나무들 외에는 아무것도 없는 사막 한가운데 누워, 시리의 밤하늘에 알알이 박힌 별들을 바라보며 그는 경비행기 뒷좌석에 앉았던 여자에게 청혼을 했다. "나는 당신과 결혼하고 싶습니다. 지금은 가깝지만 그때만 해도 머나먼 나라 한국에서 좋은 양부모님에게 입양되어 미국의 시카고에서 자라, 지금 나는 아프리카를 사랑하는 아프리카 사람입니다."

선교사인 친구 부부를 따라 뉴욕에서 출발해 나이로비 공항에 도착한 뒤, 그가 운전하는 경비행기를 타고 두 시간 반을 날아와 시리에 도착한 엘리노어는 자신에게 갑자기 일어난 이 일이 당황스러웠다. 몇 번의 시시한 연애 끝에 자신의 내면에 넘치는 사랑을 뭔가 믿을 만한 곳에 저금하고 싶다는 생각이 드는 즈음이었다. 하지만 그날 밤 갑자기 그녀는 얼굴은 동양인이지만 유창한 영어에다 맑고 청량한 목소리로 사랑을 고백하는 그 특별한 사람과 한 번쯤 더 사랑에 빠진들 어떠랴 하는 생각이 들었다.

우선 그녀는 그가 경비행기를 운전하는 파일럿 선교사라는 사실에 매료되었다. 세상에 널리고 널린 '욕망이라는 이름의 전차'에 남들이 다 탄다고 해서 그저 남들 따라 타는 걸 그녀는 좋아하지 않았다. 그들은 쏟아지는 별들

바오밥 나무를 좋아하세요?

을 이불삼아 사막 한가운데 누워서 사랑을 나누었다. 아무도 그들의 사랑을 방해하는 존재는 없었다. 한 달 뒤 그들은 시리의 쏟아지는 별밤에 친구인 빌의 주례로 조촐한 결혼식을 올렸다. 결혼식에 온 손님들은 북극성을 포함한 유명한 별 몇 개를 제외하곤 모두가 이름 모를 별들이었다.

친구 따라 뉴욕에서 아프리카로 여행을 와 갑자기 파일럿의 아내가 된 엘리노어는 뉴욕에서 미술대학을 졸업했지만 화가가 되려는 꿈을 접고, 아프리카 오지의 배고픈 어린이들을 위해 뭔가 보람 있는 일을 하고 싶다는 막연한 열정에 넘쳐 있었다. 그러던 차에 정말 기막힌 타이밍에 그를 만나 하루 만에 사랑에 빠져 결혼했다.

그녀는 남편의 멀쩡한 이름 데이빗을 데이빗이라 부르지 않고 바오밥이라 불렀다. 남편으로부터 귀에 딱지가 앉도록 바오밥 나무 이야기를 들었기 때문이었다. 심지어 그는 그 나무 안에 돌아가신 자신의 양부모의 영혼이 살아 있다고 말하곤 했다. 어린왕자에게 있어 바오밥 나무는 자신이 살던 조그만 별 소혹성 B612호를 파괴하는 거인 나무였지만, 남편에게 그 나무는 자신의 영혼을 매일 1센티씩 자라게 하는 생명의 나무였다. 그녀는 가끔 남편을 어린왕자가 아니라 위대한 왕자라고 불렀다. 리틀 프린스가 아니라 그레이트 프린스라고. 그들은 나이로비에 살면서 도시에서 오지로 떠나는 사람들을 날라다 주었다.

비행기를 탈 때마다 엘리노어는 언제나 남편 뒷자리에 앉아 창밖의 킬리만자로 산을 바라보았다. 거대하고 신비로운 킬리만자로는 구름 속에서 잠시 나타났다가 다시 구름 속으로 거짓말처럼 사라졌다. 그녀는 남편이 운전하는 경비행기를 탈 때마다 자신이 찾고 있는 것이 바로 구름 속의 저 킬리만자로 같은 게 아닐까 하는 생각을 했다.

그들은 사람들이 부르는 곳이면 어디나 같이 갔다. 탄자니아로 남 수단으로 르완다로, 전쟁이 일어난 곳으로도 서슴지 않고 날아갔다. 전쟁이 발발한 위험지역으로 들어가는 사람들은 기자들이거나 기독교 단체 사람들이 거의 대부분이었지만 그중에서도 한국 선교사들이 가장 많았다. 데이빗, 바오밥, 그레이트 프린스는 그 사실이 참 신기했다. 왜 한국 사람들은 이렇게 멀리까지 와서 자신들과 하나도 닮지 않은 예수의 뜻을 전파하는 것일까? 그것도 생명을 걸고. 비행기가 들어가지 않는 아프리카의 오지 곳곳을 안 가본 데 없이 다녔지만, 그들 부부가 가장 사랑하는 곳은 지도에도 나오지 않는 조그만 사막 마

바오밥 나무를 좋아하세요?

을 '시리'였다. 몇 년 전만 해도 시리는 거의 알려지지 않은 곳이어서 1년 동안 들어가는 사람이래야 서른 명 남짓이었다. 그들 부부는 그저 일 없이도 가끔 그곳에 혼자 사는 선교사 빌을 위해 생필품들과 구호물자들을 가득 신고 들어갔다. 연필과 스케치북과 크레파스들도 빠뜨리지 않았다.

엘리노어와 바오밥은 늘 비행기에서 내리자마자 별같이 반짝이는 아이들의 눈동자를 향해 달려갔다.

데이빗은 아내가 자신을 바오밥이라고 부르는 걸 좋아했다. 이후로는 주변의 친한 사람들도 그를 바오밥이라 불렀다. 비행기에 오르면 아내인 엘리노어는 늘 "바오밥, 이제 또 우리의 위대한 여행이 시작되는군요" 하고 말했다. "당신이 아니면 이 사람들은 오지로 들어가지도 나오지도 못하죠." 그녀는 존경스런 눈빛으로 새치머리가 근사하게 회색으로 물결치는 바오밥을 향해 활짝 웃었다. 그리고는 손수 뒤에 탄 사람들의 안전벨트가 제대로 매어졌는지 하나하나 세심히 점검했다. 바오밥이 하던 일을 아내가 대신해 주는 탓에 그는 혼자서 비행하던 때 보다 훨씬 마음이 평화로웠다. 늘 하는 일인데도 그는 비행을 시작할 때마다 조금쯤 긴장했다.

엘리노어와 같이 비행을 한 뒤로 그 긴장감이 없어졌다. 그러면서 그 달콤한 고독감이 살짝 그립기도 한 것이 사실이었다. 사람들을 실어다 주고 혼자 밤에 돌아올 때는 달에다 발을 딛는 암스트롱의 고독을 즐기기도 했었다. 낯익은 달도 달일까? "이 사람아. 정신 차려. 여긴 지구야." 누군가 그를 툭 치며 말하는 것도 같았다.

엘리노어와 함께 하면서 그 고독감이 많이 없어졌다. 하지만 그게 꼭 좋은 일인지는 알 수 없었다. 이제 낯익은 지구는 그를 전처럼 설레게 하지 않았다. 오늘은 내일이 아니라서, 매일이 새날이기 때문에, 마치 걸음마를 시작하는 아이처럼 뒤뚱거리던 예전의 바오밥이 가끔 그리워지기도 했다. 늦다면 늦은 나이 일곱 살에 입양되어 왔기 때문에 그는 어머니의 얼굴을 또렷이 기억했다. 그는 어머니가 자신을 버렸다고 생각하지 않았다. 미혼모이던 어머니는 그를 끔찍이 사랑했다. 어머니는 어느 날부터 많이 아팠고, 외할머니가 그를 고아원에 데려갔다. 다시는 어머니를 볼 수 없을 거라는 생각은 할 수 없었다. 하지만 그를 데려간 사람은 사진만 보고도 왠지 이 아이가 남 같지 않다고 생각한 시카고에 사는 미국인 양부모였다.

그대 안의 풍경 The scene within you, 2013

어쩌면 그는 늘 운이 좋았다. 그렇게 큰 아이를 입양하는 사람은 드물었다. 하지만 다 커서 미국에 간 그는 한동안 미국 생활에 적응하는 게 힘들었다. 그래도 그리운 엄마를 떠올리는 일은 깜깜한 밤에 별을 올려다보는 일처럼 늘 그의 마음을 달래 주었다. 나이 들어 미국 생활에 꽤 적응하기 시작한 뒤에도 시카고의 한국 음식점이나 학교를 같이 다니던 한국 학생들 집에 놀러 갔을 때, 한국인 어머니가 한국 음식을 내올 때 갑자기 알 수 없는 그리움 같은 게 밀려오곤 했다. 스무 살 시절 그는 한국 여자와 사귄 적이 있었다. 이민을 온 지 얼마 안 된 세탁소 집 딸이었다. 지금 생각하면 별 기억이 떠오르지도 않지만 그때는 많이 사랑한다고 생각했다. 그녀가 부모님이 사시는 퀸즈에 있는 집으로 초대를 했을 때 그는 너무 긴장해서 말을 제대로 할 수가 없었다. 물론 영어가 서툰 여자 친구가 부모님과 그 사이의 통역을 하는 식이었기 때문에 잘못 전달된 부분도 있을 터였다. 그날 이후 여자 친구는 조금씩 변해 갔다. 그가 여자 친구의 아버지 물음에 대답한 것 중 결정적인 건 자신이 입양이라는 사실을 밝힌 것이고, 미래의 꿈이 조종사라고 말한 것이었다. 경비행기를 지니고 있을 만큼 부자라는 사실도 말했어야 했다. 하지만 그는 잘난 척 하는 부류가 아니었다. 이후로 그는 여자를 사귀기가 힘들었다. 누군들 그렇지 않겠냐마는 유난히 무언가로부터 거절당하는 게 싫었다. 자신의 출생부터가 그렇지 않던가? 꼭 그렇게 생각하지는 않았지만 어머니가 버린 아이, 하지만 너무 좋은 양부모를 만난 이후 두 분 다 비행기 사고로 돌아가시기 전까지 그는 오래도록 불행하지 않았다. 그날 이후 그는 지상에서의 삶보다는 하늘을 날 때가 훨씬 행복했다. 오래도록 가족 대신 개 한 마리가 그의 곁에 딱 달라붙어 있었다. 그는 언젠가 여행길에서 만난 버려진 개를 데려다, 소련 우주선을 타고 최초로 달나라를 향해 떠나 다시 돌아오지 못한 떠돌이 개 '라이카'와 같은 이름을 지어 주었다. 그들의 행복한 동거는 오래도록 지속되었다. 거의 20년 가까이 같이 살다가 자연사한 라이카의 부재를 위로해 준 건 지도에도 없는 작은 사막 마을 '시리'에 사는 천사처럼 눈동자가 맑은 아이들이었다.

엘리노어와 결혼한 건 바오밥에게도, 그를 아는 주변 사람들에게도 거의 기적과도 같은 일이었다. 그녀는 젊고 매력적이고 총명하기까지 했다. 매번 천사와 함께 비행기

HWANG Julie

그대 안의 풍경 The scene within you, 2010

에 오르면서 그는 예전의 자유와 고독을 살짝 그리워하다가도, 너무 행복하면 뭔가 행복에 반하는 핑곗거리를 만들어내는 법인 인간의 본성을 비웃었다. 하지만 너무 오래도록 혼자 살았던 그에게는 고독이 주는 청량감에 대한 향수가 아주 작은 틈이라도 타고 스며들었다.

그가 고독해서 행복할 때는 특히 비행기가 이륙할 때와 착륙할 때였다. 아무도 도와줄 수 없는 착륙과 이륙, 그럴 때마다 그는 열 번은 읽은 듯한 생텍쥐페리의 소설《야간비행》을 떠올렸다. 그리고 그는 생텍쥐페리의 자유롭고 고독한 영혼이 그의 과거와 현재와 미래를 온통 사로잡고도 모자라, 어쩌면 자신이 환생을 했을지도 모른다는 착각에 가끔 사로잡혔다. 하긴 파타고니아와 부에노스아이레스 사이의 우편을 배달하는 우편 비행기 조종사나 낯선 오지를 향해 사람들을 날라다 주는 파일럿 선교사나 뭐가 다르랴?《야간비행》중에서 빨간 줄을 그어 놓은 이런 구절이 그를 늘 설레게 했다.

삶에는 해결책이 없다. 전진하는 힘만이 있을 뿐이다.
그 전진하는 힘 때문에 프로펠러는 녹슬지 않는다.

그 녹슬지 않는 프로펠러가 바오밥의 마음속에서 희망처럼 나부꼈다. 하지만 《야간비행》속의 이런 구절이 늘 마음 깊숙한 그늘로 자리 잡았다.

그는 이처럼 불안할 것이다. 영원히.

그 불안을 잠시나마 잊게 해주는 시리의 아이들에게 그림 그리기를 가르쳐 주는 아내의 모습을 바라볼 때, 그는 행복했다. 그 역시 그림 그리는 일을 사랑했다.

하늘을 나는 일은 눈으로 그림을 그리는 일이었다. 그가 처음 시리에 도착했을 때, 도화지에 색칠을 하는 아이들은 하나도 없었다. 아이들은 땅에다 나뭇가지로 그림을 그렸다. 비가 오면 다 지워지고 마는 그림을 보면서 그곳에 갈 때마다 스케치북과 크레파스를 싣고 갔다. 아이들에게 종이와 크레파스를 나눠 주고 그림을 그리라 하면 아이들은 모두 낙타와 염소와 사막의 가시나무들을 그렸다.

그 가시나무들은 크기가 엇비슷해서 아이들은 사물을 조그맣게 비슷한 크기로 그리곤 했다. 일렬로 늘어선 낙타와 염소와 가시나무와 사람, 그들이 태어나 본 세상의 풍경은 그게 전부였다.

식물학Botany, 2014

언젠가 코카서스 3국의 나라들을 여행했을 때. 바오밥은 그곳의 옛 사람들이 말보다 소를 훨씬 크게 그려 놓은 벽화가 인상에 남았다. 그곳의 옛사람들은 중요하고 힘센 사물을 크게 그린다는 말을 들은 기억이 났다. 시리의 아이들은 모든 사물의 크기를 똑같게 그렸다. 그러고 보니 그들에게는 특별히 힘센 존재가 존재하지 않았다.

바오밥은 가끔 생각했다. 태어난 곳에서 한 치도 다른 곳으로 가보지 못한 사람과 자신처럼 이 세상 끝 안 가본 데가 없는 사람 중, 어느 쪽이 더 행복할까? 생각할수록 그는 너무 멀리 왔다. 그의 기억 속에 남은 가장 오래된 풍경은 서울의 어느 작은 시장 풍경이었다. 그곳에서는 안 파는 것이 없었다. 그중에서도 외할머니가 팔던 생선들을 그는 잊을 수 없었다. 외할머니가 구워 주는 생선을 먹을 때마다 눈을 커다랗게 뜬 채 죽은 생선들이 떠올라 그는 한쪽 눈을 지그시 감고 외할머니가 발라 주는 생선살을 먹었다.

미국으로 건너온 뒤 그는 눈을 뜬 채 죽어 있는 생선구이를 먹은 적이 없었다. 미국의 식료품 가게에서 파는 생선들은 그저 살코기만 있었다. 산다는 건 얼마나 모진 일인가?

우리가 먹는 남의 살들은 모두 다 잔인한 살육의 결과물이다. 알고 보면 닭 한 마리 먹는 일도 얼마나 잔인한 일인가? 닭들은 안다. 자신의 가족들이 순서대로 제물이 된다는 걸. 그리하여 드디어 오늘이 자신의 차례라는 걸. 언제부턴가 바오밥은 채식주의자가 되어 있었다.

바오밥이 기억하는 한국의 풍경은 서울의 어느 변두리 시장에서 외할머니가 생선을 팔던 생선가게, 닭의 목을 비틀어서 털을 뽑아 팔던 그 옆 가게, 그리고 아름다운 색깔의 갖가지 옷감을 팔던 포목가게의 풍경이었다. 그 모든 풍경들이 가끔 꿈속에 나타나 "한수야. 네 이름은 한수란다" 하고 말해 주었다.

바오밥은 어릴 적의 한국 이름 '한수'를 단 한 번도 잊은 적이 없었다. 미국으로 입양 온 뒤 누군가 '한수야.' 하고 불러 주기를 얼마나 기다렸던가?

어릴 적 그는 점보는 집이 죽 늘어서 있던 미아리에 살았다. 미아리고개는 그에게 영원히 가슴 아픈 상처였다. 그가 태어난 미아리는 메아리로 변형되어 기억에 남았다. 메아리, 그리운 어머니의 메아리, 가난했던 미아리의 메아리. 어릴 적에 먹었던 음식들이 또렷이 기억이 나지는

바오밥 나무를 좋아하세요?

않았지만 메아리처럼 어슴푸레 그의 혀 속에 남았다. 그래서 나이 들어 맨 처음 시카고의 한국 음식점에 가서 먹었던 눌은 밥과 된장찌개의 맛이 거짓말처럼 되살아났다. 그러자 자신도 모르게 이름 모를 그리운 맛들이 거리를 이루듯 길게 늘어서기 시작했다. 어쩌면 그 음식의 이름들은 된장 시래기무침과 콩나물 무침, 떡국과 잡채, 빈대떡과 송편 등등이었을 것이다. 고소하던 눌은밥에 총각김치를 얹어 주던 외할머니의 얼굴이 생각나지는 않았지만, 그 맛의 감각은 그의 혀 속에서 영원할 것이었다.

어쩌면 어머니와 모국어와 제 나라 음식을 잊지 못하는 게 바오밥의 미국 생활에서의 콤플렉스였을까? 하지만 세상은 무섭게 달라져서 한국 음식이 세계 곳곳에서 각광을 받는 시대가 왔다. 아프리카에서조차 한국인 선교사들이 만드는 눈물이 날 것 같은 한국 음식을 먹을 수 있었다. 마다가스카르의 수도 안타나나리보에는 한국인이 운영하는 한국 음식점 '아리랑'이 있었다.

그는 안타나나리보에 갈 때마다, 모론다바로 바오밥 나무를 보러 떠나기 전 창밖으로 운치 있는 마다가스카르식 지붕들이 내다보이는 '아리랑'에 들러 한국 음식을 먹었다. 된장찌개, 김치찌개, 고등어구이, 김밥, 떡볶이 등

바오밥 나무를 좋아하세요?

등. 그곳에는 메아리처럼 어렴풋한 기억 속 어릴 적에 먹었던 모든 음식들이 다 있었다. 산다는 건 그저 아무것도 아니라는 생각이 들었다.

좋아하는 사람과 먹고 싶은 것을 먹고, 가고 싶은 곳을 헤매다 죽으리라. 하지만 늦게 기적처럼 만난 아내 엘리노어는 한국 음식을 좋아하지도 않았고, 해보려고도 하지 않았다. 오래도록 혼자 살면서 그는 어릴 때 먹었던 흐릿한 기억으로 한국 음식 비슷한 퓨전 음식을 즐겨 해 먹었다. 같은 음식을 맛있다고 생각하는 사람과 같이하는 삶은 좀 더 행복하지 않을까?

하지만 그는 아내에게 다른 불만은 하나도 없었다. 천사와 동행하는 평화롭고 쾌적한 길이 계속 이어지리라고 생각한 건 그의 착각이었을까? 이번에도 불운이 찾아왔다. 그날도 그들 부부는 오지로 들어가는 선교사들을 싣고 시리에 도착했다. 오랜만에 빌과 함께 한국인 선교사들이 가져온 한국 음식을 먹으며 즐거운 저녁을 보냈다. 그날 저녁 아내가 유난히 애정을 가졌던, 할머니와 함께 단 둘이 살던 소년이 전갈에 물렸다. 시리에 의사는 단 한 명도 없었기 때문에, 바오밥 부부는 소년을 경비행기에 태워 나이로비를 향해 야간비행을 떠났다. 밤하늘의 수없는 별들을 바라보며 그들 부부는 숨이 막히는 절절함으로 소년의 무사함을 빌었다. 하지만 나이로비 국립병원의 응급실에 실려가 그 밤을 꼬박 새우고 난 새벽 소년은 숨을 거뒀다. 그날 이후 엘리노어는 시름시름 앓기 시작했다. 그도 그럴 것이 아이가 없는 그들 부부가 마치 아들처럼 생각하던 소년이었다. 아프리카 여행길에 하느님을 만나 시리에 정착해 산지 오랜 사진작가, 바오밥의 가장 가까운 친구 빌은 일주일에 두 번 목동학교를 열었다. 시리의 집집마다 가장 영리한 아이들은 하루 종일 가족의 생계를 위해 양을 치는 목동 일을 했다. 하루 종일 햇볕이 내리쪼이는 시리에도 바람이 시원하게 불어오는 나무 그늘이 있었다. 빌은 그 그늘 아래 목동 일을 하는 영리한 아이들을 불러 모아 영어와 산수를 가르쳤다. 그중에 그림을 참 잘 그리는 소년이 하나 있었다. 바오밥 부부가 시리에 들어갈 때마다 엘리노어는 소년에게 정성껏 그림을 가르쳤다. 바로 그 소년이 전갈에 물려 죽었다.

이후 엘리노어는 없던 우울증이 생겼다. 말이 서서히 없어졌고, 멍하니 오래도록 벽만 바라보곤 했다. 그러던 어느 날 그녀는 바오밥을 벽처럼 바라보며 이렇게 말했다.

"바오밥, 미안해요. 내가 잘못 생각했어요. 당신 곁에 오래 머무르지 못해 미안해요. 한시도 이곳에 있고 싶지 않아요. 뉴욕으로 돌아갈래요. 당신도 나와 함께 가면 얼마나 좋을까요? 하지만 '데이빗, 바오밥, 그레이트 프린스', 그건 당신이 결정할 운명이에요. 그래도 난 당신이 오길 밤이나 낮이나 기다리고 있을 거예요."

그렇게 엘리노어는 뉴욕으로 돌아갔다.

바오밥은 아내와 함께 미국으로 돌아갈 수 없었다. 그는 이미 아프리카 사람이었으므로 미국으로 돌아가는 일은 아무 의미도 없게 느껴졌다. 그들의 위대한 사랑은 겨우 이 정도였을까? 바오밥은 섭섭했다. 그들 부부는 편지를 주고받고 가끔은 비싼 전화 통화를 했지만 서서히 떨어져 있는 거리만큼 조금씩 멀어져 갔다.

그리고 다음 해 가을엔 엘리노어로부터 사랑하는 사람이 생겼다는 편지를 받았다. 바오밥은 며칠 동안 시리의 사막지대를 미친 듯 헤맸다. 비가 와서 사막의 먼지들은 조용히 가라앉아 그의 마음속으로 쌓여 들었다.

사랑의 밀도란 그들이 쌓아 온 세월의 축적에 비례하는 건 아닐까? 그래서 진짜 사랑이란 사이좋게 오랜 세월을 같이 한 노부부들에게서 드물게 발견된다.

젊은 날 우리가 사랑이라고 불렀던 짧은 사랑들의 대부분은 '연애질'이라는 단어로 대체되어야 한다고 그는 생각했다. 바오밥은 고독했다. 그를 위로해 주는 것들은 시리의 똑같은 간격으로 서 있는 헐벗은 가시나무들과 반짝이는 눈동자와 따뜻한 손짓 몸짓으로 그에게 사랑을 표현하는 시리의 아이들, 그리고 그가 죽는 날까지 포기할 수 없는 즐거운 비행의 순간이었다.

비행하는 순간에는 역시 클래식 음악이 좋았다. 그는 오래도록 잊었던 클래식 음악을 다시 듣기 시작했다. 재즈를 좋아하던 엘리노어 덕분에 그는 한동안 재즈를 즐겨 들었다. 비행기가 이륙하는 순간에 듣는 바흐는 얼마나 황홀한가? 그 경쾌한 모차르트는 또 어떻고. 심장에다 노크하는 베토벤을 들으며 이륙할 때는 살아 있다는 게 행복해서 눈물이 났다. 사실 그에게는 꼭 연인이나 아내가 없어도 좋았다. 세상의 모든 풍경들과 자신을 기다리는 아프리카 각 지역의 아이들과 자신이 아니면 지도에도 없는 오지로 들어갈 수 없는 사람들, 그 모두가 다 사랑이었다. 그는 다시 혼자가 된 느낌이 싫지만은 않았다. 그걸 그는 스스로 '생텍쥐페리 증후군'이라고 불렀다. 어쩌면 아내 엘리노어가 자신의 곁에서 많이 외로웠을지도

그대 안의 풍경 The scene within you,　2013

모른다는 생각이 뒤늦게 들었다. 특별한 목적지도 없이 그는 가끔 야간 비행을 즐겼다. 그는 아무 때나 떠났다. 하지만 그가 도착하는 곳은 늘 시리였다. 엔진의 회전수와 오일의 압력, 비행과 관계되는 모든 단어가 살아 있다는 느낌을 부추겼다.

"밤에 떠난다는 건 아주 멋진 일이야." 그는 가끔 진짜 생텍쥐페리처럼 중얼거렸다. 그리고 달을 올려다보면 부자가 된 느낌이 들었다. 세상의 모든 부자들은 다 바보였다. 죽을 때 한 푼도 가져갈 수 없는데, 짐만 많은 불편한 부자가 그는 하나도 부럽지 않았다. 친 자식이 없는 양부모가 물려준 재산을 1년 동안 아무 일도 안하고 살 수 있는 돈을 제외하고 그는 그들의 친지들에게 다 돌려주었다. 그것만도 정말 고마웠다. 이제 그가 가진 건 세상을 향한 진심뿐이었다. 이런 진심은 어릴 적부터 아무것도 가진 적이 없이 자란 성숙한 인간에게서 드물게 발견되는 종류의 것이었다. 그를 가장 잘 이해해 주는 사람은 사막지대 시리에서 매일 밤 별들로 샤워를 하고 홀로 잠드는 친구 '빌'이었다. 그의 사진은 특히 유럽에서 많이 알려져 있었다. 그 알려진 사진들 중 바오밥 나무 아래서 찍은 파일럿 바오밥의 사진을 빌은 자신의 작은 방에 걸어

두었다. 구만 육천 킬로미터의 혈관의 길이를 지닌 위대한 인간의 종이 그렇게 겸손할 수 있다니. 바오밥 역시 빌이 찍어 준 바오밥 나무 아래서 찍은 자신의 사진을 매일 아침 일별하며 집을 나섰다. 사진 속의 그는 영원히 늙지 않을 젊은 생텍쥐페리였다.

사방이 캄캄하고 조용해지는 나이로비의 정적의 밤, 문득 참을 수 없는 비행의 유혹이 바오밥을 감쌀 때, 그는 무작정 비행기에 올랐다. 캄캄한 밤 속에 산맥들이 장애물 경기처럼 놓여 있었다. 산맥들을 사뿐히 넘어가면서 비행하는 내내 바오밥의 머릿속에 이런 노래가 떠올랐다.

꿈속에서 달이 찾아와 감옥에서 나를 꺼내 주네.

— 아마드 샴루, 〈달〉

세 시간 반 남짓해서 그는 시리의 작은 사각 착륙장에 능숙한 솜씨로 이륙했다. 그를 위해 켜둔 관제 등의 불 빛 속으로 들어서면서 그는 비행기의 소음으로 먹먹해진 귀를 조용하고 캄캄한 별들의 사막 '시리'를 향해 활짝 열었다.

바오밥 나무를 좋아하세요?

그가 사랑하는 건 어쩌면 시리가 아니라 비행이었다. 그렇게 날아갔지만 도착하자마자 그를 감싸 안는 건 가시나무와 별들 외엔 아무것도 없는 사막의 싸한 외로움이었다. 밤에는 별들이 그렇게 풍성한 광채를 내뿜는 곳, 하지만 날만 밝으면 그곳은 헐벗은 알몸을 드러내고 삶의 척박함에 관해 끝없는 푸념을 늘어놓았다. 그는 시리의 밤에 머물다가 해가 뜨면 사람들이 나타나기 전에 그곳을 떠나는 일이 많아졌다. 천사 같은 아이들의 눈동자도, 슬그머니 그의 손을 꼭 잡는 아이들의 부드러운 손의 감촉도, 아이들이 그린 키 작은 가시나무 그림들도, 엘리노어의 기억과 함께 다 잊은 것처럼. 그는 슬슬 지쳐 가고 있었다. 그를 척박한 아프리카 땅으로 오게 한 힘이 하느님이었는지 외로움이었는지, 아니 매순간 변화하는 세상과 경쟁하기 싫어서 감행한 도피였는지, 그저 키 큰 바오밥 나무 한 그루였는지. 그는 알 수 없었다.

다시 혼자가 된 이후 바오밥은 머릿속이 더 맑아졌다. 둘이 있을 때는 생각하지도 않던 일들을 일부러 멀리서 불러왔다. 서랍장 같은 머릿속을 수없이 많은 서랍으로 나누고 각 서랍 속에 이 생각을 넣었다가 다른 서랍으로 옮기고, 저 생각을 또 먼저 서랍에 넣고, 그것을 다시 몇

번이나 되풀이했다. 그러면 시간이 잘 갔다. 그는 시시각
각 다른 색깔로 외로웠다. 빨간 고독, 푸른 고독, 하얀 고
독, 무지개색 고독……. 그 외로움이 가끔은 그를 청명하
게 깨어 있게 한 것도 사실이지만, 외로워도 행복할 때는
오직 비행을 할 때였다.

비행을 떠나기 위해 짐을 꾸릴 때마다 그는 아우슈비
츠 수용소로 끌려가던 유태인들을 떠올렸다. 게슈타포가
쳐들어왔을 때 그들은 공포에 떨면서도 잔뜩 짐을 싸서
집을 나섰을 것이다. 짐 속에는 중요한 것들이 잔뜩 들어
있었으리라. 보석과 돈과 자신이 지닌 가장 값진 것들이
라 생각했던 것들이. 하지만 아우슈비츠로 가는 먼 길에
하나씩 둘씩 버리고 정작 수용소에 도착했을 때는 모든
짐은 물론 몸에 걸친 옷가지와 안경마저 뺏겨 버린다.

우리가 이 사연 많은 삶을 하직할 때도 똑같을 것이다.
물건만 짐일까. 쓸데없는 집착과 미련과 욕심, 그 모든 것
이 짐일 것이다. 그는 가끔 서랍 깊숙이 물건을 잘 치워
놓고 그 물건을 몇 시간 동안이나 찾곤 했다. 물건뿐 아
니라 생각도 그랬다. 곰곰이 생각해 보면 꼭 해야 할 일
들 중 안 해도 그만인 일들이 대부분이었다. 소유하고 있
는, 소유하고 싶은 그 많은 물건들 중 대부분은 없어도 그

만인 것들이 대부분이듯이. 짐을 꾸릴 때마다 마지막까지 가장 중요한 것은 칫솔과 치약이었다. 하지만 그 까짓 게 뭐가 중요하랴? 그저 살아 있는 몸 하나면 족했다.

세상의 모든 지붕들을 내려다보며 구름 위로 승천하는 기분은 언제나 처음인 듯 새로웠다. 새하얀 눈사태가 난 것처럼 뭉게뭉게 피어나는 구름 속을 유영하는 작은 비행기는 물속에서 재주를 넘는 돌고래 같았다.

가끔 비바람 불고 천둥 번개 치는 날의 하늘길은 멀고도 험했다. 그 넓은 하늘길에서 길을 잃고 헤맬 때마다 구름 속에서 손을 뻗으면 닿을 것만 같은 멀지 않은 거리에서 꿈속에서처럼 어머니의 목소리가 들렸다.

"한수야. 속도를 낮춰라."

그러면 거짓말처럼 천둥 번개가 그치고 거대한 산맥들이 평온한 얼굴을 드러냈다. 그는 어머니의 목소리를 들으며 그 푸른 산맥들을 잔디 삼아 하늘길을 달렸다.

그에게 삶은 여행이었다. 여행이 좋은 건 살아 있다는 감각을 최고의 밀도로 일깨워 주기 때문이다. 바오밥은 가끔 자신의 죽음에 관해 생각했다. 비행을 하다가 죽으리라. 하지만 그는 이제 그렇게 젊지 않았다. 이제 죽어도

바오밥 나무를 좋아하세요?

너무 오래 산 것 같은 생각이 들었다. 그럴 때마다 그는 키가 큰 바오밥 나무들을 떠올렸다. 사랑하는 양부모의 혼을 묻은 곳, 그는 마다가스카르의 모론다바 지역, 캄캄한 어둠 속에 거대한 전신주들처럼 죽 서 있는 바오밥 나무들이 있는 풍경을 떠올렸다.

해가 뜨면 뜨거운 햇볕을 받으며 바오밥 나무들은 변함없이 하늘을 우러르며 서 있으리라.

그즈음, 어릴 적 마지막인지도 모르고 이별을 한 그리운 어머니가 부쩍 꿈속에 자주 나타났다. 바오밥의 유일한 친구 빌이 안식년으로 미국으로 떠난 것도 그때쯤이었다. 그러던 어느 날인가 경비행기에 한국인 선교사들을 태우고 시리를 향하던 날, 거짓말처럼 바오밥의 눈앞에 어릴 적 기억 속의 젊은 어머니가 나타났다.

바오밥의 경비행기에 남편과 함께 오른 그녀를 마주친 순간, 그는 숨을 쉴 수가 없었다.

동그란 얼굴에 뒤로 묶은 검은 머리칼이 희미한 그리운 냄새의 기억을 풍기며 그의 얼굴을 살짝 스쳐 지나갈 때, 그의 온몸에 전율이 일었다. 시리로 들어오는 한국인 선교사 부부는 걱정스런 얼굴로 잔뜩 흐렸다가 다시 환하게 웃는 바오밥의 얼굴을 보고는 마음이 놓인 듯 편한 웃음을 지었다. 시리는 선교사들에게 척박한 고난의 땅이었다. 왜 그들은 그렇게 멀리서 온 힘을 다해 고난의 땅으로 들어오는 걸까? 바오밥에게 시리는 풍경이었다.

가시나무와 전갈과 사막과 별들이 있는 곳, 그곳에 어릴 적 어머니의 기억을 빼닮은 여자가 하얀 얼굴로 해맑게 웃고 서 있었다. 그들 부부가 시리로 들어온 이후 시리를 방문하는 한국인들의 발걸음이 잦아졌다. 방문객들은 바오밥이 운전하는 경비행기를 타고 시리로 들어와 온통 별들로 빛나는 하룻밤을 보내고 다시 나이로비로 돌아갔다. 시리는 낮과 밤이 너무 다른 곳이었다. 척박한 낮과 황홀하게 빛나는 별들의 밤, 바오밥은 별들이 쏟아지는 밤에 엘리노어와 사랑에 빠졌던 밤의 기억을 떠올렸다. 그리고 지금 그의 머릿속을 맴도는 단 하나의 얼굴은 어릴 적 어머니를 꼭 빼닮은 그녀, 한국인 젊은 목사의 아내, 선이였다. 선이는 피아노를 능숙하게 연주했다.

그녀가 치는 피아노 소리를 들으며 바오밥은 먼 옛날 어머니의 품속으로 돌아가곤 했다. 그가 물론 파일럿 선교사이긴 했지만 사실 그는 하느님의 실존을 그리 믿지 않았다. 어느 날은 있기도 하고 어느 날은 없기도 하는 하

바오밥 나무를 좋아하세요?

한 번, 단 한 번, 단 한 사람을 위하여

느님은 그 무슨 뜻으로 그리운 어머니를 떠나 이렇게 먼 곳으로 나를 보내셨을까? 바오밥은 별들이 눈물처럼 뚝뚝 떨어지는 밤에 가슴에 조용히 손을 얹고 그리운 어머니를 떠올렸다. 하지만 그의 머릿속에 떠오르는 건 어릴 적 어머니의 모습을 꼭 빼닮은 그녀, 선이의 얼굴이었다. 바오밥은 틈만 나면 그녀의 이름을 발음해 보았다.

"선―이" 하고 어눌하게 발음할 때, 소리는 허공으로 사라지고 남는 건 그리움이었다. 신앙심 깊은 그녀의 남편이 눈치채지 못하도록 그는 조용히 멀리서 그녀를 사랑했다. 바오밥은 선이가 낭랑한 음성으로 웃는 목소리를 듣는 순간 가슴에 파문이 일었다. 이런 웃음소리를 언젠가 들은 적이 있다는 희미한 기억이 먼동처럼 멀리서 서서히 다가왔다. 아― 산다는 건 매 순간 기적이었다. 그가 기억하는 그 친숙한 웃음소리는 바로 어릴 적 어머니의 웃음소리였다.

웃을 때 밝은 미소가 얼굴 한 가운데 환하게 퍼지곤 하던 어머니의 경쾌한 웃음소리, 소리 나지 않게 숨죽여 흐느끼던 새벽녘의 어머니 울음소리. 울어서 퉁퉁 부은 눈으로 '한수야' 하며 어린 바오밥을 쓰다듬던 어머니의 따뜻한 손길. 하지만 사실 어머니의 얼굴의 생김새는 여간

해서 잘 기억이 나지 않았다. 목사의 아내 선이를 보기 전까지는. 그녀를 처음 본 순간 전율이 일었던 건, 아주 잊었다고 생각하던 어머니의 얼굴이 갑자기 하루아침에 다 생각났기 때문이었다. 그래선지 선이를 마주칠 때마다 마음이 환해지는 동시에 울고 싶어졌다.

그녀가 낭랑한 목소리로 서툰 영어로 그에게 건네는 말은 언제나 "밥 먹었어요? 안 먹었으면 우리랑 같이 먹어요.", "안녕하세요? 오늘 날씨가 너무 좋죠?" 그렇게 일상적인 내용들이었지만 그는 그녀가 말을 건넬 때마다 마음의 섬세한 부분이 떨려왔다. 그리고는 자신의 삶에 관해 처음부터 다 털어놓고 싶은 충동이 일었다.

이 세상엔 다 좋은 것도, 다 나쁜 것도 없다.

엘리노어가 떠난 이후 그에게 새로운 사랑의 자리가 마음속에 자리 잡은 걸 느끼며 그는 혼자 중얼거렸다.

세상에는 사랑이라는 단어가 존재하지 않는 종족이 있다. 모계사회로 이루어진 중국 운남성 소수민족인 나시족 모소인들에게는 사랑뿐 아니라 아버지라는 단어도 없다.

바오밥이 어느 핸가 중국 운남성을 여행했을 때 들은 이야기였다. 생각해 보니 그에게도 아버지에 관해서는 아무런 기원도 떠오르지 않았다. 어머니의 얼굴도 분명한 기억은 아니었다. 어쩌면 어머니를 빼닮았다고 생각한 선이의 모습은 바오밥 자신이 그리고 싶은 대로 그린 어머니의 얼굴이었을지도 몰랐다.

그즈음 바오밥은 없던 버릇이 생겼다. 잠자리에 들 때마다 선이를 위해 기도하는 버릇이 생겼다. 선이가 나를 위해 오늘도 웃어 주길, 선이가 나를 위해 울어 주길, 선이가 행복하길. 선이의 밤에는 늘 이름 모를 별들이 가득하길. 달빛도 눈부시길, 선이가 맞는 아침은 언제나 햇살로 가득하길. 바오밥은 선이와 함께 끝없는 골목길을 걷는 꿈을 꾸었다. 끝이 나지 않는 그 골목길은 어릴 적 살던 미아리였을까? 아니면 가보지 못한 달나라의 좁은 골목길일까?

골목길은 눈이 녹아 질척거렸다. 눈이라니, 아프리카에 눈이라니. 하지만 킬리만자로 정상에는 늘 하얀 눈이 쌓였다. 헤밍웨이의《킬리만자로의 눈》을 바오밥은 어릴 때 본 영화로 기억했다. 그것도 제목만.

헤밍웨이는 왜 자살했을까? 바오밥은 알 수 없었다. 세상은 참 알 수 없었다. 나를 버린 나의 진짜 가족은 다 잘 있을까? 고마운 양부모님은 천국에서 나를 기다리고 계

HWANG Julie

식물학Botany, 2013

실까? 내 곁을 떠난 잊을 수 없는 사랑스런 개 라이카도 천국에 있을까? 그리고 내 곁을 떠난 아내 엘리노어는 지금 누구와 함께 행복할까? 하지만 다 추상적인 생각일 뿐, 그의 마음에 새겨진 얼굴은 선이, 그녀였다.

그는 가끔은 선이를 마음뿐이 아닌 살아 있는 몸으로 안고 싶었다. 하지만 그는 선이를 따라다니는 햇빛일 따름이었다. 그는 가끔 어떤 과학 잡지에서 읽은 이런 구절을 떠올렸다,

내 얼굴에 지금 이 순간 와 닿은 햇빛은 태양에서부터 천만 년 전에 떠난 그 햇빛이다.

그는 자신이 선이를 만나러 천만 년 전 태양으로부터 떠난 한 조각의 햇빛처럼 느껴졌다. 선이는 그걸 알고 있을까? 그녀를 만나러 그렇게 먼 곳에서 그렇게 오랜 시간을 걸어왔다는 걸, 바오밥은 구름밭을 내려다보며 비행하는 한낮을 좋아했다. 이 세상 모든 밭들 중에서 구름밭처럼 너른 벌판은 없을 것이다. 한낮의 밑도 끝도 없는 구름벌판을 내려다보며 어느 찰나 자신을 잊어버리곤 하던 그가 착륙할 때 만나는 건 킬리만자로의 붉은 노을이었다.

그 노을을 바라볼 때 문득 그는 자신의 모든 불행을 용서했다. 아니 사랑했다. 친어머니에게서 버려진 것도, 양부모가 돌아가신 뒤 어릴 때 꿈이던 파일럿이 되어 아프리카의 오지 전역을 돌아다니게 된 것도, 아내 엘리노어가 떠나간 것도, 드디어 선이를 만나게 된 것도.

선이의 남편인 젊은 한국인 목사는 바오밥을 좋아했다. 언젠가부터 그는 바오밥을 형이라고 불렀다. 그가 선교사들을 싣고 시리의 사막에 올 때마다 선이 부부는 한국 음식을 정성껏 대접했다. 선이의 남편이 만든 닭도리탕은 일품이었다. 신기하게도 한국의 닭도리탕은 아프리카 어디에서도 맛볼 수 있는 낯익은 맛이었다. 한국 닭도리탕은 매콤한 게 특징이었다.

선이가 만든 김치찌개를 바오밥은 좋아했다. 김치찌개를 먹을 때마다 어릴 적 어머니가 "한수야 많이 먹어라" 하며 수북이 떠주던 하얀 쌀밥이 떠올랐다.

산다는 건 매 순간 축제였다. 선이 부부는 매주 일요일마다 시리의 배고픈 아이들을 위해 축제를 열었다. 신기하게도 아이들은 삶은 콩을 제일 좋아했다. 그들은 콩을 삶아 점심으로 아이들에게 주었다. 그 콩을 담는 플라스틱 그릇들은 빨강, 파랑, 노랑, 연두, 초록, 보라, 분홍 등

등 색채의 향연이었다.

　아무리 가난해도 아프리카인들은 색채를 사랑하는 사람들이었다. 아이들의 학예회에서 노래를 부르는 어머니들의 의상과 액세서리는 찬란하게 아름다운 원색들로 빛났다. 누가 그들이 그렇게 가난하다는 걸 알 수 있을까? 그들이 사는 집을 찾아가 보면 그렇게 화려한 의상이 어디에 걸려있는지 상상할 수 없을 정도의 움막이었다. 그 움막조차 쓰레기와 누더기들로 기워 놓은 선진국의 예술가들이 만든 설치미술 같았다. 그림 그리기를 좋아하는 바오밥은 아프리카의 모든 곳에서 그림을 보고 느끼고 숨 쉬었다. 바오밥은 선이를 위해 아프리카식 화려한 목걸이와 팔찌를 만들었다. 한 번도 준 적은 없는 선이를 위한 선물은 하나씩 둘씩 바오밥의 작은 아파트 서랍 속에 쌓여 갔다.

　사랑을 표현한 적도 선물을 준 적도 없기에 자신을 형이라고 부르는 그녀의 남편에게도 별로 미안하지 않았다. 그냥 선이를 볼 수만 있어도 좋았다.

　바오밥은 어느 날 꿈속에서 선이를 안았다. 작고 마른 선이의 몸은 오래도록 잊고 있던 바오밥의 관능을 깨우지 않았다. 처음 만나 불꽃 속으로 뛰어들어간 엘리노어와는 딴 판이었다. 꿈속에서 그는 선이를 꼭 껴안은 채 평화롭게 잠이 들었다. 그게 그렇게 행복할 수가 없었다.

우리가 사랑이라고 부르는 경험들은 얼마나 때마다 다른 것일까? 바오밥은 잊고 있었던 누나를 기억했다. 왜 그렇게 까맣게 잊고 있었던 건지 자신을 이해할 수가 없었다.

그가 누나 — 하고 발음하자 눈물이 났다. 누나처럼 다정한 낱말이 이 세상에 있을까? 누나라는 다정한 어감은 영어로는 도저히 실감이 나지 않았다. 못 먹어서 비쩍 마른 누나, 늘 배가 고프면서도 동생에게 먹을 것을 나누어 주던 누나, 맨날 헌 옷 한 가지만 입던 누나, 그 누나를 잊고 살았다는 게 믿기지 않았다. 누나가 떠오른 건 꿈속에서 선이를 안고 난 뒤였다. 누나처럼 가벼운 선이, 누나처럼 따뜻한 선이, 누나처럼 보고 싶은 선이, 어릴 적 어머니를 꼭 닮은 선이. 바오밥은 아주 가끔 한 번도 본 적 없는 아버지를 떠올렸다. 어쩌면 그의 아버지는 어느 날 갑자기 심장마비로 죽어 버린 조종사였을지도 모른다. 그렇지 않고서야 자신이 저 넓은 하늘을 그렇게 짝사랑할 수가 있겠는가? 하늘을 향한 외로운 짝사랑에 비하면 선이

한 번, 단 한 번, 단 한 사람을 위하여

에 대한 짝사랑은 각설탕처럼 감미로웠다. 각설탕이라는 걸 미국에 온 뒤로는 한 번도 본 적이 없었다. 하지만 바오밥은 또렷이 기억했다. 올 때마다 어머니가 손에 쥐여주던 하얀 각설탕을. 각설탕을 입에 물고 잠이 들면 어머니는 일하러 나가고 없었다. 과연 하느님은 진짜 있을까? 파일럿 선교사가 된 뒤에도 그는 혼자 있을 때마다 되물었다.

외로울 때마다 바오밥은 전도서를 읽었다.

헛되고, 헛되다. 사람이 하늘 아래서 아무리 수고한들 무슨 보람이 있으랴! 한 세대가 가면 또 한 세대가 오지만 이 땅은 영원히 그대로이다. 떴다 지는 해는 다시 떴던 곳으로 숨가빠 가고 남쪽으로 불어 갔다 북쪽으로 돌아오는 바람은 돌고 돌아 제자리로 돌아온다. 모든 강이 바다로 흘러드는데, 바다는 넘치는 일이 없구나. 강물은 떠났던 곳으로 돌아가서 다시 흘러내리는 것을. 세상만사 속절없어 무엇이라 말할 길 없구나. 아무리 보아도 보고 싶은 대로 보는 수가 없고 아무리 들어도 듣고 싶은 대로 듣는 수가 없다. 지금 있는 것은 언젠가 있었던 것이요, 지금 생긴 일은 언젠가 있었던 일이라.

하늘 아래 새 것이 있을 리 없다.

　전도서를 읽을 때마다 바오밥은 어릴 적 외할머니를 따라갔던 어느 조그만 절의 풍경을 떠올렸다. 눈이 왔었고 동승이 눈을 쓸고 있었다. 법당 앞에는 하얀 백구 두 마리가 마치 극락세계를 지키듯 햇빛 속에 앉아 졸고 있었다. 사실 세상의 모든 종교는 같은 말을 하고 있다. 그럼에도 아직까지도 인간들은 종교의 이름으로 싸우고 있는 것이다. 바오밥은 그 겨울 산사의 풍경이 가끔 그리웠다. 그곳에서 동승과 함께 만든 눈사람이 생각났다. 바오밥의 마음 속 사진 속에 눈사람과 동승과 어린 누나의 얼굴이 찍혀 있었다. 마치 선이의 얼굴을 똑같이 닮은 누나의 얼굴이.

　선이와 선이의 남편인 젊은 한국인 목사는 바오밥의 마음을 전혀 눈치조차 챌 수 없었다. 바오밥이 선교사들을 태우고 시리에 갈 때마다 밤새워 이야기나 하자고 졸라 댔다. 다른 한국인 선교사들이 술 한 방울도 마시지 못하는 것과 달리 그는 남아프리카산 와인을 좋아했다.

　선이는 한 방울도 마시지 못했지만 더듬거리는 영어로 자신이 하고 싶은 말을 다 할 줄 알았다. 어쩌면 소통이란 상대가 어떤 언어를 사용하는가 보다 어떤 내용을 지닌 사람인가 하는 것이 더 중요한지도 모른다.

처음 만났을 때 바오밥은 자신의 진짜 이름 데이빗 대신 바오밥이라고 말해 주었다. 한수라고 말해 줄 걸 싶기도 했다.

선이의 남편 삼열은 자신을 사무엘이라 부르라 했다. 바오밥이라는 이름을 듣자 사무엘은 "아— 그 크고 힘 센 바오밥?" 했었다. "그 나무 하느님이 실수로 땅에다 거꾸로 심은 나무죠?" 하면서 그는 해맑게 웃었다. 높이가 18미터에 기둥의 지름이 9미터나 되는. 수명이 몇백에서 2000년에 이르는 그 신기한 바오밥 나무를 사무엘은 한 번도 본 적이 없다고 했다. 그들은 남아프리카산 와인을 한 병 따서 둘이 마시며 새벽이 오도록 이야기를 하곤 했다.

사무엘의 아버지도 목사시고, 할아버지도 목사셨는데, 6·25 때 북한에서 내려오지 못했다 했다. 신도들을 피신시키느라 먼저 가 있으면 사흘 있다 오신다던 아버지를 두고, 어머니와 삼촌과 함께 남하한 사무엘의 아버지는 다시는 할아버지를 만나지 못했다. 지금도 식구들이 둘러앉아 식사를 할 때마다 할아버지를 위해 기도를 한다고도 했다.

다섯 살 남짓했던 사무엘의 아버지는 할아버지 얼굴을 기억하지 못했지만, 딱 한 장 남아있는 할아버지의 흑백 사진을 지갑 속에 넣어 다니신다고도 했다. 바오밥은 사무엘이 부러웠다. 그런 아버지와 사진 속의 할아버지의 기억을 갖고 있는, 게다가 선이의 남편인 그가 세상에서 제일 부러웠다. 바오밥은 선이 부부에게 자신의 슬픈 연대기를 들려주었다. 그러면 선이 부부는 눈에다 가득 눈물을 담고 바오밥을 따뜻하게 위로해 주었다. 그들이 외로운 바오밥의 가족이 되어 가고 있었다.

낮잠을 자던 선이의 남편 사무엘이 변사체로 발견된 건 시리의 자택 가시나무 아래 벤치 위에서였다. 입술에서 피가 흘러 하얀 셔츠를 약간 물들였다. 그뿐 고통스러웠던 흔적은 조금도 없었다. 혹시나 심폐소생술로 살아나지 않을까 해서 바오밥이 부랴부랴 나이로비로 날아가 신고 온 젊은 의사는 사무엘이 심장마비로 이미 사망했다고 말해 주었다. 어이없는 일이었다. 선이와 바오밥은 시리의 제일 나이든 주술사를 불러 장례절차를 밟았다.

시리에서는 이른 오후 아무것도 입히지 않은 상태로 시신을 땅에 묻는다. 죽은 사람이 내세에서 재탄생한다고

바오밥 나무를 좋아하세요?

믿는 탓이다. 생전의 망인이 내세에 다시 태어나고 싶어 하던 식물이나 동물 모양으로 관을 만들어 매장하는 풍습도 내려오고 있다. 바오밥이 선이에게 권유한 건 바오밥 나무 모양의 관을 만들어 그 속에 사무엘을 넣어 하늘나라로 보내는 거였다. 바오밥은 양부모의 유골을 마다가스카르의 바오밥 나무 뿌리 깊이 묻었던 기억이 났다.

사실 그는 요란하지 않은 기품 있는 한국의 백자 유골함에 넣어 양부모의 유골을 책상 위에 올려놓고 싶었다. 그렇게 못한 걸 그는 지금도 후회하고 있었다. 죽은 자는 너무 멀리 있다. 그들은 얼마나 외로울까? 하지만 살아남은 자들도 그렇게 행복한 것만은 아니다. 죽은 자는 죽으면 다 끝이지만 살아남은 자들은 죽은 자를 잊기 위해 얼마나의 세월이 필요한 걸까? 생전에 사무엘은 바오밥 나무를 보러 마다가스카르에 가는 게 꿈이었다. 바오밥은 바오밥 나무와 똑같이 닮은 관을 주술사에게 부탁해서 그 속에 사무엘의 나신을 넣어 땅 속에 묻었다. 아주 많은 몇날 며칠이 흐르면 사무엘이 바오밥 나무로 환생할 것을 바오밥과 선이는 믿어 의심치 않았다.

그날 이후 시간은 더디 흘렀다. 선이는 매일 울었고, 바오밥은 우는 선이 곁에 머물렀다. 시리의 밤은 언제나 수

많은 별들로 웅성거렸다. 바오밥은 매일 밤 별들로 샤워를 하며 우는 선이의 어깨를 감싸 안았다. 사무엘 대신 그녀 곁에 아주 머무르면 안 될까? 매일 밤 쏟아지는 별들처럼 그녀 주위에 머무르면 안 될까?

하지만 선이는 한 치도 가까이 갈 수 없는 먼 그대였다. 그대여 내게 10센티만 가까이 가도록 허락하라. 아무리 바오밥이 주술을 외워도 그건 꿈속에나 가능한 일이었다. 경비행기에 선이만 태우고 한없이 날다가 지구 별 어디에 떨어져도 좋았다. 그곳이 외계인들 어떠랴? 하긴 바오밥이 살아온 곳들은 어릴 적 떠나온 이래 늘 낯선 외계였다. 화성인들 수성인들 지금은 사전에서 사라진 명왕성인들 그렇게 낯설었을까?

죽음은 먼 단어 같지만 늘 우리의 주변을 날아다니는 생명체들, 나방이나 파리나 모기나 귀뚜라미나 바퀴벌레를 닮았다. 해로운 곤충과 이로운 곤충을 아무리 구별하려 해도 때로는 착각하기 마련이다, 바오밥은 잠 안 오는 밤에 낯선 벌레들이 출현할 때마다 그게 마치 양부모 같아서 사무엘 같아서 어쩌면 벌써 죽었을지도 모르는 누이와 어머니와 할머니로 환생한 것 같아서 그냥 물끄러미 내려다보기 일쑤였다. 시간은 매 순간 심장박동 소리

바오밥 나무를 좋아하세요?

HWANG Julie - 2014

처럼 흘러가고 있었고, 선이와 바오밥은 사무엘을 잊지 못한 채 그해 겨울을 보냈다.

크리스마스가 와서 시리의 주민들은 축제를 벌였다. 그들에게 크리스마스란 무슨 의미일까? 선교사들이 들어와 가르쳐 준 역사상 가장 아름다운 남자가 태어난 날 크리스마스의 의미를 잘 알지도 못하면서 그들은 축제를 벌였다. 가시나무들이 멀리서 모래 바람을 싣고 와 시리의 사막은 쓸쓸한 소리를 냈다. 그 소리는 사랑했던 죽은 사람들이 멀리서 보내는 편지 같았다.

"바오밥아 잘 있니? 양부모라고 불리는 건 싫구나. 너를 많이 사랑했던 아버지와 어머니는 네가 뿌리 깊이 뿌려 준 탓으로 이제 바오밥 나무가 되었구나. 한 번 보러 오렴, 네가 사랑하는 선이의 남편 사무엘의 영혼도 이곳으로 날아와 우리 곁에 있단다. 선이와 함께 우리를 한 번 만나러 오렴. 정말 보고 싶구나. 엄마 아빠가."

바오밥은 꿈속에서, 아니 환한 대낮에 선이를 곁에 태우고 바오밥 나무를 보러 마다가스카르의 모론다바를 향해 떠났다.

바오밥이 선이를 태우고 경비행기에 오른 날 아침, 날

씨는 쾌적했다. 살아 있다는 건 해가 뜨는 걸 바라보는 일이다. 살아 있다는 건 해가 지는 걸 바라보는 일이다. 살아 있다는 건 사랑하는 사람의 체온을 느끼는 일이다. 살아 있다는 건 세상의 맛있는 음식을 온 감각으로 음미하는 일이다. 살아 있다는 건 저 멀리 펼쳐진 풍경을 바라보는 일이다. 살아 있다는 건 바람과 비와 눈을 맞는 일이다. 살아 있다는 건 아무리 기쁜 일도 슬픈 일도 매일의 일상보다 힘이 없다는 걸 깨닫는 일이다. 그 일상 속에서도 과거는 힘이 없다. 하지만 과거 없는 미래는 없다.

자신이 살아온 과거가 파노라마처럼 스쳐 지나갔다. 선이— 하고 발음하면 눈물이 날 것 같은 그 이름은 선이가 곁에 있는데도 계속 입에서 맴돌았다. 대낮이었지만 《야간비행》 중 한 구절도 머릿속에서 맴돌았다.

평화란 없다. 어쩌면 승리도 없을지 모른다. 집은 도피처가 되지 못했다.

그의 집은 도대체 어디였을까? 집보다 더 익숙한 하늘이 그의 집은 아니었을까?

선이와 단둘이 경비행기에 올라 이런저런 생각들로 마

음이 벅찬 바오밥은 선이의 가녀린 허리를 스치며 안전벨트를 매 주었다. 선이는 너무 많이 울어서 지친 얼굴로 창문 넘어 펼쳐지는 킬리만자로의 풍경을 넋 놓고 바라보았다. 모든 것이 사라지고 이 세상에 단둘이 남은 듯한 기분으로 바오밥과 선이는 마다가스카르 안타나나리보에 도착했다. 그곳의 한국 음식점 '아리랑'은 두 사람을 가족처럼 포근히 맞아 주었다. 마다가스카르식 지붕이 내다보이는 운치 있는 식당에 앉아 그들은 엄마처럼 그리운 음식을 먹었다. 헤어진 아내 엘리노어와는 같이할 수 없었던 정겨운 순간이었다. 김치찌개와 된장찌개와 불고기를 시켜 먹으며 그들은 순간 행복했다.

죽은 사무엘은 그 순간 잠시 잊혀졌다. 그리하여 서서히 잊힐 것이었다.

바오밥은 이렇게 영원히 선이 곁에 머무르길 마음속으로 기도했다. 문득 사무엘의 비극이 자신의 행복이 될지도 모른다는 이기적인 생각이 스쳐 갔다. 그렇게라도 한 번쯤 행복할 권리가 내게도 없으란 법은 없는 것 아닐까? 지금 이 순간도 누군가는 복권에 당첨되고 누군가는 벼락에 맞아 죽는다. 산다는 건 그저 운의 연속이다. 그 운을 결정하는 존재가 신이라면, 신이 사랑하는 사람은 늘

바오밥 나무를 좋아하세요?

행운이 따라야 마땅하다. 그러나 하늘이 사랑하는 사람은 빨리 데려가신다는 등 사람들은 역설적인 사랑의 진리를 외쳐 대며 아슬아슬하게 신의 존재를 증명한다.

누구나 애틋하게 억울하게 죽는다. 어쩌면 인생은 길고 예술은 짧아지는 세상을 살면서 그 무엇이 옳다는 생각을 할 수 있을까? 문득 바오밥은 아무것도 바라지 않았다. 그저 선이와 함께 천수를 누리고 싶다는 것 외에는. 삶을 누린다는 말의 뜻이 무언지 이제야 알 것 같았다. 오늘 일을 미룰 수 있는 내일이 있다는 건 얼마나 가슴 벅찬 일인가?

바오밥은 마다가스카르의 모든 풍경들을 사랑했다.

과일과 채소들과 고기와 생선과 온갖 먹을거리들을 가득 태우고 기우뚱기우뚱 춤추듯 걸어가는 택시들은 관광객들에게 '탁시 블루스'라는 이름이 붙여져 있었다.

마다가스카르의 사람들은 춤추는 걸 좋아했다. 바오밥은 누군가의 결혼식이 진행 중인 안타나나리보의 거리 한가운데서 선이와 함께 춤을 추었다. 그렇게 선이와 결혼을 하고 아이들을 한 다섯 낳고 한국 음식을 먹으며 늙어 간다면 얼마나 좋을까?

외롭게 살아온 바오밥은 많은 형제들 속에 파묻혀 시린 코를 이불 밖으로 내어놓고 이불을 서로 끌어당기며 겨울잠을 자던 어린 시절을 그리워했다. 누나를 닮은 선이, 어머니를 닮은 선이, 그녀 곁에서 그녀의 향기를 맡을 수 있다는 건 얼마나 행복한 일일까?

바오밥은 그녀를 위해 만든 장신구들을 이제야 그녀에게 주었다. 아프리카식 목걸이와 팔찌와 반지를. 그 모든 아름다운 것들은 시리의 먹어도 먹어도 배고픈 아이들의 엄마들이 축제날에 착용하고 나오는 아름다운 장신구들을 모방한 것들이었다. 어쩌면 아주 옛날 옛적에 그들의 조상들은 최고의 예술가들이었다. 20세기가 낳은 최고의 예술가 피카소도 모딜리아니도 자코메티도 다 위대한 아프리카 예술의 모방자들이었다. 알고 보면 이 불공평한 세상에서 잘날수록 잘난 척할 게 아무것도 없는 게 인류의 초상이었다.

사랑하는 선이와 함께 바오밥은 생전의 사무엘이 꼭 보고 싶어 하던 바오밥 나무를 보러 '모론다바'를 향해 떠났다. 바오밥이 결코 잊을 수 없는 양부모의 혼을 묻은 곳이었다.

바오밥 나무가 가까이 보이기 시작하자 바오밥은 가슴

이 뛰었다. 서로 얽히고설켜 하늘 가까이 뻗어 오른 '아무르 바오밥'도 거기 그대로 있었다. 이름 그대로 '사랑의 바오밥'이라 이름 지어진 그 특별한 바오밥 나무는 운 좋게 만난 어느 두 사람처럼 영원히 얽혀 있을 것이었다.

하지만 그렇게 운이 좋기가 어디 쉬운 일인가? 바오밥은 사랑하는 선이가 죽은 남편을 생각하며 '아무르 바오밥'을 올려다보는 그 슬픈 눈빛을 바라보았다. 7는 죽은 사무엘을 질투했다. 바오밥 나무를 보러 온 건 사실 선이와 함께 단둘이 바라보고 싶어서였다. 하지만 그들 곁에는 늘 사무엘이 있었다. 죽은 사람을 질투하는 건 참 어리석은 일이다. 왜냐하면 결코 그를 이길 수 없기 때문이다. 그는 영원히 젊고 아름다우며 절대 늙지 않을 것이기 때문에. 늙음이란 인간이 타고난 형벌이다. 하지만 생각을 바꿔먹으면 늙음이란 어떤 정신의 높은 경지에 도달할 수 있는 마지막 기회일지 모른다.

바오밥은 양부모님의 영혼을 묻은, 오직 자신만이 기억하는 특별한 바오밥 나무 아래 꿇어앉아 한국식으로 절을 했다. 절하는 방법은 중요하지 않았다. 동행한 선이도 같이 절했다. 해가 뉘엿뉘엿 지기 시작했다. 황혼 무렵 바라보는 바오밥 나무들은 사춘기 시절 양부모님들을 따라 여행했던 라오스나 미얀마의 불상들처럼 장엄했다.

그 불상 조각들을 기억하는 순간, 바오밥은 어릴 적 외할머니를 따라갔던 그 작은 절이 다시 떠올랐다. 선이를 닮은 어머니, 아니 선이를 닮은 어린 누나와 함께했던 그 추운 겨울, 그곳에도 아주 인자한 미소를 띤 불상들이 있었다.

그리고 갑자기 바오밥은 선이를 데리고 어머니와 누나의 나라 한국에 가고 싶었다. 어릴 적 떠난 뒤 한 번도 가보려는 생각을 해보지 않은 낯선 나라 한국으로……

바오밥과 선이가 인천 공항에 착륙했을 때, 선이를 똑 닮은 서른 남짓한 여자가 공항에 마중을 나와 있었다. 아마도 선이의 동생인 듯 했다. 선이는 바오밥을 동생에게 소개하며 마치 어릴 적 죽은 동생을 똑 닮았다고 말했다. 선이의 동생은 그들을 호기심 어린 눈으로 바라보며 환하게 웃었다. 그 환한 웃음이 바오밥에게 먼 기억을 떠올리게 했다. 어머니의 웃음, 누나의 웃음, 양어머니의 웃음, 엘리노어의 웃음, 아프리카 시리의 아이들의 웃음, 그리고 오래도록 잊고 있었던 자기 자신의 웃음.

바오밥은 오랜만에 환한 얼굴로 함빡 웃었다. 어머니와 동생과 함께 사는 선이의 집은 공항에서 멀지 않은 인

I LIKE YOU...

하이, 하와유 두잉?Hi, How are you doing?, 1997

천에 있었다. 그 집에서 오래도록 머무르라는 선이 자매와 함께 집으로 가는 바오밥의 가슴은 내내 두근거렸다. 마치 친어머니를 찾아 먼 길을 돌아온 방탕아의 기분이었다.

그는 생각했다. 길지도 짧지도 않은 삶 동안 뭐 그리 잘못한 일이 많았던 걸까? 세 사람이 인천 시내의 작은 단독주택에 도착했을 때, 선이 동생이 초인종을 누르자 곱게 늙은 키 작은 여인이 문을 열어 주었다. 바오밥은 하마터면 '어머니' 하며 그녀를 껴안을 뻔 했다. 말은 통하지 않지만 그들 넷은 그날 저녁 가족처럼 화목했다. 다음 날 아침 선이의 어머니는 바오밥을 위해 진수성찬을 차려 주었다. 세상에 태어나 그렇게 맛있는 밥상을 받아 본 건 처음이었다.

기억하지 못할 뿐이지 아마 바오밥의 돌잔치 밥상이 그랬을까? 가난했던 바오밥의 집에서 그런 밥상을 차리지는 못했을 것이다. 어쩌면 꿈속에서 받아 본 밥상 같았다.

바오밥은 가시를 떼어 내고 생선의 살을 골라 밥 위에 얹어주는 선이 어머니의 얼굴을 바라만 봐도 배가 불렀다. 아침상을 무른 뒤 그는 선이 세 모녀가 도란도란 이야기하는 소리를 들으며 설핏 잠이 들었다. 시차 탓이기도 했지만 온 세상을 돌아온지라 너무 피곤했다. 피곤하기에는 너무 절실한 만남인지라 세 모녀의 이야기는 끝이 없었다. 그들 사이에서 사무엘의 믿기지 않는 죽음은 아직도 증명된 사실이 아닌 듯했다. 그들의 이야기는 다정했던 사위 사무엘 대신 딸과 동행한 바오밥에 관한 이야기로 이어졌다. 바오밥은 반수면 상태에서 그들의 이야기가 자장가처럼 느껴졌다. 어릴 적 살던 집이 꿈속에 나타났다. 할머니와 어머니와 누나, 그 외에도 여러 명의 아이들이 있었다. 그 아이들이 형제였는지 사촌들이었는지 외삼촌이나 이모들이었는지 기억이 나지는 않았다.

그저 한 방에 오글오글 모여 이불을 끌어당기느라 여념이 없던 추운 겨울이 떠올랐다. 그 옛날 한국의 겨울은 추웠다. 코흘리개들이 흘리는 콧물이 고드름처럼 얼어붙을 정도였다. 바오밥은 그렇게 기억했다. 하얀 얼굴에 고운 자태를 지닌 어머니는 늘 기침을 했다. 이후로도 바오밥은 겨울이면 어머니가 각혈을 하던 기억이 꿈처럼 스쳐 지나가곤 했다.

꿈속에서 어머니가 각혈을 한다. 그 선홍색 피는 참 고운 색깔이다. 어느 날 어머니는 피흘리다 죽었을지 모른다, 그래서 할머니는 많은 식구들을 먹여 살리기 힘들어서 바오밥을 입양 단체에 보냈을지 모른다. 마치 "잘 가라. 잘 가라" 하며 물 위에 띄워 보내는 소원을 담은 종이배처럼. 바오밥은 언제나 모든 걸 이해했다. 얼굴이 기억나지 않는 할머니, 그냥 하얀 백합 같은 얼굴로 기억되는 어머니, 꼬물대던 아이들 중에서 선이를 닮은 걸로 기억되는 누나, 그들을 꿈속에서라도 찾아보고 싶었다.

어쩌면 꿈이 아닐지도 몰랐다. 바오밥은 한국 텔레비전에 가족을 찾으러 출연했다. 어릴 적 헤어진 가족을 찾는 프로그램이었다. 바오밥의 누나라고 말하는 젊은 여인이 방청객 속에 나와 있었다. 바오밥과 젊은 여인은 서로 상봉하며 껴안았다. 그녀는 선이와 똑같이 닮아 있었다.

어쩌면 선이가 아닐까? 젊은 여인은 돌아가신 어머니가 주고 간 바오밥의 어릴 적 사진을 보여 주었다. 그게 나란 말인가? 바오밥은 실감이 나지 않았다. 아니 그가 누구라는 것도 중요하지 않았다. 누나라는 여인이 선이를 똑같이 닮았다는 사실만이 중요했다. 어쩌면 선이는 바오밥의 진짜 누나일지도 몰랐다. 꿈속에서도 바오밥은 그게 현실이 아니길 빌었다. 사랑하는 선이가 누나일 리야.

꿈속의 장면은 갑자기 바뀌어 비가 부슬부슬 내렸다. 헤어진 전처 엘리노어가 우산을 펼쳐 들고 그를 기다리고 있었다. 왜 이제야 오냐며 비를 흠뻑 맞은 바오밥에게 우산을 씌워 주는 엘리노어의 옆모습은 이상하게도 선이 처럼 보였다. 우산을 같이 쓰고 들어간 집은 시카고에 있는 양부모의 집이었다. 양부모가 인자한 웃음으로 바오밥을 맞아 주었다. 바오밥이 너무나 사랑하던 개 라이카가 뛰어나와 온 얼굴을 핥아 댔다. 바오밥은 정말 오랜만에 행복했다.

사랑에 관한 짧은 노래

"

그는 자신이 아주 깊게
상처받았다고 생각했다.
사랑이란
날카로운 칼을 상대에게 쥐여 주고
자신을 찌르지 않기를 바라는
어리석은 마음이라는 생각이 처음으로 들었다.

"

사랑에 관한 짧은 노래

그녀는 우리가 흔히 하는 사랑에 관한 이야기들 속의 주인공과는 너무 거리가 멀었다. 우선 그녀에게는 질투라든지 미련이라든지 애증 같은 끈적끈적한 감성의 유전자가 없었다. 그녀는 일찌감치 어느 책에선가 읽었던 알베르 카뮈의 이런 구절을 삶의 좌우명으로 적어 놓았다.

우리의 운명이 우리의 본성과 일치할 때, 우리는 우리에게 주어진 것을 사랑할 수 있다.

그녀는 자신에게 끊임없이 일어나는 모든 사랑의 해프닝들을 운명이라고 생각했다. 그녀는 대학교 1학년 때 같은 과 남자 친구와 결혼했다. 어느 추운 겨울 그녀의 결혼식 날, 뱃속에는 이미 석 달 된 아이가 있었다. 그 뒤 그녀는 유학을 떠나 10년을 같이 살던 남편에게 이혼해 달라고 말한다. 물론 사랑하는 사람이 생겼기 때문이었다.

그녀의 착한 남편은 울면서 순순히 헤어져 주었다. 그즈음 그녀는 회계사 시험에 합격해서 잘나가는 미국회사에서 일하는 커리어 우먼이었다. 10년을 하루같이 학교만 다니던 무능하기 짝이 없는 첫 번째 남편과 헤어진 뒤, 그녀는 부동산업을 하는 현실적이고 유능한 새 애인과 결혼했다.

그녀의 두 번째 남편은 그녀에게 많은 돈을 벌게 해주었다. 그녀의 두 번째 결혼 생활은 첫 번째 결혼보다 경제적으로 안정되었지만, 그렇게 즐겁거나 행복하지 않았다. 남편의 마음과 머릿속은 언제나 돈과 관련된 수식어들로만 가득해서, 그녀가 정서적으로 쉴 곳이 없었다. 그들 사이에는 서서히 '욕망'이라는 즐겁고도 고통스러운 관계의 끈이 녹슬기 시작했다.

그러던 어느 날 그녀는 사랑니를 빼러 치과에 갔다가 치과 의사와 사랑에 빠졌다. 그녀의 첫 번째, 두 번째 남편이 둘 다 술에 술 탄 듯 물에 물 탄 듯 착하지만 지루한 남자들이었다면, 그녀의 세 번째 남자는 '욕망이란 그저 자연스러운 날씨 같다'는 걸 처음으로 가르쳐 준 사람이었다. 그들은 틈만 나면 한창 사랑에 빠진 다른 연인들처럼 아무데서나 부둥켜안았다. 그녀는 두 번째 남편과 이혼하고 세 번째 연인과 같이 살기 시작했다.

하지만 같이 살기 시작한 지 얼마 되지 않아 그녀는 그 매력적인 남자와 매일 싸우기 시작했다. 너무 많이 싸워서, 우직하고 지루했던 두 번째 남편과의 평화로움이 그리워질 무렵, 그날도 그녀는 아침을 먹고 난 뒤 연인과 죽일 듯 대들며 싸웠다. 그녀가 출근하러 집에서 떠난 뒤 10분 후 그는 제 성질에 못 이겨 심장 발작으로 급사했다.

어느 날 그녀는 거울을 보다가 나이보다 일찍 나오기 시작한 흰 머리들을 뽑았다. 그렇게 열심히 살았는데 도대체 뭐가 잘못된 걸까? 그런 자책감에 빠져 있는데, 오래전에 헤어졌던 첫 번째 남편이 자살했다는 소식이 들려왔다. 아마도 그녀의 탓은 아니었을 것이다.

직업을 가져 본 적도 없고 돈을 벌어 본 적도 없는, 게다가 섬약하기 짝이 없는 그는 우울증이 심했다. 첫 번째 남편의 장례식에서 그녀는 오랜만에, 예전에는 꽤 친하게

사랑에 관한 짧은 노래

지냈던 남편의 학교 동창인 일본인 펀드 매니저를 만났다. 그들은 그렇게 데이트를 시작했다.

그 역시 착하고 온순하고 조용한 성품을 지닌 사람이었다. 정열적이고 사교적이며 불 같은 성격을 지닌 그녀는 늘 자신과 반대되는 성격을 지닌 사람과 인연이 있었다. 그녀와 싸우다가 화가 나서 심장발작을 일으켜 죽어버린 세 번째 연인을 제외하고는 한 번도 큰소리를 낸 적이 없는 사람들이었다. 머지않아 그녀는 첫 남편의 친구인 일본인 펀드매니저와 결혼했다. 평화로운 나날들 사이로 첫 번째 남편이 데리고 있던 딸이 그녀의 삶 속으로 들어왔다. 그녀의 딸은 거침이 없고 직선적이고 생각을 곧 행동으로 옮기는 무모함까지 엄마를 쏙 빼닮았다. 그들 셋은 아무 문제없는 행복한 가족을 이루었다. 남편은 성실하고 책임감이 강했으며 친구의 딸이자 아내의 딸을 진심으로 친딸처럼 여겼다.

문제가 하나 있다면 돈을 무지하게 잘 버는 데 비해 그가 지나치게 절약하는 사람이라는 거였다. 안경다리가 부러지면 고치고 고치다가 실로 매어 다시 썼다. 손님이라도 오면 화장실의 크리넥스 화장지는 치워졌고, 그 자리엔 덩그러니 두루마리 화장지만 매달려 있곤 했다. 하이

스쿨에 다니는 딸의 학교에 의무적으로 내게 되어 있는, 얼마 안 되는 자선 기부금을 내는 대신 그는 한 달에 한 번 자진해서 학교 수위 일을 했다. 그녀 역시 돈을 잘 벌었기 때문에, 그게 그렇게 커다란 문제는 아니라고 그녀는 생각했다. 그들 모녀를 지켜 주고 안락한 가정의 충실한 집사 노릇을 하는 남편에게 그녀는 깊은 신뢰감을 지니고 있었다. 하지만 그들 사이에는 하다못해 영화를 보러 극장에 간다든지, 규칙적인 섹스라든지, 같이 공유할 수 있는 취미나 게임이 없었던 것도 사실이었다. 그러던 날들 사이로 그녀는 또 새 애인이 생겼다.

그녀의 새 애인은 같은 동네에 새로 이사 온 남자였다. 그들은 쇼핑몰에서, 자동차 기름을 넣는 가스 스테이션에서, 은행에서, 가끔 그녀 혼자 점심을 먹는 샌드위치 집에서 수시로 부딪쳤다. 초록색 구두를 신고 날개를 단 듯 사뿐히 걸어가는 남다른 그의 존재감이 그녀의 눈에 들어왔다. 자주 부딪치는, 그것도 같은 한국 사람이라는 이유를 핑계 삼아 점심을 한자리에 앉아 먹은 이후, 그들은 급속도로 가까워졌다.

그는 그녀가 세상에 태어나 한 번도 만나 본 적 없는

유형의 인간이었고, 동시에 그녀가 세상에 태어나 처음으로 만나 본 예술가였다. 그녀가 아주 오래전에 텔레비전에서 인상 깊게 본 영화, 〈아웃 오브 아프리카〉의 남자 주인공처럼 그는 그녀의 머리를 감겨 주었다. 훗날 그와 헤어진 이후로도 그녀는 그 장면을 가끔 떠올렸다. 그는 수많은 변주로 물결치는 남다른 예술적 감성으로 그녀의 심심한 영혼을 사로잡았다. 사실 그즈음 그는 두번의 결혼과 두 번의 동거 생활을 끝내고, 어딘가 다른 곳에서 새 삶을 시작하고픈 기분으로 뉴욕에서 캘리포니아로 이사를 온 상태였다.

몸과 마음이 다 많이 지쳐 있었고, 누군가를 또 만나 쉽게 사랑에 빠지고 싶은 생각은 추호도 없었다. 분명 미남은 아니었지만, 어디선가 한번쯤 본 듯한 낯익은 외모와 어눌하면서도 인상적인 말투와 몸짓은 어딘가 사람의 마음을 끄는 구석이 있었다. 여자들은 만일 그가 돈이 한 푼도 없는 거지만 아니라면, 멋지면 멋진 대로, 추하면 추한 대로 예술가를 좋아한다. 예술가란 그의 감성이 여자의 섬세함을 닮은 종족이기 때문이다.

어쩌면 그는 늘 여자들로부터 도망치며 살아왔다. 그가 여자로부터 도망치고 싶은 항목들 중의 하나는 "당신

사랑에 관한 짧은 노래

나 사랑해?" 하고 묻는 장면이었다. 그 '끈끈이주걱'처럼 들러붙는 여자의 촉수로부터 그는 늘 도망치고 싶었다. 정말 그는 누군가를 사랑한 적이 있었을까? 하긴 말로는 수백 번도 더 사랑한다고 말했을 것이었다.

어릴 적 어머니 얼굴도 보지 못한 채 할머니 품 안에서 자란 그는 어릴 적부터 그림을 잘 그렸다. 그림을 그려서 상을 탄 날이면 할머니는 커다란 눈송이 같은 동그란 밀 알이 동동 뜨는 팥죽을 끓여 주셨다. 그가 이 세상에서 제 일 그리워하는 음식이 바로 그 팥죽이었다. 당연히 할머니 는 그에게 '할미를 사랑하느냐'고 단 한 번도 물은 적이 없 었다. 무조건의 사랑을 그에게 심어 주고 할머니가 돌아가 신 이후 그는 늘 할머니를 닮은 여자를 만나고 싶었다.

얼굴도 모르는 어머니에 관해서 그 아무도 말을 해준 적이 없었지만, 그는 늘 비련의 여주인공을 상상하곤 했 다. 어쩌면 어머니는 화류계에 몸담고 있던 직업여성인지 도 몰랐다. 어떤 부잣집 도련님에게 실연을 당해서 강물 에 뛰어들어 죽어 버렸을까? 우리 아버지는 그 부잣집 도 련님일까? 아무리 물어봐도 할머니는 대답하지 않았다. 그냥 네 어미는 아파서 죽은 거라는 똑같은 대답만 되풀 이했다. 화가로 크게 성공을 해서 할머니를 호강시켜 주겠다는 오래된 약속을 지키지도 못했는데, 어느 추운 겨울날 할머니는 세상을 떠났다. 그때 이후 그는 자신을 스스로 '거대한 고독'이라고 불렀다. 남들이 무어라든 그는 고독한 베토벤처럼 위대했고, 베토벤처럼 비참했다. 대학에 들어가 그는 화가의 꿈을 접고 조각에 입문했다.

평면이 아닌 조각의 입체감이 그에게는 훨씬 매력이 있었다. 소묘를 가르치며 대학 학비를 벌던 화실에서, 그를 좋다고 매달리던 수많은 소녀들 중의 한 여자와 몇 년 뒤 얼떨결에 결혼을 했다. 아이가 생겨서이기도 했지만, 어느 날 갑자기 사무치는 외로움이 그를 거대한 안개처럼 휘감았기 때문이었다. 결혼 이후 심심하면 "당신은 나를 사랑하지 않아요"라고 말하던 아내의 말투가 그는 견디기 힘들었다. 누가 누구를 꼭 사랑해야만 우리는 같이 살 수 있는 것일까? 그냥 아무라도 더 많이 사랑하면 안 되는 일일까? 첫 번째 아내와 이혼한 뒤 그는 두 딸을 아내에게 맡기고 혼자 미국으로 떠나 왔다. 그때 수중에 지닌 돈은 단돈 100불이었다. 미국에 도착하자마자 선배의 작업실에 기거하며, 먹고살기 위해 페인트칠을 하기도 하고 식당 웨이터 일을 하기도 했다. 사실 달마다 생활비를 벌어다 주어야 하는 일도, 그가 여자로부터 도망치고 싶

한 번, 단 한 번, 단 한 사람을 위하여

었던 참을 수 없는 존재의 무거움들 중의 하나였다.

웨이터 일을 맡아 하던 한국 식당에서 그는 자신보다 열 살 많은 돈 많은 미국 여자를 만나게 된다. 한국 음식을 좋아하던 그녀는 사업상 한국과 인연이 있었던 남편과 이혼한 뒤 막대한 위자료를 받아 혼자 살고 있었다. 미국에서는 특히 뉴욕에서는 이혼법이 여자에게 많이 유리하게 작용하는 탓에 이혼한 여자는 부자가 되고 두 번쯤 이혼한 남자는 파산 지경에 이르는 게 드문 일일 아니었다.

대한민국에서 태어나 평생 예술을 하다가 예술가로 죽을 수 있는 사람이란 얼마나 자기밖에 모르는 이기적인 인간들일까? 그는 그 대목을 스스로 인정하는 사람이었다.

그는 타고난 멋쟁이였다. 돈 한 푼 없던 가난한 미술학도 시절에도 물감이 잔뜩 묻은 누더기를 걸쳐도 폼이 났다. 그의 조각은 유머러스하고 심오했다. 돈 많은 그의 두 번째 아내는 볼수록 웃음이 나면서도 묘한 슬픔이 깃든 그의 조각과 왠지 사람을 끌어당기는 그의 표정에 홀딱 반했다. 그는 나이 많은 두 번째 아내 덕에 예술가로서의 상업적 성공을 거둘 수 있었다. 그는 늘 아내에게 고마운 생각을 지니고 살았다. 문제는 그들이 결혼한 지 몇 년 되지 않아 작품을 하는 것에 관해서도 작품을 파는 것에 관해서도 아내의 간섭이 너무 심해졌다는 것이다. 그는 자신의 작품 공장에서 노예로 일하고 있는 기분이 들었다.

숨 막히는 하루하루를 살면서 가난했던 날들의 자유가 그리워질 무렵, 그는 화가가 되려고 뉴욕에 그림공부를 하러 온 부잣집 딸내미와 사랑에 빠졌다. 그러는 사이 아내에게 들켜서 그는 으리으리한 저택에서 맨몸으로 쫓겨났다. 다시 가난해진 그는 이제야말로 베토벤이 된 기분이었다.

그와 사랑에 빠진 부잣집 딸내미는 그 덕분에 집으로부터의 학비 원조가 끊겼다. 그들은 가난하지만 아름다운 보금자리를 꾸몄다. 그녀는 학교를 그만두고 요리를 배우기 시작했다. 꽤 괜찮은 식당에 부주방장이 될 만큼 그녀의 요리 실력은 하루가 다르게 훌륭해졌다. 그는 자신이 이탈리아 요리를 잘하고 꾸밈없고 순수한 연인을 지닌 세상에서 제일 행복한 사람이라는 생각이 비로소 들었다. 하지만 그 행복은 그리 오래가지 않았다.

스스로 자신을 '거대한 고독'이라고 불러온 조각가 선생은 이탈리아 요리를 잘하는 사랑스러운 연인과 함께 여행을 떠났다. 여행을 무척 좋아하는 그에게는 정말 오랜만의 여행이었다. 좋은 차를 하나 빌려서 그들은 서부를 향해 떠났다. 미국의 서부 중에서도 그가 가장 좋아하는 곳은 애리조나와 뉴멕시코 주였다. 광활한 서부의 땅을 빼곡하게 메우며 서 있는 거대한 선인장들에 반해 그는 숨이 막혔다. 대자연 속에 아무렇게나 놓여 있는 돌과 바위의 식물들은 그 자체로 위대한 조각이었다. 그는 미국 서부를 여행하고 나서 그림 그리기를 그만두었다는 선배의 말이 이해가 갔다. 그는 예술보다도 위대한 자연의 힘을 그곳에서 절감했다. 예술 따위는 하지 않아도 그저 그 풍경의 일부만 되어도 족할 것 같았다.

뉴멕시코 주의 알바쿠키 근교에 있는, 거대한 절벽을 깎아질러 만든 인디언 보호구역 '아코마 빌리지'에 도착한 그들은 달 표면에 착륙한 기분이 들었다. 그곳에서 그들은 영원한 사랑을 약속했다. 영원이란 얼마나 아름다운 말일까? 영원 따위 없어도 아무 상관없었다.

그저 그 순간이 영원이었다. 절벽 꼭대기에 천국처럼 존재하는 하얀 마을, '아코마 빌리지'에는 젊은이들은 다 큰 도시로 떠나고 노인들만 남아 있었다. 그 노인들처럼 늙어 그 평화롭고 적막하고 아름다운 곳에서 그냥 살아도 좋을 것 같았다.

사랑에 관한 짧은 노래

그렇게 그들은 뉴멕시코 전역을 꿈처럼 헤매며 돌아다녔다. 행복한 두 사람은 미국 서부의 위대한 자연을 가슴에 품고 돌아오는 길에 하이웨이에서 다가오는 커다란 트럭과 부딪쳐 대형 사고를 당하게 된다. 그가 병원의 하얀 침대 위에서 눈을 떴을 때, 마침 그를 간호하던 한국계 젊은 간호사가 괜찮으시냐고 물었다. 사랑하는 그의 요리사 연인은 세상을 이미 떠난 뒤였다. 그는 그녀의 부재를 견딜 수 없었다. 도저히 치유될 수 없었던 시간들이 가고, 그 자리에 그를 간호하던 한국계 간호사 아가씨가 하얗게 눈처럼 쌓인 그의 고독을 뚫고 들어왔다. 그가 웬만큼 회복되어 뉴욕으로 돌아온 뒤 그들은 수없는 이메일과 전화를 주고받았다. 간호사 아가씨는 어느 날 빨간색 트렁크 하나를 들고 영화 〈참을 수 없는 존재의 가벼움〉에 나오는 '줄리엣 비노쉬'처럼 그가 사는 뉴욕 아파트 문앞에서 외출 중인 그를 기다리며 서 있었다. 그녀는 뉴욕에 일자리를 구한 뒤 그와 함께 살기 시작했다.

어쨌든 그는 또다시 혼자가 아니었다. 하지만 틈이 날 때마다 뉴욕 맨해튼에 있는 이탈리아 레스토랑이란 레스토랑은 다 뒤지고 돌아다녔다. 왠지 죽은 그의 요리사 연인이 어딘가에서 음식을 만들고 있을 것 같은 환영에 시달렸기 때문이었다. 헌신적이고 현실적인 간호사 아가씨는 그의 그런 몽유병자 같은 행동을 이해할 수가 없었다. 작품이 가끔 팔리기는 했지만 넉넉한 정도는 아니었기 때문에, 그들의 살림은 전적으로 간호사 아가씨의 수입에 의존해야 했다.

그는 여전히 오래전에 돌아가신 '할머니의 가엾은 손자, 나는 왕이로소이다'와 같은 존재였다. 희극과 비극의 감성을 한 몸에 지닌 천재적 조각가, 하지만 돈 많은 미국인 아내와의 결별 후 현실적으로 어려운 날들을 보내고 있었다. 한국말을 잘하지 못하는 한국계 간호사 아가씨는 틈만 나면 그에게 영어로 "당신은 나를 사랑하지 않아요"라고 말하곤 했다.

그는 그 말을 들으며 헤어진 첫 번째 아내를 떠올렸다. 한국말과 영어의 차이일 뿐이지 그들은 같은 말을 하고 있었다. 내가 아무리 날 때부터 거대한 고독을 이고 지고 산다지만, 왜 나는 사랑하지도 않는 여자와 함께 살고 있을까? 왜 죄 없는 그들에게 자신을 사랑하지 않는다는 외로운 마음을 심어 주는 걸까? 그는 그렇게 자신을 자책했지만. 그렇다고 더 나아질 것도 없었다. 그러던 어느 날

한 번, 단 한 번, 단 한 사람을 위하여

그들은 누가 먼저랄 것도 없이 헤어졌고, 간호사 아가씨는 짐을 꾸려 가족들이 있는 서부의 집으로 돌아갔다.

여전히 요리사 연인을 잊지 못하는 그는 그 뒤에도 한참 동안 맨해튼의 이탈리아 레스토랑을 뒤지고 다녔다. 덕분에 그는 이탈리아 음식을 질리도록 먹었다. 한참을 헤맨 뒤 아무 데도 없는 그녀를 가슴에 묻은 그는 더 이상 뉴욕에 머무르고 싶지 않았다.

어느 날 그는 뉴욕의 추운 겨울 날씨와 결별하고, 날씨 좋은 캘리포니아로 이사를 하기로 결정했다.

이사 온 지 며칠 되지 않아 점심을 먹으러 샌드위치를 전문으로 파는 작은 식당에 들어갔다가 우리의 주인공인 회계사 '그녀'를 마주치게 된 것이다. 한국 사람이라는 느낌이 들었지만, 그들은 모르는 첫 몇 번을 그냥 스쳐 지나갔다. 그 뒤에도 그들은 여기저기에서 우연히 부딪쳤다. 다시 그 샌드위치를 파는 식당에서 우연히 옆자리에 앉은 그녀가 같이 앉아서 점심을 먹자고 먼저 말을 걸어왔던 것이다. 이미 많은 상처를 껴안은 그들의 만남은 그렇게 시작되었다.

그는 그녀의 머리를 감겨 주는 걸 좋아했다. 세상의 모든 형상을 만들어내는 그 섬세한 손길로 그녀의 머리카

락 한 올 한 올을 피아노 건반처럼 두드릴 때, 그녀는 행복했다.

게다가 그는 갖가지 종류의 스파게티 요리를 잘했다. 이탈리아 요리를 잘하는, 이제는 세상에 없는 연인을 떠올리며 혼자 스파게티를 많이 만들어 보았기 때문이었다. 하긴 스파게티처럼 쉬운 음식이 또 있을까? 프라이팬에 올리브유를 한 숟갈 붓는다. 올리브유를 잠시 달궈 토마토를 잘게 썰어 넣고 잠시 볶은 뒤 새우나 오징어를 넣어서 같이 볶는다. 다음에는 꼬들꼬들하게 설익힌 스파게티 국수를 넣어 잠시 같이 볶는다. 뭐 그런 식으로 하얀 봉골레 스파게티도 오징어 먹물 스파게티도 그는 요리사 수준으로 만들었다. 하긴 이 세상에 하나밖에 없는 조각을 빚는 손으로 무슨 음식인들 못 만들겠는가? 그가 해주는 음식을 먹으며 그녀는 정말 행복했다. 그녀 역시 사랑하는 그를 행복하게 해주고 싶었다.

그를 행복하게 해주는 일은 그녀에게는 굉장히 쉬운 일이었다. 어린 아이 같은 심성을 지닌 그는 쇼핑을 좋아했다. 그중에서도 그가 제일 좋아하는 쇼핑은 구두를 사는 일이었다. 그는 이 세상에 하나밖에 없는 구두, 그게 여의치 않다면 이 세상에 몇 켤레 없는 구두를 사는 걸 좋아했다. 그가 가진 구두들 중에서 제일 아끼는 구두는 그녀가 그를 처음 보았을 때 그녀의 눈길을 온통 사로잡았던, 신으면 날개를 달고 날아오를 듯 날렵하게 생긴 초록색 구두였다. 그런 구두는 도대체 누가 만들어 낸 걸까? 그녀는 그의 모든 것이 아름답고 신기해서 어쩔 줄 몰랐다. 그녀는 도통 멋을 낼 줄 몰랐다. 주로 명품을 사 입었지만 아무도 그 옷이 명품이라는 걸 알아보지 못했다. 그에 비해 그는 싸고도 멋진 옷을 고를 줄 알았다. 하지만 구두는 늘 비싼 구두를 신었다.

하긴 구두처럼 고르기 힘든 물건이 또 있을까? 발 앞꿈치가 편하면 뒤꿈치가 불편하고, 모양이 좋으면 걷는 것이 심드렁하고, 편하다 싶으면 본때가 없고……. 그는 구두를 사는 일에 굉장히 까다로운 사람이었다. 마음에 딱 드는 구두가 없을 때는 해진 구두를 자꾸만 굽을 갈아 오래도록 신는 게 더 좋았다. 아무리 구두 쇼핑을 좋아한다지만, 맘에 딱 들지도 않는 구두를 이것저것 사서 신발장 속에 죽 늘어놓는 일은 절대 하지 않았다.

어쩌면 우정도 사랑도 그렇지 않을까? 자신의 시간과 감성과 사랑과 열정, 그 귀한 것들을 엉뚱한 곳에 아무렇게나 풀어놓는 일은 더 이상 하고 싶지 않았다. 구두라면

사랑에 관한 짧은 노래

한 번, 단 한 번, 단 한 사람을 위하여

아무 가게나 들어가서 신어 보고 맘에 딱 들지 않으면 안 사면 그만이지만, 사람이야 어찌 그럴 수 있겠는가? 언제 부턴가 그는 그런 사람이 되어 있었다. 간호사 아가씨와의 만남을 마지막으로, 마음에 드는 사람이 있으면 그저 멀리서 바라만 보리라고 생각했다. 가까이 다가가 아이쿠 이것도 아니군, 이건 정말 복잡하고 불편하군, 이런 식의 부담스런 감정들을 곱씹기 싫었기 때문이었다. 사실 그는 고독처럼 숨쉬기 편안하고 아름다운 상태는 없다고 생각하는 지점에 있었다. 아픈 이에 바람이 들 듯 그렇게 이물질이 섞여들까 겁이 났다.

바로 그런 타이밍에 그는 그녀를 만났다. 그녀는 그에게 구두를 선물하는 것을 좋아했다. 이 세상에 얼마나 비싸고 멋진 구두들이 많은지 그녀는 처음 알았다. 아마도 그에게 있어 구두는 사치와 소비를 넘어선, 삶을 설명하는 상징적인 물건이었을지 모른다.

이 세상의 모든 땅들을 밟고 걸어가는 발에 대한 예의, 혹은 발에 달린 날개, 하지만 결코 날 수 없는 날개 같은 것이었다고 해두자, 그는 마음에 딱 드는 구두를 신고 저 세상에 있는 할머니를, 이탈리아 요리를 잘하는 연인을 만나러 가고 싶었다. 문득 그는 마음에 드는 구두를 보면 아무리 값이 비싸도 사고 마는 자신의 화려한 습성이 어머니의 화류계 피를 물려받았기 때문이라고 제멋대로 생각해 버리곤 했다. 어릴 적 친척 아주머니 한 분이 놀러 와 부엌에서 수군대는 소리를 들은 어렴풋한 기억 속에 남아 있었다. 아무래도 상관없었다. 그는 화려하게 살다가 고독하게 죽고 싶었다. 도대체 그녀는 몇 켤레의 구두를 그에게 사준 것일까? 그의 집 현관에 있는 구두 진열장에는 갖가지 색깔의 멋진 구두들이 줄을 지어 놓였다. 언젠가 그는 그 구두들을 쌓아 올려 작품을 만들 생각이었다.

그는 구두 선물을 받는 대신 그녀의 얼굴과 손과 발을, 반신상과 나신상을 조각해서 선물로 주었다. 그녀의 집은 얼마 지나지 않아 그의 조각들로 가득 찼다. 그녀는 그의 조각에 스며 있는 그녀에 대한 사랑과 땀과 돈으로 환산될 수 없는 절대적 가치에 대해 전혀 알지 못했다.

그녀의 남편은 왜 그렇게 한 사람의 작품을 아내가 계속 사들이는지 속으로 의아했지만, 물어보지는 않았다. 단지 언젠가 큰돈으로 바꿀 수 있을지도 모른다는 생각을 했다.

어느 날 그녀는 눈만 뜨면 부딪치는 조각들에 둘러싸인 자신을 발견했다. 갑자기 '턱'하고 숨이 막혔다. 그러던 어느 날, 그녀는 그 조각들을 모두 포장해서 다 창고 안에 집어넣어 버렸다. 스무 살도 안 된 딸아이가 임신했다는 걸 알게 된 건 그 무렵이었다. 그 엄마에 그 딸처럼, 딸은 아이 아빠가 누구인지는 하나도 중요하지 않다고 말했다. 그 당당함과 당돌함에 놀라며, 그녀는 자신이 어머니라는 생각을 처음으로 절실하게 떠올렸다. 그녀는 갑자기 자신의 모든 사랑이 참을 수 없는 존재의 가벼움으로 공기 중에 흩어지는 걸 느꼈다.

그녀는 딸의 배가 불러오는 것을 지켜보면서 너무 이른 나이에 자신이 할머니가 되는 것이 두려웠다. 자신이 그 어린 나이에 엄마가 되는 것에 그렇게 용감할 수 있었다는 사실이 믿어지지 않았을 뿐 아니라, 딸아이가 곧 엄마가 될 거라는 사실도 믿어지지 않았다. 그러면서 그녀는 자신의 마음에 커다란 변화가 오는 걸 느꼈다.

우선 그녀는 조각가 선생과의 만남을 뜸하게 가졌다. 그 신기하고 아름답던 그의 열정과 사랑이 부담스럽게 느껴지기 시작했다. 그녀는 생각을 곧 행동으로 옮기는 무모한 용기를 지녔지만, 동시에 굉장히 현실적인 여자였다. 현실과 똑같은 부피로 그녀의 내면에 공존하는 비현실의 영역에도 변화가 오기 시작했다. 어쩌면 그녀는 남편을 포함해서 자신이 한때는 사랑했다고 믿었던 그 어떤 사람과도 공유할 수 없었던 그 무엇을 조각가 선생과는 나눌 수 있었다.

그 무엇이 그녀의 선천성 외로움이었는지, 자신도 모르게 자신 속에 내재해 온 예술적 감성이었는지 잘 알 수 없지만, 어쨌든 그는 그녀가 몇 번을 다시 읽어도 지루하지 않은, 내용과 그 표현 양식이 다양하고 세련된 두꺼운 책과 같은 존재였다. 이제 그녀는 '프루스트'의《잃어버린 시간을 찾아서》와 같은 그 길고도 방대한 책장의 3분의 1도 다 읽지 않은 채 덮으려 하고 있었다.

그즈음 그녀는 이제나저제나 별 재미는 없지만 늘 한결 같은 심성을 지닌 남편을 따라 골프를 치러 다니기 시작했다. 왜 남편과 함께하는 시간은 그렇게 지루하고 고독했는지 자신도 잘 알 수가 없었다. 읽을 내용이 하나도 없는 부피 없는 책이라고 여겨온 남편은 자신과 딸을 변함없이 지켜 준 추운 날의 겨울나무 같은 존재였다.

어쩌면 그가 있었기에 그녀는 내면에 존재하는 비현실의 장소에서 조각가 선생과의 밀회를 즐길 수 있었는지도 모른다. 아주 어린 시절에 부모님을 따라 갔던 교회를 그녀는 철이 들어서는 한 번도 가지 않았다. 그 지루하고 따분한 장소에 자신의 젊음을 잠시 내려놓기도 시간이 아까웠다. 예전과 달리 그들 부부는 주말이면 같이 교회를 가고, 골프를 치러 다니는 편안하고 행복한 모습으로 남들의 눈에 띄었다. 만일 하느님이 존재한다면, 하느님이 가장 머물기 싫어하는 장소가 바로 교회일 거라고 말하던 매력적인 그녀는 어디로 사라진 걸까?

아무것도 모르는 남편은 여전히 그녀의 가장 친한 친구였다. 그렇게 좋은 친구를 갖게 해준 하느님과 그녀는 연애를 시작했다. 이 세상의 모든 식량과 대지와 공기와 산과 들과 바다와 강이 다 주님의 뜻이어서, 따스한 햇볕 아래 기도를 하다 눈을 뜨면 살아 있음에 마음이 충만하여 눈물이 날 것만 같았다.

왜 우리는 한 사람에 관한 책의 내용과 형식에 관해서 시간의 흐름에 따라 다른 느낌을 갖게 되는 걸까? 그녀는 조각가 선생의 초록색 구두를 멀리서 보기만 해도 싫은 생각이 들기 시작했다. 저런 구두를 신고 다니는 사람이 왜 좋았을까? 왜 그는 그렇게 구두에 집착하는 걸까? 사실 구두에 집착하는 것보다 훨씬 강력한 집중력으로 조각가 선생은 그녀에게 집착하고 있었다. 어느 날 그녀는 그들이 처음 만났던 샌드위치를 파는 식당에서 이별을 선언했다. 그 선언은 조각가 선생에게는 청천벽력과도 같았다. 자신을 무조건적 사랑으로 길러 준 할머니와 죽은 요리사 연인 다음으로, 어쩌면 그녀는 자신의 세 번째 진짜 사랑이었다는 생각이 들었다. 그녀가 그를 멀리하자 조각가 선생은 공황상태에 빠졌다. 이제 그는 그녀가 다니는 길목 어디에서나 그녀를 기다리고 서 있기 일쑤였다. 샌드위치 가게에서 주유소에서 심지어는 그녀의 집 앞 건너편에서 그녀를 기다리며 서 있는 조각가 선생의 모습을 보는 일은 드문 일이 아니었다.

남편과 함께 골프를 치는 그녀의 모습을 하루 종일 멀리서 지켜보거나 교회 앞을 서성이는 모습도 종종 눈에 띄었다. 그녀는 참다 참다 경찰에 전화를 걸어 접근 금지 조치를 부탁했다. 그렇게 그녀는 사랑하던 그를 자신의 삶으로부터 떼어 버렸다.

사람을 사랑하는 일의 끝을 우리는 안다. 텔레비전 정규 방송이 끝난 뒤 빈 화면의 침묵, 고요하지만 견딜 수 없는 그 지지직 하는 소음. 산다는 일은 어쩌면 서로에게 흔적을 남기는 일이다. 아주 짧은 순간 마주쳤던 사람들

사랑에 관한 짧은 노래

조차 깨알 같은 흔적 하나씩을 남기고 돌아선다. 너무 많이 사랑하고 사랑하다, 사랑의 끝까지 가본 사람에게 그 작은 흔적들은 커다란 흉터나 상처가 되어 버린다. 그저 우리는 서로의 상처를 만드는 일에 잠시, 혹은 오랫동안 동참했을 뿐이다.

그는 자신이 아주 깊게 상처받았다고 생각했다. 사랑이란 날카로운 칼을 상대에게 쥐여주고 자신을 찌르지 않기를 바라는 어리석은 마음이라는 생각이 처음으로 들었다.

그런 시간들 사이, 바로 얼마 전까지 그의 충실하고 열정적인 연인이던 그녀는 할머니가 되었다. 한국 이름이기도 하고 미국 이름이기도 한 이름 '한나', 그녀는 손녀딸 한나와 또다시 사랑에 빠졌다.

어쩌면 그녀가 세상에 태어나 가장 사랑한 존재가 한나였을 것이다. 정작 자신이 딸을 낳았을 때는 너무 어려서 예쁜지도 몰랐다. 눈을 떠서 처음 아기를 보았을 때, 신기함과 더불어 아득한 삶의 무게가 앞섰던 기억이 떠올랐다. 하느님과 바꾸라고 해도, 아니 자신의 목숨과 바꾸라고 해도 하나도 아깝지 않을 존재, 드디어 그런 존재가 그녀 앞에 나타난 것이다.

한나에게 그녀는 열중했다. 모든 것을 다 주고 싶은 사랑하는 대상이 있을 때, 그녀가 얼마나 행복한지에 대해서는 두말할 필요가 없을 것이다. 그녀의 사랑스런 손녀 딸한나는 보통 아이들보다 석 달 미리 세상에 나왔다. 인큐베이터 속에서 갖은 고생을 다 하고 나온 뒤에도 한나는 자라는 속도가 느렸다. 옹알이를 하는 것도 걸음마를 하는 것도 말을 배우는 것도 다 늦었다. 아이가 세상에 나오기 전에 찍은 초음파 촬영으로는 아무 이상도 없었다. 그녀는 뭔가 잘못된 건 아닐 거라고 혼자 머리를 저어댔다. 그녀는 한나가 자라지 않는 아이가 될까 봐 더럭 겁이 났다. 설마 그런 건 아닐 거라고 그들 부부는 서로를 위로했다.

딸은 한나를 그들 부부에게 맡겨 놓고 패션 공부를 한답시고 뉴욕으로 떠났다. 한나를 도맡아 기르게 된 그녀는 퇴근하기가 무섭게 손녀딸을 보려고 집으로 돌아왔다. 근무 시간 중에도 한나의 얼굴이 어른거려 일이 손에 잡히지 않았다. 이제껏 경험한 어떤 것보다 더한 중증 사랑 중독이었다. 성장이 더딘 한나는 그래서 더욱 사랑스러웠다. 아이가 또박또박한 발음으로 말을 잘하기 전까지가 가장 예쁜 법이다. 개를 사랑하는 사람들이 아무런 조건 없이 개를 사랑하는 이유는 어쩌면 개의 언어와 사람의 언어가 다르기 때문인지도 모른다.

사랑에 관한 짧은 노래

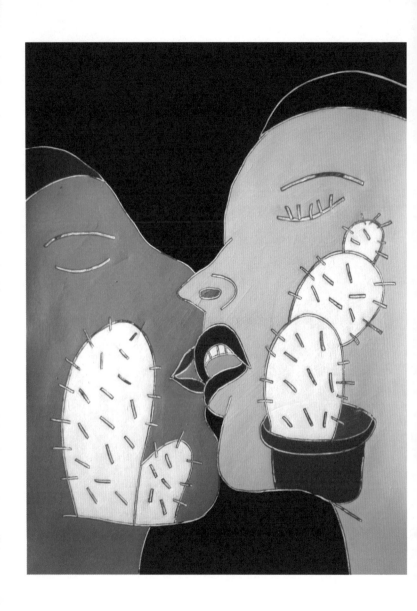

한 번, 단 한 번, 단 한 사람을 위하여

한나가 그렇게 오래도록 어린아이로 남아 있어 주면 좋겠다는 자신의 이기적인 생각을 훔쳐보며 그녀는 흠칫 놀랐다. 다행히도 아이는 발육이 늦을 뿐 자라지 않는 아이는 아니었다. 그녀는 언젠가 한나가 에디슨 같은 천재가 될 거라고 스스로를 안심시켰다. 그게 사실이라도 되듯이 어린 한나는 이상하게도 자꾸만 머리가 커졌다. 한나에게 열중하느라 그녀는 정말 오래도록 조각가 선생에 관해서 까마득하게 잊고 있었다. 경찰에 전화해서 접근 금지 처분을 선포한 뒤 그녀는 다시는 그를 볼 수 없었다. 다행이라는 생각과 함께 시간이 지날수록 미안함이 서서히 마음의 수면 위로 떠올랐다. 사실 그럴 수는 없는 일이었다. 하지만 그럴 수밖에 없었던 일이라고 그녀는 애써 미안한 마음을 따돌렸다.

그녀로부터 깊은 상처를 받은 조각가 선생은 이 쓸쓸하기 짝이 없는 삶을 끝내고 싶었다.

꼭 그녀 때문만은 아니었다. 우리가 자살을 결심할 때, 단 한 가지 이유만이 동기가 되지는 않는 법이다. 그즈음 그는 자신의 작품에도 회의를 느끼고 있었다. 하나도 새로울 것 없는 끝없는 자기복제, 예술가로서 자신이 제일 혐오하는 현상이 자신에게도 일어나고 있었다. 경제적으로도 파산 상태였고, 단 하나의 삶의 즐거움이며 살아갈 목적 자체인 작품에 대한 열정도 사그라져 가고 있었다. 게다가 그는 진짜 사랑이라고 믿어 의심치 않던 그녀를 잃었다. 아무리 그녀가 남편이 있는 사람이라 해도 그런 현실적인 장애는 애초부터 그에게 아무런 의미가 없었다. 어쩌면 그녀의 변심은 자신도 알지 못하는 사이 오래도록 품어 온 죽음에의 유혹에 불을 붙였던 건지도 몰랐다. 일단 결심을 굳히고 나자 그의 마음은 이상하리만큼 평안해졌다.

우선 그는 미완성된 것들을 포함해서 자신이 갖고 있는 모든 작품들을 한국에 있는 가장 친한 후배에게 보내기로 결정했다. 소식이 끊긴 지 오랜 첫 번째 아내와 딸들을 찾아 그 작품들을 돌려줄 것이었다. 세상에 태어나 가장 잘못한 게 많은 대상은 바로 생각조차 하지 않고 살았던 두 딸들이었다. 그는 그런저런 여러 가지 현실적인 일들을 정리하고 나서, 홀가분한 마음으로 차를 몰고 애리조나를 향해 달렸다.

선인장이 빼곡하게 들어선 애리조나의 초원에서 아무도 모르게 '거대한 고독'답게 죽고 싶었다. 오랜 시간을 달려 키 큰 선인장들이 빼곡한 애리조나에 도착한 그는 우선 자신의 신분을 증명할 수 있는 모든 것들을 다 불살 랐다. 그의 존재를 증명할 물건은 이제 초록색 구두밖에 는 남지 않았다. 그는 주머니에 보드카 한 병과 수면제를 지니고 선인장이 가득한 초원에 드러누웠다. 보드카 한 모금에 수면제 한 알씩을 천천히 삼켰다. 하늘을 향해 똑 바로 누운 그의 얼굴 위로 별들이 쏟아졌다.

쏟아지는 별들을 온몸으로 받으며 그는 누군가를 생각 했다. 엉뚱하게도 삶의 마지막 순간에 떠오른 얼굴은 "당 신은 나를 사랑하지 않아요" 하면서 떠난 간호사 아가씨 의 얼굴이었다. 그녀는 헌신적이고 참 착한 여자였다는 생각이 그제야 들었다. 그러면서 "사랑이란 무엇일까?"라 는 하찮은 질문이 떠올랐다. 사랑은 하나도 아니고 둘도 아니고, 예전에 유행하던 어느 노랫말처럼 모두가 다 사 랑이었다. 살아생전 스쳐갔던 모든 사람도, 시간도, 장소 도, 날씨도, 식물도, 동물도, 모두가 다 사랑이었다. 그런 시시한 생각들 사이로 죽음의 두려움보다는 먼저 졸음이 왔다. 애리조나의 밤하늘은 별들로 가득한 바다였다.

하늘에서 낚시를 하다가 그는 죽음으로 가는 깊은 잠

한 번, 단 한 번, 단 한 사람을 위하여

에 빠졌다. 죽은 뒤에 그가 맨 처음으로 만난 건 첫 번째 아내와 두 딸들이었다. 첫 번째 아내가 울고 있었다.

"당신 그렇게 맘대로 살아 보니 좋아? 아이들은 다 커서 당신이 누군지 묻는데, 나도 당신이 누군지 몰라."

그는 우는 전처 앞에 앉아 통곡을 하고 있었다. 아ー 나는 왜 이 많은 사람들을 울리며 살아왔는가? 나는 내가 누군지 알고 있을까? 모른다. 아무것도 모른다.

그는 마지막으로 자신이 누구인지 애써 떠올렸다. 그의 할아버지는 빨치산이었다. 할아버지는 산에서 용감하게 죽었고, 마른 나뭇가지를 씹어 먹을지언정 그 아무것도 훔친 적이 없으며, 모르는 아낙을 희롱한 적도 없었다. 그는 자신이 선인장 가득한 애리조나의 초원을 사랑하는 이유는 할아버지의 빨치산 피를 닮아서라고 생각했다.

산에서 죽은 할아버지 때문에 평생 꼬리표를 달고 살기가 무서워서 할머니는 고향을 떠나 낯선 곳에 정착했다. 낯선 도시의 시장에서 신발 장사를 하며 딸 하나를 키웠다. 넉넉하지 않은 형편이었지만, 그림을 잘 그리던 딸이 미술 대학에 들어가 사귄 남자는 치과 대학에 다니던 부잣집 아들이었다. 하지만 그 남자는 아비도 없는 근본도 모르는 여자를 며느리로 맞을 수 없다고 펄펄 뛰는 부모님 뜻에 따라, 그녀와 헤어지고 소위 집안 좋은 집 딸과 결혼했다. 좋은 집안이란 무엇일까? 삼대만 거슬러 올라가도 사정은 정반대일지도 모르는 게 아닌가? 인간들은 정말 우습지도 않은 저울의 기준에 질질 끌려 다니며 살다가 죽는다. 말하자면 할머니의 딸을 버린 그 치과 대학생이 조각가 선생의 아버지다. 뒤늦게 아이를 가진 걸 알게 된 어머니는 혼자 그를 낳아 기르기로 결심했다. 할머니의 건강이 좋지 않아 형편이 어려워진 젊은 어머니는 친구의 소개로 할머니 몰래 요정에 나가 돈을 벌었다. 어머니는 그 시절 내로라하는 사람들이 다 오는 고급 요정에서 제일 인기 있는 존재였다. 하지만 그녀는 그 시절의 고관대작들이 아무리 살림을 차려 준다고 해도 콧방귀도 뀌지 않았다. 아이가 조금 크면 일을 그만두리라 생각하며 그녀는 남이 무어라든 앞만 보며 정말 열심히 살았다. 그러던 어느 날, 배가 아프다며 집을 나간 그의 어머니는 오후에 병원에 실려가 한 시간도 안 되어 급사했다. 그의 나이 두 살 때였다.

사실 이게 모두 사실인지는 아무도 모른다. 조각가 선생의 상상 속 출생의 기억인지 아닌지, 그리고 그것은 조금도 중요하지 않았다. 그는 다만 생의 마지막 순간에 아무도 모르는 자신의 출생 기억을 잠시 더듬어 보고 싶었던 것뿐이다.

꿈은 끝도 없었다. 두 번째로 만난 건 오래전에 돌아가신 할머니였다. 처녀 적 얼굴을 한 낯선 할머니 앞에서 그는 울먹이며 "나는 왕이로소이다. 할머니의 가엾은 손자 나는 왕이로소이다" 그런 비슷한 시를 읊었다. 처녀 적 고운 얼굴을 한 할머니는 그에게 춤을 추라고 말했다. 할머니인지 어머니인지 구별이 되지 않았다. 할머니이면서 어머니인 그 고운 얼굴을 한 이는 아직도 그가 살아야 할 세상은 크고 넓으니 쉬지 말고 춤을 추라고 말했다.

그러더니 생전에 신발 장사를 하던 할머니는 수많은 신발들을 그에게 꺼내 보여 주었다. 그러나 그의 발에 맞는 신발은 하나도 없었다. 할 수 없이 그는 죽기 전에 신던 초록색 구두를 신고 쉬지 않고 춤을 추었다. 심장의 가장자리부터 조금씩 저려오고 있었다.

그를 기적적으로 피해 내리친 벼락 탓에, 그는 수면제 한 통을 다 먹고 죽음의 문을 노크하는 사이, 아니 죽기도 전에 혼이 나갔다. 다음날 거짓말처럼 맑은 하늘 아래, 선인장을 연구하는 식물학 교수 하나가 그 근처의 선인장들을 조사하다가 누워 있는 그를 발견해 근처의 병원으로 데려갔다. 그곳에서 그는 수간호사로 일하는 옛날의 그 간호사 아가씨와 극적으로 다시 만났다. 그곳에서 간호사 아가씨를 만나리라고는 상상도 한 적이 없었다. 아니 자신이 아직 살아 있으리라는 것도 전혀 예상 밖의 일이었다. 그는 살아 있었다.

단지 말이 나오지 않았고, 눈을 뜰 수가 없었다. 아슬아슬하게 그를 피해 내리친 벼락 탓에 혼이 나간 그는 그 아무것도 기억할 수 없었다. 자신이 누구인지 간호사 아가씨가 누구인지 이름도 얼굴도 아무것도 생각나지 않았다. 아무것도 기억하지 못하는, 게다가 신분증도 없는, 아무 곳에도 없는 남자, 낡은 초록색 구두 한 켤레를 달랑 지닌 그를 간호사 아가씨가 알아보았다.

우리가 인연이라 부르는 것들은 때론 이런 식으로 찾아온다. 사람의 힘으로 어찌할 수 없는 어떤 힘이 자석의 양극을 이곳저곳에서 떼어와 서로 붙여 놓는다. 그들은 붙여 놓은 특별한 이유는 아무것도 없다. 아니 어쩌면 이유가 있을 테지만, 우리가 그것을 모를 뿐인지도 모른다. 간호사 아가씨는 조각가 선생을 다시 만난 게 꿈 같았다. 언제나 그를 잊지 않고 있던 그녀는 언젠가 이런 날이 올줄 알고 있었던 것 같은 생각이 들었다. 게다가 그는 그녀

사랑에 관한 짧은 노래

를 사랑하지 않는다고 생각했던 예전의 그가 아니었다. 자신을 눠두고, 죽은 요리사 연인을 잊지 못해 세상의 이탈리안 레스토랑을 죄다 뒤지고 다니던 미친 남자도 아니었다. 그는 그녀가 사랑했던 섬세하고 따뜻한 감성을 지닌, 게다가 그녀가 처음으로 새로 쓸 수 있는 자신만의 블랭크 노트, 하얀 새 공책이었다. 몇 달이 지나도 그의 기억은 돌아오지 않았다. 병원에서 몇 달을 간호한 뒤 그녀는 그를 데리고 자신의 집으로 갔다.

그렇게 그들은 또다시 같이 살게 되었다. 날씨 좋은 어느 날 단둘이 조촐한 결혼식을 올린 그들은 생애 어느 때보다도 행복했다.

간호사 아가씨는 병원을 그만두고, 사는 집을 개조해서 남편과 함께 예쁜 펜션을 열었다. 당신은 내가 누군지 아느냐고 그가 물으면 그녀는 언제나 세상에서 가장 위대한 예술가라고 답해 주었다. 그는 아무것도 기억이 나지 않았지만, 손의 기억은 마치 당신이 누군지 알고 있다는 듯 서서히 되살아났다. 그는 나무를 잘라 집 안을 장식하는 소도구들을 만들었다. 그게 얼마나 훌륭했던지 여행을 온 손님들은 사가기도 하고 주문을 하기도 했다. 사람

사랑에 관한 짧은 노래

도 만들고, 개도 닭도 호랑이도 만들었다. 하지만 자신이 예술가라는 생각은 감히 들지 않았다. 게다가 그는 구두를 만들어 신었다. 갖가지 구두를 만드는 일이 그는 너무 행복했다. 그는 아내가 된 간호사 아가씨에게 수많은 멋진 구두를 만들어 주었다. 그녀는 남편이 언젠가 핸드메이드 수제 구두점을 하나 차리면 좋겠다는 생각을 했다. 하지만 그녀가 내다 버린, 그가 신고 있던 낡은 초록색 구두에 관해서는 아무 말도 하지 않았다.

물론 회계사 그녀는 조각가 선생의 이런 상황을 알 리가 없었다. 그녀의 머릿속에서 그는 한동안 잊혀졌다. 그녀의 사랑하는 손녀 딸 한나는 수리 학습 능력은 뛰어났지만, 언어 학습 능력은 많이 뒤떨어졌다. 말을 더듬는데다가 다른 아이들보다 머리가 유난히 커서 놀림을 받기 일쑤인 한나는 학교에 가기 싫어했다. 아이의 머리가 커지는 걸 보며 에디슨처럼 천재가 될 거라고 믿고 싶었던 그녀의 희망은 어느 날 오후 산산이 부서졌다.

갑자기 구토를 하며 머리가 아프다고 호소를 하는 한나를 데리고 병원에 간 그녀는 손녀딸이 희귀한 선천성 뇌종양을 앓고 있음을 알게 되었다. 당장 죽지는 않는다

해도 완치될 가능성은 희박했고, 머리는 거짓말처럼 조금씩 커지고 있었다. 그녀는 모든 게 다 자신의 잘못때문이라고 생각했다. 인생을 가볍게 살아온 죄, 그 죄를 용서받기 위해 그녀는 하나님에게 매달렸다. 기도를 열심히 하면서 천국으로 들어가는 표를 얻어 보려고 줄을 서는 사람들, 그녀도 그 영원히 끝나지 않을 줄의 맨 마지막에 서 있다는 절망적인 생각이 들었다.

수술비도 만만치 않았다. 수술을 한다고 해도 평생 돈이 무한정 드는 특수 치료를 받아야 할지도 모른다고 의사는 말했다. 설상가상으로 경기 악화의 영향으로 펀드매니저인 남편의 일이 곤두박질치기 시작했다. 무리를 해서 사 모은 주식도 폭락해서 그들 부부는 최악의 경제적 위기에 놓이게 되었다. 부동산중개소에 집을 내놓고 짐 정리를 하다가, 그녀는 까맣게 잊고 있었던, 창고에 아무렇게나 가득 쌓여 있는 조각가 선생의 조각들을 발견했다. 어느 햇살 좋은 오후, 그녀는 자신만 알아볼 수 있는 익살맞은 형상의 그녀의 얼굴과 반신상과 나신을, 그리고 사람의 모습을 변형해 갖가지 상징적 형태로 만들어 낸 조각들을 아주 오랜만에 더듬어 보았다. 하지만 그에 관한 추억을 오래도록 풀어놓을 마음의 여유가 없었다. 마

사랑에 관한 짧은 노래

침 그녀의 고객 중의 하나가 미술품 경매에 관련된 일을 하고 있다는 생각이 스쳐 갔다. 그렇게 조각가 선생의 작품들은 크리스티 경매에 붙여졌다. 정말 뜻밖에도 그 조각들은 만만치 않은 거액에 팔려나갔다. 그 작품을 사들인 게 누군지 물론 그녀는 알 수 없었다. 뉴욕에 큰 화랑을 오픈한 조각가 선생의 미국인 전처가 그 조각들을 사들인 거였다. 그 전처로부터 그의 소식을 묻는 이메일이 날아왔다. 메일에는 그를 찾고 싶다. 연락처를 알 수 있는 방법이 없겠는가 하는 내용이 적혀 있었다. 물론 그의 행방에 관해서 아는 사람은 아무도 없었다. 물론 아무것도 기억하지 못하는 조각가 선생 자신도 알지 못했다.

뉴욕에 사는 딸의 뜻에 따라, 뉴욕의 대학 병원에서 수술을 받은 뒤 한나의 건강은 눈에 띄게 좋아졌다. 앞으로도 끊임없이 많은 치료비가 들지도 모를 일이지만, 일단은 모든 게 만사형통이었다. 그녀는 조각가 선생에게 진심으로 감사했다. 고맙다는 말 한마디 전할 수 없음이 못내 안타까웠다. 그녀는 모처럼 홀가분한 마음으로 맨해튼 시내를 걸어 다니다가, 첼시 근처의 은행에 들렀다 오는 길에 정말 오랜만에 갤러리들을 돌아보았다.

예전에 조각가 선생과 함께 갤러리를 돌아다니던 일들

이 몇백 년 전의 일인 듯 아득하게 느껴졌다. 갑자기 그녀는 하루아침에 늙어버린 기분이 들었다.

울적해진 기분으로 긴긴 첼시 거리를 걷다가 그녀는 어느 갤러리에 낯익은 이름이 붙어 있는 것을 보았다. 정말 우연히도 조각가 선생의 전시가 열리는 중이었다. 울컥 그리운 마음이 치솟았다. 문을 열고 들어서니 조각가 선생이 자신에게 선물했던 조각들이 고스란히 그곳에 있었다. 그 가치를 몰라보고 홀대해서 창고에 처박아 두었던 작품들이 그녀가 상상할 수 없는 아름다운 간격으로 전시되어 빛을 발하고 있었다. 그 작품들을 팔아서 이렇게 절실하게 쓰게 될 줄은 정말 상상도 못한 일이었다. 그녀는 그에게 고마운 마음과 함께 한없이 미안한 마음을 느꼈다. 그러면서 묻어두었던 그에 대한 기억들이 좁은 골목길이 열려 거리로 넓어지듯 하나씩 확대되었다.

그가 피아노 건반처럼 두피를 두드리며 머리를 감겨 주던 일, 그가 만들어 주었던 스파게티의 맛, 멀리서 그를 처음 보았을 때 그녀의 눈에 들어온 한 번도 본 적이 없는 그만의 초록색 구두, 말을 해줄 듯 말 듯 하다가 조금씩 두서없이 조각조각 홀린 소설 같은 그의 출생에 관한 고독과 슬픔의 이야기. 그리고 그녀가 마지막 본 그녀

사랑에 관한 짧은 노래

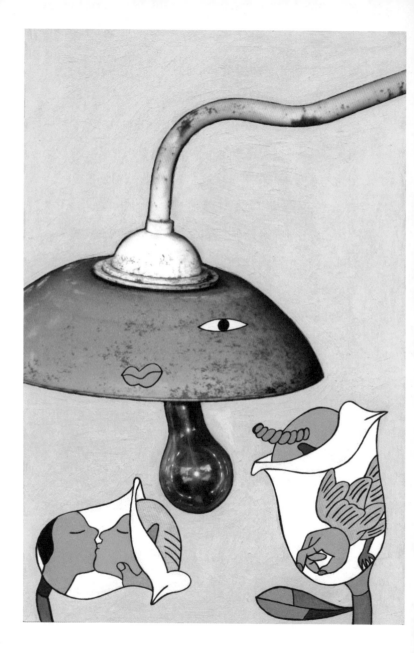

한 번, 단 한 번, 단 한 사람을 위하여

를 향한 절망적인 눈빛을 떠올렸다. 갤러리 입구에 놓여 있는 신문 리뷰에는 '어느 날 갑자기 지구를 떠난 신비로운 작가'라는 타이틀이 쓰여 있었다. 그는 자신이 평소에 사랑하는 미국 서부의 깊은 곳에 꼭꼭 숨어 있거나, 이름 모를 낯선 별로 여행을 떠났을 거라고도 씌어 있었다. 그가 남긴 이 작품들 하나하나가 그가 창조한 은하계의 하나밖에 없는 빛나는 별들이라고도 덧붙였다. 그녀는 문득 그를 찾아 떠나고 싶었다. 그곳이 어디든 상관없었다.

다시 만나 어떻게 하려는 생각도 없었다. 그저 잃어버린 형제자매나 이산가족을 찾는 절실한 기분이 되었다. 만일 하느님이 그녀 편이라면 그를 찾을 수 있게 도와줄 거라는 막연한 생각이 들었다. 그녀는 남편이 기다리는 캘리포니아 집으로 돌아가는 일정을 연기하고, 조각가 선생이 늘 말하던 신비로운 선인장들로 가득한 애리조나와 뉴멕시코 지역을 샅샅이 찾아보리라고 생각했다. 그를 찾아나서는 여행이야말로 자신에게 남은 가장 중요한 숙제 중의 하나라는 생각이 들었다.

갑자기 그녀의 마음속에 밝은 전구를 매단 듯 온 마음에 환하게 불이 켜졌다.

six

내 사랑, 체 게바라

"

가끔 혁명은
사랑을 닮았다고 생각해요.
결국 실패해야 아름답다는 점에서.

"

내 사랑, 체 게바라

체, 아직도 나는 당신을 이렇게 부릅니다.

체 동무, 제가 당신을 얼마나 사랑했는지 당신은 모르십니다. 사랑하는 체 동무, 동무라는 말을 해본 지 얼마나 많은 세월이 흘렀는지. 저는 이제 당신이 알던 태옥 동무가 아닙니다. 명품백을 들고 뉴욕의 5번가를 뽐내며 걸어가는 저를 상상이나 할 수 있을는지요? 체, 우리 친구들이 학교 교정에서 당신을 멀리서 바라보며 "체 게바라 동무 정말 멋지지 않네?" 하던 기억이 바로 어제 같은데, 어언 20년이 흘렀네요.

체, 당신과 나 사이의 우리 딸이 어제 세상을 떠났습니다. 스무 살 생일을 며칠 지나지도 않아 대학 총기 난사

한 번, 단 한 번, 단 한 사람을 위하여

사건의 희생물로 세상을 떠났습니다. 숨이 막혀 쉴 수가 없는데, 지금 제 눈앞에 어른거리는 얼굴은 체, 당신의 얼굴뿐입니다. 이러려고 그 힘든 탈북을 해서 중국에서 숨어 살다가, 수많은 우여곡절 끝에 기적적으로 미국으로 건너와 갖은 고생을 다하며 살았는지 눈앞이 캄캄하네요. 미안해요, 체. 당신의 딸이라고 믿고 싶은 저의 상상을 용서해 주세요.

당신을 사랑하던 태옥은 당 고위 간부였던 큰아버지가 남하했다는 이유로 온 가족이 모두 수용소로 가게 된 처지였지요. 그런 우리 가족을 살려 준 사람이 어제 세상을 떠난 딸아이의 아버지였어요. 살기 위해 그러긴 했지만 저는 그 사람과 자는 동안 내내 당신을 상상했어요.

'체 동무가 나를 뒤에서 껴안는다', '체 동무가 내게 그 뜨거운 입술을 포갠다' 멀리서 당신을 바라보며 애태우던 스무 살, 제가 가고 싶던 유일한 나라는 당신의 고향 쿠바였어요.

당신이 저를 바라보며 지어 준 그 미소, 그 미소만 생각하면서 저는 평생을 살 수 있을 거라 생각하곤 했어요. 하지만 맨 처음으로 제 모든 것을 허락하고 싶던 당신은 제가 아닌 다른 곳만 바라보고 있었죠. 당신이 1994년 봄

조선민주주의인민공화국 주재 쿠바 대사의 아들로 김일성 대학에 유학을 왔던 첫날, 저는 멀리서 당신을 바라보며 가슴이 쿵쾅쿵쾅 뛰었답니다.

외국인을 보면 못 본 듯 지나치라는 당의 명령으로 가까이 갈 수는 없었지만, 서로 지나치면서 체, 당신이 제게 체 게바라가 그려진 쿠바산 부채를 선물했던 날을 어떻게 잊을 수 있을까요? 제 의지가 아니었던 냉정함은 당신이 딴 사람을 바라보게 했어요. 그걸 생각하면 지금도 눈물이 납니다. 아— 한 많은 내 인생, 딸아이는 공부도 잘하고 얼굴도 예뻐서 모든 사람들이 사랑하는 아이였어요. 뉴욕에 세탁소와 식료품 가게를 여러 군데 운영하던 친척네 식료품 가게에서 밤낮없이 매니저로 일하며 딸아이를 아이비리그 대학에 입학시킨 날, 저는 당신을 생각하며 울었어요. 참 말도 안 되는 일이지요. 당신은 멀찌감치서 체 게바라 얼굴이 그려진 부채를 제 손에 쥐여 주고는 종종걸음으로 도망치듯 멀어져 간 게 전부인데, 정말 그것뿐인데, 당신을 제 딸의 아비로 생각하는 저를 용서해 주세요. 내 사랑 체 동무, 북조선에 살 때는 그렇게도 징그럽던 동무라는 말이 얼마나 그리웠는지, 인간은 참 알수 없는 동물인가 봅니다.

그리고 제가 알게 된 건 인간은 결코 만족할 줄 모르는 동물이라는 것이죠. 그저 밥만 먹으면 행복할 것 같았는데, 어딘가 꼭꼭 숨어 있던 제 욕심은 배부르니까 다음 단계로 또 다음 단계로 계속 커지는 것이었어요. 그 욕심은 점점 커져 쿠바에 살고 있을 당신을 꼭 찾고 싶다는 희망으로 밤잠을 설치곤 했답니다. 그럴 때마다 아무것도 모르는 딸아이는 이렇게 물었어요. "엄마, 쿠바 사람 호세가 우리 아빠라는데 왜 난 한국 사람처럼 생겼어?" 그리고는 또 이렇게 말하곤 했어요. "엄마 쿠바 가보고 싶다. 가서 우리 아빠 '호세'를 찾아보고 싶다."

딸아이는 체 게바라의 광팬이었어요. 체 게바라 얼굴이 그려진 티셔츠를 입고 반미를 부르짖는 탈북 뉴요커, 그 애가 바로 제 딸아이였지요. 어느 날 어린 딸아이는 학교에서 돌아와 제게 말했어요. 전 인류의 영웅 '체 게바라'는 미국 CIA에 의해 암살되었다고. 그래서 저는 이렇게 말했죠. 그건 잊어야만 할 너무도 옛날 일이고, 훨씬 더 나쁜 건 3대 세습을 하면서 인민들을 굶기는 김씨 왕조라고. 그리고 네 아빠 '체 게바라'는 쿠바에 살아 있다고.

체, 아무에게도 우리가 탈북해서 이 먼 곳까지 왔다고

내 사랑, 체 게바라

는 말한 적이 한 번도 없었어요. 아니 세상에서 가장 사랑하는 딸에게도 한 번도 말한 적이 없어요. 천진한 얼굴로 학교에서 말하듯 북한이 그렇게 나쁜 나라냐고 묻는 딸아이를 바라보며 제가 할 수 있는 말은 이것뿐이었어요. 북한 사람들은 평양의 잘 사는 사람들 소수만 빼면 다 배가 고프다고. 외국 여행은커녕 제 나라에서도 허가를 받지 않으면 아무 데도 여행을 못 간다고. 딸아이는 그 말을 들으며 믿을 수 없다는 듯 귀여운 얼굴을 찡그렸어요. 그 애가 어른이 되면 알려 주려 했던 이야기를 이제는 영원히 할 수 없게 되었네요. 너로 인해 그 모든 아픔이 기쁨으로 변했다는 이야기도 하지 못하고 말았네요.

다시 절망의 늪에 빠진 저는 잠시 마음의 진통제를 맞듯 오래전 우리의 젊은 날을 떠올립니다. 체, 정말 오랜만에 옛 이야기를 하염없이 늘어 놓고 싶네요. 당신은 1994년 여름 김일성 장군님이 돌아가신 지 얼마 안 되어 온 세상이 어수선하던 즈음 파랑새처럼 제 가슴속에 날아들었지요. 그날 이후 저는 혼자서 몰래 당신께 편지를 썼어요. 마치 일기 같은 편지를요. 오늘은 누구랑 다퉜다, 오늘은 체 당신이 다른 여자랑 다정하게 걸어가는 뒷모습을 보며 슬펐다, 뭐 그런 부치지 못한 편지들을요.

Ceci n'est pas une pipe.

내 사랑, 체 게바라

북조선을 떠나던 날 그 편지들은 다 불에 태웠어요. 혹시라도 당신께 누가 될까봐서요. 미국에 와서도 터놓고 수다를 떨 사람 하나 없었어요. 구사일생으로 살아남아 미국으로 들어와 산 지도 어언 15년이 흘렀네요. 그렇게 원수로 생각하던 미국이라는 나라에 도착해 처음 몇 달은 지도자 동지 하는 말이 맞았구나 싶었답니다. 이곳이 지옥이지 어디가 지옥인가? 제가 일하던 식료품 가게 근처의 110층이나 되는 세계무역센터가 2001년 9월 11일 우르르 무너지던 날의 악몽은 정말 믿기지 않았어요. 저는 그날 제가 일하던 식료품 가게 주인인 친척의 아파트에서 청소를 해주고 있었어요. 일주에 두 번 청소를 해주면 꽤 많은 돈을 받곤 했거든요. 고층 아파트 25층에서 청소를 하다가 굉음이 들려 창밖을 보니 사람들이 높은 곳에서 떨어지고 있었어요. 잘려진 몸통과 팔 다리들이 뚝뚝 하늘에서 떨어지던 그 날의 기억은 우리들의 고통스런 탈북의 기억보다 결코 덜하지 않았어요. 이런 꼴 보려고 그렇게 힘들게 탈북해 온 건 아닌데 싶어 절로 눈물이 나데요. 어릴 적 성분 좋은 당원이던 아버지 덕분에 정말 배고픈 줄 모르고 살았습니다. 제가 그림을 잘 그리는 건체 당신도 아시지요? 평양미술대학 조선화학부에 입학하던 날의 기쁨을 잊을 수 없네요. 위대한 혁명 전통을 계승하는 북조선 현대 미술을 창조하겠다는 일념으로 불타올랐었지요. 체 동무를 처음 본 건 김일성 대학에 입학하는 외국인 동무들을 열렬히 환영하라는 지시를 받아 우리 화우 동지들 모두 우르르 몰려갔던 김일성 대학 교정에서였습니다. 당신 말고도 한 열 명 정도의 외국인들이 나란히 서 있었어요. 그들은 몽골, 루마니아, 볼리비아, 중국, 러시아 등등에서 온 학생들이었어요. 여자가 대부분이고 몇 안 되는 남자들 가운데 당신은 유난히 제 눈에 띄었어요. 사진에서 본 쿠바의 혁명가 체 게바라 동무를 그대로 닮은 것 같았거든요. 두 번째 체 동무를 본 건 조선화를 배우러 우리 평양미술대학 조선화학부에 당신이 나타난 같은 해 가을이었습니다. 당신은 체 게바라 얼굴이 그려진 티셔츠를 입고 그 체격 좋은 몸선을 드러내며 우리 조선화학부 여학생들 마음을 설레게 했지요. 외국인과는 눈도 마주치지 말고 그냥 묻는 말에만 간단하게 답하라는 학교 정책에 따라 저는 유독 제게 다가와 묻는 당신의 질문에 설레는 마음으로 답했습니다. 당신의 첫 질문은 이런 거였습니다. 풍경화를 그럴듯하게 그린 제 그림을 바라보며 당신은 서툰 조선어로 이렇게 물었지요.

"이 아름다운 곳이 어디죠?" 저는 묘향산이라고 답했어요. 당신은 다시 그곳을 가보았는지 물었어요. 저는 그냥 가보지도 못한 묘향산을 가본 듯 고개를 끄덕였지요.

마침 그즈음 우리 평양미술대학 조선화학부에서 그림 꽤나 그린다는 화우들 몇 명은 당의 허락을 받아 처음으로 김일성 장군님과 김정일 지도자 동지의 초상을 그려 김일성 대학 조선어학과 교실에 걸었어요. 사실 실기시험과 심사를 거쳐 합격되어 1호 미술가 칭호를 얻어야만 위대한 수령님을 그릴 수 있는 자격이 주어지거든요. 학생들은 우리가 그린 그 그림을 보며 고개 숙여 경의를 표하곤 했지요. 저도 그 그림을 그린 중 한 사람이라 체 동무가 알아봐 주길 은근히 기대했답니다. 하지만 당신은 그 그림을 그리 오래도 쳐다보지도 않더군요. 몇 날 며칠 잠도 안 자고 그린 그림인데 말이죠. 사진을 보고 묘향산을 그린 우리 가운데 묘향산을 가본 동무는 아무도 없었습니다. 미제국주의자들의 쓰레기라고 어릴 때부터 들어 온 청바지를 입고 체, 당신이 실기실에 나타났을 때 얼마나 멋지던지 기절할 뻔했습니다. "체 동무한테 시집가고 말테야." 그렇게 말하면 제 가장 친한 동무는 이렇게 답하곤 했습니다. "겉껍질만 보지 말고 속을 보라. 그깟 외국인 하나가 맘에 들어오나?" 그러면서 깔깔 웃으며 말하곤 했죠. "그래 나라도 그이한테 시집가고 싶다야."

체, 당신이 나를 쳐다볼 때마다 손가락 하나 움직일 수 없었던 태옥을 기억하시나요? 당신은 말했어요. 묘향산은 정말 아름답다고. 이 나라를 기억하는 건 묘향산 때문일 거라고. 그러면서 나를 바라보는 당신의 눈빛은 이렇게 말하고 있는 듯 느껴졌어요. 바로 태옥 동무 때문일 거라고.

외국인 전용 디스코텍에 가서 아무리 춤을 추어도 지루함은 없어지지 않고, 가장 기억에 남는 건 묘향산에 올라간 기억이라고. 묘향산에 태옥 동무랑 같이 가고 싶다고. 산속은 아무도 없이 고요했고 그곳에서 태옥 동무랑 나란히 누워 숲속에서 빠끔히 얼굴을 내민 하늘을 향해 그저 아무 말 하지 않고 하루 종일 누워 있고 싶다고. 그리고 어쩌면 그건 사랑이라고. 젊은 시절 우리가 사랑이라고 말하는 것들은 얼마나 비현실적인지. 어릴 적 어머니가 들려주던 이야기가 생각나네요.

"우리 집안은 위대한 혁명 빨치산 집안이란다. 네 증조할아버지가 가장 존경한 분이 그 유명한 빨치산 대장 '이

2015 HWANG Julie

현상' 큰 바위 얼굴 어른이시지. 할아버지는 증조할아버지로부터 들은 그 이야기를 귀에 딱지가 앉도록 어린 내게 들려주시곤 했단다. 그 어른은 일제 강점기 젊은 시절엔 독립운동가로도 날리던 인물이지. 1905년 9월 27일 금산 부농의 다섯째 아들로 태어난 그분은 지리산에서 빨치산 대장으로 갖은 고생을 다 할 때도 어딘가 늘 달랐단다. 고구마 한 개도 나누어 먹었다고 해. 그분이 훌륭한 인물이라는 걸 인정하지 않는 사람은 증조할아버지처럼 그분 밑에서 빨치산 운동을 하던 사람 중엔 아무도 없었더란다. 네 증조할아버지가 이현상 선생의 어부인과 1남 3녀를 모시고 월북했던 분이지. 증조할아버지는 이현상 선생과 빨치산 간호병이던 '하수복'이라는 여인 사이에서 낳은 아들이 어떻게 되었는지 늘 궁금해하셨지. 임신을 해서 배가 부른 그녀를 보고 지리산을 내려온 게 마지막 만남이었다고 하셨어. 정말 씩씩한 여성 동무였다는데."

다행히도 저는 어머니와 함께 탈북을 해서 제가 모시고 살고 있어요. 사랑하는 딸만 살아 있었다면 당신의 태옥은 가끔 체 당신을 멀리서 그리워만 하면서도 참 행복한 여자였을 거예요. 지리산 속에서의 그들의 사랑처럼 저는 묘향산에서의 저와 '체' 당신과의 사랑을 매일 꿈꾸었답니다. 저는 가끔 할머니와 할아버지와 말로만 듣던 얼굴도 모르는 증조할머니와 증조할아버지를 생각하곤 합니다. 얼마나 모진 세월들을 살아 내신 건지 생각만 해도 눈물이 나네요.

가끔 혁명은 사랑을 닮았다고 생각해요. 결국 실패해야 아름답다는 점에서.

'산중 처'라는 말을 들어 보셨어요? 산속에서의 내연의 여자를 일컫는 말이죠. 지리산에서 투쟁하던 남로당 간부들은 산중 처들과 같이 지냈다 해요. 참 고독한 단어 '산중 처', 그보다 고독한 단어가 세상에 또 있을까요? 문득 위안부라는 단어가 떠오르네요. 간호사 하수복은 빨치산 대장 이현상 선생의 '산중 처'였어요. 평지에 있는 본처들은 빨갱이 남편 덕분에 자식들을 데리고 온갖 고생을 다하고, 젊디젊은 '산중 처'들은 아무런 미래도 없이 헐벗고 춥고 배고팠지요. 하지만 체, 저는 묘향산에서 당신과 얼어 죽어도 좋았어요. 큰 바위 얼굴 이현상 어른은 하수복에게 산을 내려가서 투항하라 부탁했대요. 남조선 경찰의 첩이 되더라도 굳건하게 살아남으라고. 그리고 자신은 산

속에서 험한 죽음을 맞이하죠. 참 알 수 없는 게 사람이죠. 남로당, 그보다 슬픈 단어가 또 있을까요?

마치 화성에서 숨어 사는 지구인이거나 지구에서 숨어 사는 화성인 같은 존재, 탈북해서 갖은 고생 끝에 미국에 살고 있는 저는 또 뭐가 그리 다를까요?

세상의 슬픈 단어들을 떠올려 봅니다. 우리 증조할아 버지는 무엇을 위해 큰 바위 어른의 가족을 업고 목숨을 걸고 월북을 해서 자식을 낳고 그 자식이 또 딸을 낳고, 날 때부터 듣고 들어 귀에 딱지가 앉도록 들은 그 위대한 북조선을 탈출하지 않으면 안 되었는지.

미국에 살면서 반미를 외치던, 내 목숨을 주고도 안 바 꿀 딸아이가 그렇게 열심히 공부해서 들어간 학교 교정 에서 우울증을 앓는 이민 남미계 학생의 총기 난사 사건 으로 얼마나 허망하게 죽어 갔는지. 갖은 고생 끝에 뉴욕 에 도착한 제가 처음 먹은 음식은 햄버거였어요. 두툼한 고기가 빵 한가운데 끼워져 있는 그 싸고 맛있는 음식은 북조선에 살 때 처음 먹어 본 남조선 라면만큼이나 감동 적이었어요. 몸에 좋지도 않은 음식이라는데, 처음 햄버 거를 먹어 본 순간 그보다 맛있고 영양가 있는 음식은 없 어 보였어요. 도대체 이렇게 싸고 맛있고 푸짐한 음식이 또 있을까요? 저는 요즘도 햄버거를 좋아해요.

나의 햄버거라기보다는 우리들의 햄버거라는 단어가 어울리죠. 딸아이와 제가 미국에 와서 가장 많이 먹은 음식이 바로 햄버거니까요.

체, 1994년 당신이 북조선에 온 얼마 뒤 김정일 위원장이 세상을 떠났고, 이후 북조선에는 마치 예언처럼 끊임없는 대기근이 찾아왔지요. 소위 고난의 행군시기 동안 수없는 사람들이 굶어서 죽어 갔어요. 그때를 생각하면 몸에 나쁘다는 햄버거는 구원의 음식이었겠죠. 문득 미국에 와서 본 애니메이션 영화의 한 장면이 떠오르네요. 〈음식이 하늘에서 떨어진다면〉이라는 영화 말예요. 세상의 모든 음식들이 하늘에서 떨어지는 풍경은 제가 북조선에 있을 때, 아니 탈북한 이래 가끔 꿈속에 나타나는 행복한 풍경이었어요. 딸아이와 저는 그 음식을 받아 먹으려고 수없는 사람들 틈에서 이리 뛰고 저리 뛰죠. 그러다 꿈에서 깨면 딸아이는 제 곁에 없네요, 그리 맛있는 것도 많이 먹이지 못했지만. 딸아이는 그저 어릴 때 먹던 평양냉면을 늘 좋아했어요. 그 맛과 똑같지는 않았지만 뉴욕 맨해튼의 32번가나 퀸즈의 한국 음식점들에서 그 비슷한 냉면을 맛볼 수 있었죠. 아무리 먹을 것이 풍요로운 미국

내 사랑, 체 게바라

한 번, 단 한 번, 단 한 사람을 위하여

에 와서도 날 때부터 세뇌당해 온 사회주의 이념은 아직도 제 머릿속을 맴도네요. 굶어 죽는 사람은 없는데도, 사람들은 하나도 행복해 보이지 않았어요. 저는 가끔 하늘로 올라가 북조선의 배고픈 사람들에게 햄버거를 마구 떨어뜨려 주는 꿈을 꿔요. 체, 당신과 함께요. 배고프지만 않다면 북조선 사람들은 행복할 거예요. 굶어 죽지는 않는데도 불행한 얼굴로 지나가는 다양한 인종의 사람들을 바라보며 저는 가끔 행복이란 무엇일까 생각합니다.

체, 당신이 체 게바라 얼굴이 그려진 쿠바산 부채를 건네주며 서툰 조선어로 주체사상탑 앞에서 저녁 여덟 시에 만나자고 했을 때 저는 심장이 멎을 뻔했답니다. 그날 나가지 못한 건 우리가 멀리서 아주 잠시 잠깐 나눈 그 애틋했던 눈빛을 눈치챈 노동당 간부가 저를 불러 외국인하고는 개인적으로 가깝게 지내지 말라는 교시를 내린 탓이었어요. 약속시간인 저녁 여덟 시가 지나자 안절부절하던 저는 혼자 울었어요. 멀리서라도 당신과 눈조차 마주치지 말라는 당의 목소리는 마치 커다란 스피커를 통해 하루 종일 제 귀에 울려 대는 듯했지만, 제 가슴속 깊이 아주 따뜻한 곳에 저는 체, 당신을 깊이깊이 숨겨 두었답니다.

체, 당신을 사랑했어요.

당신이 북조선에 온 무렵부터 시작된 고난의 행군시기에 몇백만 명이 굶어 죽어 갔지만 평양에 사는 우리 집은 배고프지 않고 살 만했어요. 우리 증조할아버지가 이현상 어른의 가족을 업고 월북한 분으로 자랑스러운 가문이라는 걸 코에 걸지 않더라도 먹고사는 데는 아무 걱정 없었지요. 적어도 그 일이 일어나기 전까지는 말이죠.

주체사상탑 앞에서 여덟 시에 만나자던 당신의 약속을 못 지킨 이래 제 가슴은 파랗게 멍이 들었어요. 멍은 가슴에만 드는 게 아니라서 체, 당신 꿈을 꾸고 나면 온몸에 노랗게 멍이 들었어요. 어떤 날은 빨갛게 노을빛 멍이 들었지요. 세상의 갖가지 상처나 그 상처가 만드는 멍들은 너무나 다양해서 무지개 색깔보다 훨씬 다양한 멍들을 만들어요. 그 상처의 숫자만큼이나 수많은 멍들을.

이 세상의 셀 수 없는 멍들을 생각해요. 우리 어머니와 할머니와 증조할머니와 얼굴 모르는 수없는 어머니들의 푸르다 못해 노랗다가 빨간 노을로 타오르다가 하얀 이슬로 맺힌 상처의 고고학, 제 가슴인들 그보다 못하려고요. 사춘기 시절 어머니가 들려주신 김기림 시인의 시구가 떠오르네요. 어머니는 할머니가 들려주었던 그 잊을 수 없는 시구들을 잊지 않고 기억하고 계셨어요.

　나의 소년 시절은 은빛 바다가 엿보이는 그 긴 언덕길을 넘어 어머니의 상여와 함께 꼬부라져 돌아갔다. 내 첫사랑도 그 길 위에서 조약돌처럼 집었다가 조약돌처럼 잃어버렸다. 그래서 나는 푸른 하늘빛에 호져 때 없이 그 길을 넘어 강가로 내려갔다가도 노을에 함뿍 자줏빛으로 젖어서 돌아오곤 했다. 그 강가에는 봄이, 여름이, 가을이, 겨울이 나의 나이와 함께 여러 번 댕겨갔다. 가마귀도 날아가고 두루미도 떠나간 다음에는 누런 모래둔과 그리고 어두운 내 마음이 남아서 몸서리쳤다. 그런 날은 항용 감기를 만나서 돌아와 앓았다. 할아버지도 언제 난지를 모른다던 마을 밖 그 늙은 버드나무 밑에서 나는 지금도 돌아오지 않는 어머니, 돌아오지 않는 계집애, 돌아오지 않는 이야기가 돌아올 것만 같아 멍하니 기다려 본다. 그러면 어느새 어둠이 기어와서 내 뺨의 얼룩을 씻어준다.

　그러고 보니 저도 상처투성이 한 많은 시인이었네요.

삶은 어딘가 다른 곳에 Life is elsewhere, 1998

아— 김기림, 제가 태어나 들어본 가장 처음의 아름다운 시, 김일성 수령님과 김정일 지도자 동지에 관한 그 아우라 넘치는 모든 구절들은 그에 비하면 정말 쓰레기 같았죠. 그때는 몰랐지만요. 그 아름다운 시구들 중에서도 "드디어는 착한 사람이고자 하던 일까지 단념"하고 만 "돌아오지 않는 계집애, 돌아오지 않는 이야기"가 제 이야기 같아서 지금도 눈물이 나네요. 갖은 역경을 헤치고 미국에 도착한 저는 매일 고된 청소일을 하면서도 그림을 그리고 싶었어요. 쿠바라는 가까운 나라에 당신이 살고 있다는 생각만 해도 가슴이 뛰었던 시절, 저는 주말마다 이민자 미혼모들을 위한 그림 강습 같은 프로그램에 가서 하루 종일 그림을 그렸어요. 북조선에서 그리던 위대한 수령님과 장군님을 그리지 않아도 되는 그 시간들은 행복했어요. 그림을 가르치던 프라이어 선생님은 뉴욕대학에서 정년퇴직을 한 뒤 시에서 하는 이민자 미혼모들을 위한 커뮤니티 프로그램을 맡아 아무런 보수도 받지 않고 그림을 가르쳐주시는 분이었어요. 제가 탈북을 해서 미국까지 건너온 북한 출신 미혼모라는 걸 안 다음부터 그는 저를 유독 친절하게 대해 주었어요. 어느 날은 맨해튼 42번가에서 공연하는 비싼 뮤지컬을 보여 주기도 하셨죠.

그렇게 화려한 무대가 눈앞에 펼쳐지다니 저는 그게 꿈인지 생신지 구분할 수가 없었죠. 잘 하지도 못하는 짧은 영어로 프라이어 선생님과 나누는 대화는 즐거웠어요. 제가 아무리 잘못 말해도 선생님은 옳게 알아들으셨거든요. 나이가 워낙 많으신 선생님은 저를 친딸처럼 대해 주셨어요. 탈북을 겪으며 참 이런 사람 저런 사람 많이 만나기도 했지만, 대체로 저는 운이 좋은 편이었어요. 저는 딸아이의 아버지가 누구냐고 묻는 선생님께 저는 쿠바에 살고 있는 당신이라고 답했어요. 참 어이없는 일이죠. 선생님은 양미간을 보기 좋게 찡그리시며 당장 쿠바로 날아가서 딸 아이 아빠를 잡아오라 하셨어요. 그러더니 정말 선생님은 아바나 행 비행기 표를 저에게 쥐여 주시며 쿠바에 다녀오라 하셨어요. 산다는 건 지금 이 순간을 사는 거라 하시면서요.

쿠바와 미국이 오랜 단절 끝에 수교를 하게 되었다는 뉴스를 들은 며칠 뒤, 저는 쿠바행 비행기에 올랐어요.

미국에서는 쿠바에 친척이 살고 있는 쿠바 이민자들만이 갈 수 있었던 먼 나라 쿠바, 제게는 체, 당신이 살고 있는 가슴 뛰는 나라였지요. 말 안 해도 짐작하고도 남겠지만 평양을 떠난 이후 제게는 삶이 고통스럽고 긴 여행이었어요. 지금도 여행이라면 무서운 생각이 앞서네요. 짐을 싸서 기차를 타거나 배를 타고 강과 바다를 건널 때마다 제게 여행은 호기심과 놀라움으로 가득 찬 화려한 여행이 아니라 폴란드의 아우슈비츠나 북한의 요독 수용소로 가는 길이라는 섬뜩한 생각이 들어요. 그보다는 차라리 갑자기 떠나야 하는 저승길이 나을 것이라는 생각마저 들 때가 있지요. 그래서 저는 짐을 싸는 일을 좋아하지 않아요.

하지만 쿠바, 당신을 향해 떠나가는 이 여행길은 얼마나 행복한 길이어야 할까요? 당신과 나의 딸, 아직도 그렇게 믿고 싶은 저를 용서하세요. 딸아이의 손을 잡고 아빠를 찾아가는 길이었다면, 내 생에 단 한 번만이라도 그런 일이 일어날 수 있다면, 아무런 소원도 없을 거라는 생각이 드네요. 날아갈 듯이 가벼운 미제 샘소나이트 가방 안에 평양에서는 한 번도 쓸 수 없었던 질 좋은 미제 치약과 칫솔과 시내의 한국 서점에서 산 책 한 권과 미제 종합 비타민을 챙겨 넣었어요. 이것들은 말로만 들은 아우슈비츠나 요독 수용소에서는 반입이 불가능한 사치품들이죠. 저는 이 여행이 제 생애 처음이자 마지막일지도 모르는 소중한 여행이라는 비장한 생각이 들더군요. 그저 당신을 보고 싶었어요.

우리들의 딸아이가 죽었다고 말하면 체 당신은 저를 미쳤다고 하겠지만, 제 슬픔을 나눌 수 있는 당신이 쿠바에 살아 있다는 게 너무 다행이라는 생각에 눈물이 나네요. 탈북한 뒤 쿠바로 흘러들어 가서 시가 공장에서 일을 하고 있다는 사촌 소식을 들은 것도 얼마 전이에요.

그녀를 만나 볼 수 있다는 생각도 저를 잠시 들뜨게 했어요. 하룻밤 지나면 탈북의 시간 동안 도착했던 공포와 불안의 장소들이 아니라 한 번도 가본 적 없는 늘 꿈속에서 그리던 쿠바 아바나에 도착한다는 일이 정말 꿈만 같았어요. 비행기 표를 사주시고 아바나에 사는 지인까지 공항에 나오게 배려를 해주신 고마운 프라이어 선생님도 쿠바 출신 이민자이셨어요. 눈썹이 짙고 윤곽이 뚜렷한 얼굴에 룸바를 잘 추시는 선생님은 저를 많이 사랑해 주셨죠. 그건 정말 아버지가 딸에게 보내는 그런 사랑이었어요. 그 속마음까지는 알 수 없지만 그는 가끔 저를 보고 쓸쓸하게 웃으며 말씀하시곤 했었죠.

"당신을 사랑하기엔 나는 너무 나이 들어 버렸어요."

이 세상에 이루어지는 사랑만 가치 있는 것은 아니라

고 선생님의 눈빛은 말하고 있었죠. 그럴 때마다 저는 당신을 생각했어요. 이루지 못한 사랑은 다음 생에는 꼭 이루어지리라는 소망, 아니 이루어진들 아닌들, 우리들의 삶은 다 한낱 꿈이려니, 지금 여기 살아 숨 쉬는 것도 다 꿈이려니, 그런 생각을 하면 인도의 가난한 불가촉천민들처럼 행복해졌어요. 낮은 계급으로 태어나 고생을 많이 할수록 다음 생에는 귀하고 복된 몸으로 태어난다는 인도인들의 믿음을 언제부터 가슴속 깊이 간직했는지 모르겠네요. 어쩌면 당신을 처음 본 날부터인지도.

평양에 살 때도 김일성 김정일 부자를 믿으라고 하루 종일 떠들어 대는 북조선 매스컴을 들을 때 마다 저는 귀를 틀어막았어요. 저와 친했던 친구들 몇 명도 그랬지요. "뭐 이렇게 막힌 골목길이 있는가? 세상에는 우리가 모르는 별천지가 우리를 기다리고 있을 것이다." 그런 생각들로 대화하며 밤을 지샜던 친구들도 탈북을 하지 않을 수 없었을 거라는 생각이 들지만 운 좋게 탈북에 성공한 사람들은 많지 않지요. 삶의 가장 소중한 가치인 자유에 대한 꿈을 내게 심어준 내 사랑 체, 쿠바를 향해 가는 제 마음은 너무 떨려서 갑자기 심장이 멈출 것만 같았어요.

프라이어 선생님으로부터 그림을 같이 배운 한국 이

내 사랑, 체 게바라

민자 출신 친구 하나가 어느 날 제게 준 책 제목이 《황홀한 쿠바》였어요. 한국의 어느 화가가 쓴 쿠바 여행기 《황홀한 쿠바》를 저는 가슴속에 품고 갔어요. 책 속에는 화가가 그린 쿠바의 풍경들이 그려져 있었죠. 시가를 문 길가의 악사들, 살아온 세월이 목소리로 여문 늙은 여가수, 쿠바를 대표하는 칵테일 이름 '모히토', 그 이름도 유명한 쿠바 시가 '고히바'……

쿠바를 향해 떠나기 전날 프라이어 선생님은 수업시간에 영화 두 편을 보여주셨어요. 그 중 하나가 쿠바 아바나를 배경으로 한 〈치코와 리타〉라는 너무 아름다운 애니메이션 영화였어요. 영화 속 치코의 연주와 리타의 노래는 황홀했고, 아바나 거리는 꿈처럼 아름다웠어요.

영화를 보고 난 뒤 프라이어 선생님은 말씀하셨죠. "다음에 상영하는 영화는 가슴 아픈 영화입니다. 특히 태옥에게는 더할 겁니다. 하지만 산다는 건 어제의 역경을 딛고 내일을 향해가는 길에 다시는 오지 않을 지금 이 순간을 행복하게 살아야 하는 숙제 같은 겁니다. 인간의 인권이 얼마나 고귀한지 이 다큐 영화를 보며 저는 많이 울었습니다."

그날 본 두 번째 영화는 그 장면 하나하나를 지켜보는 일이 마치 고문을 당하는 듯 온몸에 피멍이 드는 것 같았어요. 다큐 영화 〈14호 수용소〉는 말로만 듣던 북한 수용소에 관한 처참한 기록이었어요. 이 잔인한 기록을 굳이 제게 보게 하는 프라이어 선생님의 의도가 무엇인지 저는 섭섭한 생각이 들었어요. 결코 떠올리기 싫은 끔찍한 상상들에 관한 한 탈북자의 고백이 가슴에 사무쳤어요. 그는 어떻게 저 끔찍한 기억들을 다시 되살릴 수 있는 것인지 마음이 아파왔어요. 다시는 지구상에서 저질러지면 결코 안 될 그런 기록들을 온 세상에 알리기 위해, 영화를 만든 감독은 마음이 지칠 대로 지친 젊은 탈북자를 설득하고 또 설득했을 거라는 생각이 들었어요.

나라면 저런 고백을 할 수 있었을지 자신이 없네요. 수용소에서 태어나 열네 살이 될 때 까지 옥수수 죽만 먹으며 겨우 몸 하나 뉠 수 있는 방에서 자고 여섯 살 때부터 땅 속에 내려가 어른들이 파낸 석탄들을 모아 날랐던 주인공의 생애 가장 첫 번째 기억은 정확히 몇 살인지는 기억이 나지 않지만, 엄마를 따라 공개처형을 보러 가서 총소리를 듣고 놀랐을 때의 기억이라 하네요. 산등성이 따라 철조망이 있고 양쪽에 탄광이 있는 논밭의 기억, 놀랍

게도 그는 다시 태어난다면 바로 자신이 태어난 그 정치범 수용소 자리에 수용소가 아닌 논밭에서 옥수수와 감자를 심어 아무 걱정 없이 먹고 살고 싶다 말했어요. 사람들이 돈 때문에 쩍하면 자살하는 남한도 아니고 김일성 수령님과 김정일 지도자 동지가 나온 신문의 한 구석을 모르고 담배를 말아 피다 수용소에 끌려오는 사람이 존재하는 그런 북조선도 아니고, 그냥 욕심 없이 푸른 하늘을 바라보며 자유롭게 굶지 않고 살 수 있는 삶을 천국이라고 그는 말하고 있었어요. 나보다 더 불행한 사람이 있다는 걸 알고는 '체' 당신을 멀리서라도 딱 한 번만 보고 나서 죽으려 하던 마음을 고쳐먹었어요. 아마도 프라이어 선생님은 그런 제 마음을 알고 있었던 걸까요?

서너 숟가락 정도의 옥수수 죽과 운이 좋으면 쥐를 잡아 불에 구워 뼈까지 다 먹었던 기억들에 대해 그는 말했어요. 수용소에 사는 사람들은 이상하게도 삶에 대한 집착이 더 강하다고. 인간이란 참 이상한 동물이어요. 맘만 편하게 먹으면 삶이 활짝 핀 꽃밭 같을 텐데도 남한 사람들은 쩍하면 자살을 하죠. 영화 속 젊은 탈북자는 이렇게 말했어요.

그 힘든 수용소 생활 속에서도 자살하는 사람은 없었

다고. 하지만 그건 비교할 문제가 아니라고 생각해요. 자살자가 많은 남한사회가 북한의 수용소보다 더 문제가 많다는 뜻이 아니라, 끝없는 욕심을 지닌 인간의 본질 때문이죠. 소유할수록 더 행복해지는 건 아니라는 믿음이 살수록 무럭무럭 자라나네요. 세상에 태어나 제일 처음 내게 남은 기억은 무엇이었을까? 그게 공개처형을 하는 얼어붙은 겨울풍경이 아니었다는 것만으로도 저는 행복한 사람이죠. 할머니가 동지팥죽을 쑤는 풍경이 떠오르네요. 평양의 눈 덮인 겨울, 우리는 그럭저럭 먹고 살만했고 그렇게 살게 해주시는 김일성 주석님과 김정일 지도자 동지께 늘 감사했어요. 겨울날 햇빛이 마루에 가득한 어느 일요일 벽에 걸린 김일성 김정일 부자 사진을 향해 부모님을 따라 고개 숙여 절하던 기억이 제일 먼저 떠오르네요. 그들을 이렇게 배반하게 될지 그때는 진정 몰랐어요.

영화 속의 젊은 탈북자는 수시로 '몰라요', '그냥 뭐' 혹은 '더 이상 말 못 할 것 같아요', '내가 좀 쉬어야 할 것 같아요' 중간중간의 긴 침묵 사이사이 그런 문장들을 자주 되풀이했어요.

그냥 쉬어야 한다는 그의 말이 제게는 마치 제가 한 말처럼 하루 종일 메아리쳤어요. 제게는 그림그리기가 쉬운 일이었죠. 그림을 그리고 있으면 그동안의 힘들었던 삶이 남의 일처럼, 혹은 소설 속의 이야기처럼 멀리서 구경할 수 있었으니까요. 나는 쉬어야 해. 아무 생각도 하지 말고 쉬어야 해. 사랑하는 딸아이가 죽었다는 사실도 잠시 다 잊어버려야 해.

아니 그 애가 죽은 건 사실일까? 그날 밤 꿈속에서 딸아이가 "엄마 사실은 나 안 죽었어" 그렇게 말하는 거였어요. 몰라요, 그냥 뭐 영화 속의 젊은 탈북자처럼 꿈속에서도 저는 좀 쉬어야 한다고 생각했어요. 그렇게 쉬면서 비행기를 타고, 제게 일어난 세상일 다 잊어버린 듯 쿠바 아바나에 도착한 저는 잠시 거짓말처럼 많이 행복했어요. 체, 당신을 향한 나의 모든 상상이 현실인 듯 느껴졌어요. 우리의 딸아이가, 미안해요. 제가 이렇게 말하더라도 용서하세요. 우리 딸아이가 그렇게 허무하게 세상을 떠났다 해도 다음 생이 또 있다고 믿고 싶어지네요. 하지만 저는 알아요. 다음 생은 없다는 걸. 다음 생이 있다면 아바나에서 태어나고 싶어요.

아니 이 세상에 태어나 얼마를 살다 간들 충분할까요? 좀 일찍 떠난들 좀 늦게 떠난들. 조금은 예전에 태어나

내 사랑, 체 게바라

내가 살려면For me to live, 1983

'체 게바라'의 연인이 되고 싶어요. 그렇게도 용감하고 그렇게도 순수하고 그렇게도 어리석은 나의 영웅 '체 게바라', 현세에 영웅이 없는 건 모두 다 너무 똘똘하기 때문이라고 생각해요. 〈모터싸이클 다이어리〉라는 체 게바라 전기영화를 보셨나요?

아— 체 게바라, 그는 내 사랑 체, 호세를 너무도 닮아 있었어요. 영화 속에서 본 그의 일기 속에는 이렇게 쓰여 있었어요.

혁명가의 가장 큰 기질은 비현실적인 꿈을 꾸는 것이다. 우매한 민중을 모범시민으로 만들 수 있다고 끊임없이 말하자. 우리의 꿈은 가능한 일이며 가능해야만 하며 가능할 것이다. 동지여. 당연히.

그렇게 의연한 체 동무는 또 이렇게 쓰지요.

오늘처럼 외롭다면 다시는 여행길에 오르지 못하리라.

그리고 그는 '파블로 네루다'의 시를 일기 속에 적어 놓았어요.

영원일 수도 순간일 수도 있는 사랑, 사랑은 친밀해지는 거룩한 감정, 사랑은 멀어지는 거룩한 감정.

하지만 혁명과 사랑이 뭐가 다르겠어요?

"내가 슬픔을 표현할 권리가 있는가?" 이 대목에서 저는 울지 않을 수가 없네요. 영원한 형벌이 지루한 일상이 되는, 그게 바로 위대함이라면 저는 그냥 작은 행복을 택할래요.

내 사랑, 체 동무. "과거에 걸어온 안개 자욱한 길을 앞으로도 걷는 망연한 꿈을 가진 이에게." 이 대목에서 저는 딸아이가 생각나 가슴이 찢어지네요. 뉴욕에 살면서 반미를 외치며 어머니의 나라를 그리워하던 나의 딸, 거기엔 아무것도 없단다, 그냥 흐릿한 추억만 있을 뿐.

다시 체 게바라의 일기 속엔 이렇게 쓰여 있었죠. 어머니의 아가라 부르는 꾸밈없이 부드러운 말을 듣고 싶다고. 내 사랑 체, 당신은 어디에 있나요? 지금 내가 당신이 사는 쿠바 아바나에 와 있는데. 체, 체라는 이름이 체 게바라의 본명이 아니라 이탈리아에서는 친구라는 의미인 것도 이제야 알았네요. 체, 아바나는 아름다웠어요.

중세도시처럼 가스등이 흐린 불빛으로 빛나는 어둑

한 번, 단 한 번, 단 한 사람을 위하여

한 거리가 문득 제가 살던 평양 거리를 떠올리게 하네요. 낮에는 관광객을 태우고 시커먼 연기를 뿜고 달리는 오래된 미국 자동차들이 너무 멋져서 저는 아무런 슬픈 생각도 떠오르지 않았어요. 관광코스 중의 하나인 헤밍웨이 별장에도 가 보았죠. 그곳에서 그는 영화로 더 유명한 《노인과 바다》를 썼다 해요. 헤밍웨이는 심장이 나쁜 데다 무릎 관절염이 심해지고, 게다가 전립선 암이 겹쳐 삶의 취미들을 다 포기해야 하는 데서 극심한 우울증을 앓다가 자살해버리고 말죠. 우리처럼 너무 많은 위기 속을 살며 고통에 단련된 사람들에게는 헤밍웨이의 자살은 사치라고 느껴지네요.

하지만 사치, 그렇게 아름다운 말이 세상에 또 있을까요?

아 ― 사치스럽게 살고 싶어요. 하지만 북한에서 살던 삶에 비하면 얼마나 사치스럽게 살고 있는데도, 사치란 늘 밑도 끝도 없는 '욕망이라는 이름의 전차'이지요.

프라이어 선생님이 읽어 보라고 제게 주신 책 중의 하나가 '욕망이라는 이름의 전차'였어요. 참 오래된 책이지만 제겐 그 책의 내용이 참 마음에 남네요. 특히 주인공이

내 사랑, 체 게바라

"나는 늘 낯선 사람의 친절에 의지하며 살아왔어요"라고 말하는 구절, 맞아요. 저도 그랬거든요. 그 수많은 낯선 사람들의 고마운 친절, 그중의 하나가 딸아이의 아버지네요. 사실 그 사람이 없었다면 저는 지금 살아 있지도 못할 거예요. 하긴 내 하나 뿐인 보물인 딸아이가 없는데 더 살아서 뭐하겠어요?

그런 생각 저편에 "그래도 살아야 한다." 누군가 그렇게 말하는 목소리가 들려오네요.

그 목소리의 주인공이 어머니인지 오래 전에 돌아가신 아버지인지 제 탈북을 도와준 딸아이의 아버지인지 체 당신인지 프라이어 선생님인지, 아니 그 목소리가 다 한 사람의 목소리인 것처럼 들려왔어요. 아바나에서 산티에고 드 쿠바로, 까마구웨이로, 체 게바라의 흔적으로 가득한 산타 클라라로, 쿠바를 여행하면서 저는 늘 사랑하는 체 동무를 찾았었지요. 아바나의 밤거리는 자본주의 광고판이 없는 탓에 화려하지 않은 어둑한 가스등 불빛으로 중세의 거리를 걷는 듯한 신비한 느낌이 들었어요.

평양의 밤거리보다는 훨씬 사치스러운 아바나의 밤거리가 전 참 좋았어요. 쿠바의 온 도시들에 체 게바라의 환영들이 떠돌았죠. 커다란 건물의 낡은 벽들과 가게에서 파는 수많은 티셔츠에 온통 체 게바라의 얼굴이 그려져 있었어요. 아— 이 나라는 체 게바라를 팔아먹고 사는 거라는, 문득 그런 생각이 들더군요. 언젠가 제 고향 조선민주주의인민공화국도 김일성 주석과 김정일 위원장의 동상들과 사진 이미지들을 팔아먹고 사는 세상이 올지도 모르죠. 진짜 그런 날이 왔으면 좋겠네요.

자유로운 북조선을 찾아가 묘향산도 가보고, 당신과 만나자던 약속을 지키지 못한 주체사상탑도 가보고, 그 맛있는 원조 평양냉면도 먹어 보고.

하고 싶은 일을 할 수 있는, 살아 있다는 건 얼마나 좋은 일인지. 딸아이는 참 하고 싶은 게 많은 활기찬 아이였지요. 대학 강의실로 갑자기 쳐들어와 무차별 총기를 휘둘러 딸아이를 죽음으로 몰고 간 범인을 용서하라고, 제가 다니는 조그만 한인교회 목사님은 말씀하셨죠.

딸아이를 죽인 범인은 총기에 미친 외톨이였대요. 원수를 사랑하라는 기독교 교리는 제겐 너무 벅차요. 이러려고 이 먼먼 미국 땅을 찾아온 건 아닌데, 여기가 천국이라 믿었던 건 제 불찰이었어요. 하긴 우리 사는 세상에 천국이 어디 있을까요? 천국도 지옥도 다 우리 마음속에 있다는 그 뻔한 말을 받아들이기가 얼마나 힘들었던지.

한 번, 단 한 번, 단 한 사람을 위하여

우리는 뭔가를 팔지 않으면 살 수 없죠. 배고픈 사람들에게는 팔 수 있는 게 있다는 것도 행복한 일이죠. 아직도 온 세계의 젊은이들이 열광하는 체 게바라의 정신과 열정은 이제 관광 상품 속에서 반짝반짝 빛나고 있었어요. 평양에 살고 있을 때, 남조선은 이순신과 세종대왕을 팔아먹고 산다고 들은 기억이 나네요.

"우리는 아무것도 팔아먹지 않는다. 우리의 위대한 자존심을 먹고산다." 그때만 해도 전 그게 진실인 줄 알았어요. 하긴 그것도 부분적 진실일지도 모르죠. 하지만 그 시절 우린 팔 게 너무 없었어요. 여행 중 저는 세상에서 제일 슬픈 꿈을 자꾸 반복해서 꾸었어요. 세상 떠난 딸아이가 나타나 "엄마 사실은 나 안 죽었어" 하는 꿈을요. 저는 딸아이를 가슴에 꼭 껴안고 "어디 갔다 이제 왔어?" 하며 흐느껴 울었어요.

깨고 보니 늘 꿈이네요. 하긴 삶이 다 꿈이죠.

이왕이면 아름다운 꿈속에서 살고 싶어요, 제 딸아이는 꼭 그렇게 살게 해주고 싶었어요.

주체사상탑 앞에서 만나자던 당신과의 약속을 지킬 수 있었다면, 우리는 어떻게 되었을까요? 이 아름다운 쿠바에서 새로운 삶을 시작했을지도 모르죠.

내 사랑, 체 게바라

그대 안의 풍경 The scene within you, 2016

시가 공장에서 하루 종일 일을 해도 좋았을 거예요. 석양이 질 무렵 당신이 시가 공장 문 앞에 서서 기다리고 있다면 저는 얼마나 행복할까요? 세상의 모든 상상은 때로 저를 행복하게 하네요. 딸아이가 죽지 않았다면, 그 아이가 정말 당신의 딸이라면…….

눈물 나게 그리운 당신, 당신이 나를 알아볼까요?

주체사상탑 앞에서 만나자는 쪽지 한 장 쥐여 주고 뒤돌아 빠른 걸음으로 걸어가던 당신의 뒷모습, 그 뒤 제 인생이 어떻게 꼬여 갔는지 당신은 아무것도 모르시죠.

지붕들이 고색창연한 쿠바의 도시들, 오래된 건물 꼭대기 카페에 앉아 맥주 한잔 마시며 아바나 시내를 내려다보네요. 마치 대동강과 주체사상탑이 내려다보이는 상상에 빠진 채, 저는 한 무리의 한국 사람들이 앉아 있는 가운데 당신이 앉아 있는 걸 보았어요. 머리가 좀 벗겨지고 살이 좀 찐 듯한 당신은 나이 들었지만, 목소리는 하나도 변하지 않아서 먼 거리에서도 그 목소리만 듣고도 당신인지 알겠네요. 체. 왜 사람의 얼굴은 늙어도 목소리는 늙지 않는 건지 생각하면 정말 신기해요.

그렇게 우리들의 사랑도 늙지 않기를.

당신이 북조선 말투가 섞인 한국말로 '여러분' 하는 소리가 들렸어요. 잠시 제 눈과 귀를 의심했지만 내 사랑 체 게바라, 당신이 한국인 여행객들을 향해 가이드를 하고 있는 것 같았어요. 내 사랑, 체, 나 하나의 사랑도 참 옛날 일이네요. 저는 문득 뒤돌아 가던 길을 가려 해요. 어디로 갈지 어디로 가고 싶은지도 모르면서, 그냥 발길 닿는 대로 가려 해요.

우리들의 이루지 못한 슬픈 사랑도, 이데올로기에 대한 허무한 신념도 이제는 안녕. 그냥 사람 좋아 보이는 인자한 할머니 할아버지로 늙어 가기로 해요. 어느 날 우연히 한 번 더 운 좋게 어디에선가 다시 만난다면, 그때는 꼭 고백할 거예요.

당신을 오래도록 사랑했다고.

내 사랑, 체 게바라

HWANG Julie 2013

seven

스틸 라이프

"

사랑은
어느 날 갑자기 잊히는 게 아니라
자기도 모르는 새 서서히 잊히죠
몸에 있는 옅은 점처럼.

"

기타

사랑이라고요? 듣기만 해도 신물이 나네요. 세상의 그 많은 여자들이 나만 보면 금방 사랑한다고 말하는 게 신기하고 황홀한 시절이 있었죠. 하지만 지금은 아니에요. 많으면 많고 적다면 적을 마흔다섯 해, 그동안 해본 그 많은 사랑에도 불구하고, 한 번도 사랑해 본 적이 없는 것 같은 이 기분, 당신은 아시나요? 한때 저는 잘나가는 기타리스트였어요.

비록 노래를 부르지는 않았지만, 제가 빠지면 그때는 꽤나 유명했던 그룹 보컬 사운드가 존재하기 어려울 정도였으니까요. 여자들은, 제가 기타만 치면 죄다 홀린 얼굴로 "한 번만 안아 주세요." 뭐 그런 표정을 짓곤 했었죠.

스틸 라이프

다 옛날 얘기죠. 그렇게 인기 좋던 시절, 한 소녀가 연주할 때마다 꽃다발을 들고 나타나곤 했어요. 한 1년 가까이 저는 그 소녀의 편지를 받기만 했어요. 그런데 어느 날부터 나타나지 않는 그녀의 안부가 궁금해져서 죽을 지경이었죠. 아주 오랜만에 나타난 그 소녀는 제게 안개꽃 한 다발과 함께 쪽지 한 장을 남겼어요. 압구정동에 있는 어느 찻집에서 몇 날 몇 시에 만나자는 내용이 적혀 있는 쪽지를요.

오후 두 시, 그 찻집에 도착했을 때 저는 가슴이 마구 뛰기 시작했어요. 무대에서 기타를 치는 뻔뻔한 가슴도 못 말리는 두근거림이었죠. 찻집 안에 들어섰을 때, 꽃다발을 제게 안겨 주던 그 소녀는 보이지 않았어요. 대신 그녀를 닮은 어느 여인이 저를 향해 수줍게 웃고 있었죠. 알고 보니 그녀는 제게 꽃다발을 안겨 주던 소녀의 언니더라고요.

물론 그동안 받은 100통도 넘는 편지는 소녀의 언니가 쓴 거였지요. 사람 마음 참 이상하죠? 소녀의 언니는 소녀보다 더 예쁘고, 제가 받은 그 편지들의 문장이 다 언니가 쓴 것임을 알면서도 저는 그 소녀가 참 보고 싶었어요.

어쨌든 그 소녀의 언니와 저는 데이트를 시작했어요.

꽃샘추위였지만 그래도 봄이었고, 우린 참 행복했어요. 사실 저는 기타리스트가 아니라 발레리노가 되고 싶었어요. 아니 지금도 저는 기타를 치는 일이나 춤을 추는 일이 다른 일이 아니라고 생각해요. 기타를 치면서도 눈을 감으면 어느새 저는 춤을 추고 있었죠. 〈백조의 호수〉를 남자들이 추는 것을 보셨어요? 정말 멋지죠. 지금도 저는 꿈속에서 하얀 발레복을 입고 백조의 호수를 향해 날아가네요. 어쨌든 저는 꽃다발을 제게 안겨 주던 소녀의 모습과 편지를 쓴 소녀 언니의 마음을 둘 다 사랑했나 봐요. 왜 우리는 한 사람만 사랑해야 될까요? 두 사람을 사랑하면 안 되는 이유를 저는 아직도 잘 모르겠어요. 어쩌면 그녀들은 제게 한 사람이었을지도 모르는데요. 제가 그 소녀의 얼굴을 다시 보게 된 건 그해 여름, 우리 보컬의 콘서트 때였어요. 제가 가수도 아니고 기타만 치는데 어떻게 제 소리를 알아보고 꽃다발을 내미는지 저는 그 소녀가 정말 신기해서 죽을 지경이었죠. 그건 그 언니도 마찬가지였어요. 제가 치는 기타소리를 알아듣고 편지를 쓰는 여자, 정말 그녀들은 제게 한 사람이었어요. 아마 제 얼굴이 잘생겨서일까요? 요즘으로 치면 꽃미남 스타일이던 저는 정말 여자들에게 인기가 '짱'이었죠. 여자의 마음은

한 번, 단 한 번, 단 한 사람을 위하여

참 이상해요. 내가 좋아서 죽을 것 같다는 그 여자가 내 얼굴만 보면 싫어서 죽을 것 같은 여자로 변하는지. 저는 정말 알 수 없어요.

콘서트가 끝난 뒤, 언니와 함께 나란히 서서 수줍은 얼굴로 꽃다발을 내미는 소녀는 이제 더 이상 소녀가 아니었어요. 그녀의 짧은 단발 머리는 웨이브가 있는 긴 머리로 변해 있었죠. 자매가 함께 있으면 눈이 부셨어요. 아— 정말 눈부시게 아름답고, 처참하게 가슴 아픈 거지 같은 사랑.

낙엽이 하나둘 떨어져 내리던 그해 가을, 결혼의 순간이 점점 다가오자 왜 그렇게 가슴 한편이 횅하게 비어 오는지 제 마음을 알 수가 없었어요. 그렇다고 신부가 될 그 여자를 사랑하지 않는 것도 아닌데 말이죠. 이제는 처제가 될 소녀의 얼굴은 왠지 슬퍼 보였어요. 그녀의 슬픔이 턱시도를 입은 내 가슴 안으로 걸어 들어오는 걸 느끼며, 저는 그녀 아닌 다른 사람의 남편이 되었답니다.

누군가 이렇게 썼었죠. 현실세계란 바늘로 찌르면 붉은 피가 나오는 곳이라고요. 꿈속에서도 바늘로 몸을 찌르면 피는 나지만, 깨고 나면 언제 그랬냐는 듯 흔적도 없죠.

가끔 현실이 꿈 같을 때가 있는 법이죠. 그날도 그랬어요. 결혼한 지 6개월이 지나가던 어느 봄날, 이제 처제가 된 그녀는 우리 집에 오기 위해 택시를 잡으려고 길가에 서 있었어요. 하필 그날따라 택시는 좀체 오지 않았고 그녀는 발을 동동 구르다가 드디어 나타난 택시에 몸을 실었어요. 그리고는 몇 초 후 뒤에 오던 트럭과 삼중 추돌 사고가 나버린 거죠. 그렇게 그녀는 세상을 떠났답니다. 나중에 집에 돌아와 그 시절 어느 집에나 있던 자동응답기를 돌리니 그녀의 음성이 남아 있었어요.

"지금 오빠한테 가는데 차가 너무 안 오고 너무 추워."

추운 봄날은 겨울보다 더 우리를 춥게 느끼게 하곤 하지요. 기타를 배우겠다고 얼마 전에 사놓고 우리 집 거실 한쪽 구석에 세워 놓은 그녀의 기타를 바라볼 때마다 제 가슴에 바늘이 꽂히는 기분이었어요.

온몸과 마음에 바늘이 꽂혀도 피가 나지 않는 이 현실은 도대체 꿈인지 생신지 알 수 없는 날들이 흘러가고 있었죠. 저는 그녀를 생각하며 수많은 노래를 만들었어요. 서랍 속에 넣어 둔 일기장에는 그녀에 대한 그리움이 가득 적혀 있었죠. 그녀가 그렇게 세상을 떠나기 전엔 그게 남자와 여자가 하는 사랑이라고는 생각하지 않으려고 애썼어요. 집에서 같이 밥을 먹을 때도 우리는 눈빛이 부딪칠 때마다 외면하곤 했어요. 정말 어떤 날은 그녀를 안고 싶은 참을 수 없는 충동에 사로잡히기도 했었죠.

하지만 그건 안 되는 일이잖아요? 그리고 저는 분명히 아내를 사랑했어요. 두 사람을 동시에 사랑할 수 없다고 말하지는 말아 주세요. 인간 세상의 질서를 위한 게임의 규칙일 뿐, 우리는 두 사람을 동시에 사랑할 수 있고 말고요. 어느 날 아내가 없을 때 불쑥 찾아온 그녀는 아이처럼 달려와 내 품에 와락 달려들곤 했었죠. 그러면 저는 맘속으로는 그녀를 힘껏 껴안아 버리고 싶었지만 장난스럽게 밀어내며 머리에 꿀밤을 먹이곤 했어요. 돌이켜 생각하니 그게 다 사랑이었어요. 그녀가 세상을 떠난 그해 봄, 세월은 참 느리게 흘러갔어요.

그렇게 천천히 가는 세월은 그 이후엔 다시 찾아오지 않았죠. 어느 날 연주를 끝내고 집에 돌아오니 집안이 엉망이 되어 있었어요. 서랍 속은 엉망으로 뒤집혀 있고, 기타 줄은 끊어져서 너덜거리고 제 옷들은 옷장 속에서 걸어 나와 마구 널브러져 있었어요. 남보다 한 옥타브 높은 아내의 음성이 제 마음에 또 한 번 날카로운 바늘을 꽂더

스틸 라이프

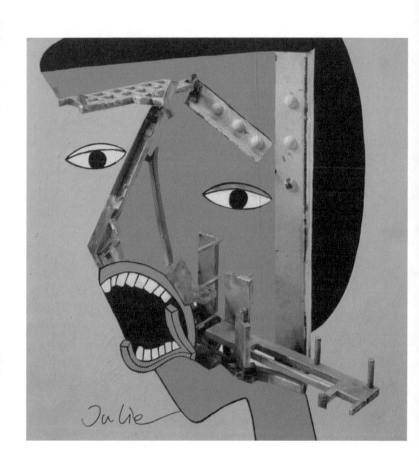

한 번, 단 한 번, 단 한 사람을 위하여

군요.

"그 애는 당신 때문에 죽었어. 도대체 당신이 그 애한테 무슨 짓을 한 거야?"

제가 정말 그녀에게 무슨 짓을 했을까요? 바라만 본 것도 죄라면 저는 기꺼이 감옥으로 걸어 들어가 조용히 남은 생을 노래나 만들며 살고 싶었어요. 그 뒤로 우리 부부에게 행복은 없었어요. 아내는 눈만 뜨면 헤어지자고 했어요. 저는 절대 그럴 수 없다고 말했죠.

그날 이후 우리 두 사람의 삶은 지옥이나 다름없었지만, 아이가 생기는 바람에 헤어지지 못한 채 10년을 더 같이 살았어요. 인간은 왜 그렇게 미련할까요? 그때 우리는 헤어졌어야 했어요. 아내의 우울증은 점점 더 깊어 갔어요. 어느 날은 면도칼로 손목을 그어 병원에 실려 가기도 했죠. 저는 무서웠어요. 나 때문에 한 여자가 그렇게 불행하다는 사실을 받아들이기 힘들었죠. 사랑이라는 이름으로 우리가 그렇게 불행하다면 사랑하지 않는 게 차라리 낫죠. 사랑이 뭔지 마흔이 훨씬 넘은 이 나이에도 잘 모르겠어요.

혹시 〈스틸 라이프〉라는 영화를 보셨나요? 지아장커 賈樟柯 감독의 영화 〈스틸 라이프〉는 댐 건설이 한창 진

스틸 라이프

행 중인 양쯔 강의 풍경들을 정말 슬프고도 아름답게 그려 낸 영화죠. 이혼한 뒤 저는 삼협댐 건설이 시작된 양쯔 강 크루즈 여행을 혼자 했어요. 양쯔 강의 아름다운 풍경들을 배 안에서 바라보며 저는 숨이 막혔어요. 예부터 해마다 물난리가 나면 주민들은 고향을 등지고 떠돌거나 더 높은 곳으로 이사를 갔대요. 빈번한 홍수를 막기 위해 정부에서 계획한 댐 건설의 명분은 훌륭하지만, 대신 2000년의 역사가 매순간 물속에 잠겨 가고 있었어요. 매순간 사라지는 슬픈 장소의 추억들이 내 아픈 상처들과 맞물려 조용히 떠내려가고 있었죠.

상처 없는 영혼이 어디 있겠어요? 상처, 하면 제게는 기타가 떠오르네요.

영화 〈스틸 라이프〉는 '담배, 술, 차, 사탕' 이 네 가지에 관한 사색을 담아내고 있죠. 중국에서는 이 네 가지만 있으면 가정이 행복하다는 설이 오래도록 전해 내려오고 있다고 해요. 옛날 얘기죠. 행복이 그렇게 쉽다면 우리는 왜 이렇게 하염없이 떠내려가는 걸까요?

정말 매 순간 물에 잠기는, 제가 가본 장소들이 이후에 본 영화에서는 볼 수 없는 곳이 되었죠. 물론 영화에서 본 풍경들도 지금은 없지요. '눈뜨면 없어라', 누군가가 펴냈던 그럴듯한 책 제목이 떠오르네요. 배를 타고 양쯔 강 삼협댐 여행을 했던 당시 저는 이미 담배도 끊고, 술도 그전처럼 마시지 않고, 사탕은 좋아하지도 않고, 차, 하긴 차는 지금도 좀 좋아하네요. 커피부터 국화차, 녹차, 다즐링, 카모마일, 철관음차, 용정차 보이차…… 차라면 다 좋아하죠. 배를 타고 눈뜨면 없어지는 서러운 풍경을 바라보며 저는 하루 종일 차를 마셨어요. 하긴 우리네 인생을 가장 짧은 문장으로 요약하라면 저는 이렇게 말하고 싶네요. "눈뜨면 없어라"라고요.

이후에 본 영화 속의 마을 풍경들은 이제는 수몰되어 세상에 없는 주소들이죠. 세상에 없는 주소들, 그게 바로 서로 사랑해서 10년을 같이 살던 아내와 함께했던 세월, 지금은 없는 사랑의 주소라는 생각이 들자 빗물처럼 제 눈에 눈물이 흘렀어요.

여행을 통해 저는 풍경을 보았지만 이후에 본 영화 속에서 저는 저를 닮은 많은 사람들을 보았어요. 사라진 주소 하나를 들고 집 나간 아내를 찾아 산샤를 찾아온 남자, 소식이 끊긴 지 오랜 돈 벌러 간 남편의 행방을 찾는 한 여자, 그들의 발자취를 통해 이산과 실향의 아픔, 아니 그들과 닮은 저 자신의 고독을 읽었죠.

그래도 그 고독과 상처를 달래 주는 건 언제나 기타였어요. 만남도 재회도 그 아무것도 되돌릴 수 없는 삶의 허무함, 그러나 하루하루 힘겹게 살아갈 수밖에 없는 일상의 위대함, 제게 그 위대한 일상은 바로 기타를 치는 일이었으니까요. 초등학교 5학년 때인가 보네요. 대구에 사는 사촌 누나가 대학 예비고사 시험을 치르느라 서울로 올라와 저희 집에서 몇 달을 보내던 날들이었어요. 누나는 책이 잔뜩 든 박스 몇 개와 클래식 기타 한 대를 들고 우리 집에 왔어요. 시험공부를 하는 와중에도 밤만 되면 포크송을 치곤 했지요. 지금도 생생히 기억이 나요. '현경과 영애'의 노랫말 "그리워라 우리의 지난날들……" 그렇게 시작되는 노래들이 얼마나 제 가슴에 신선한 울림으로 다가왔는지.

저는 기타 소리가 세상에서 제일 좋았어요. 하긴 그보다 더 좋은 건 춤추는 일이었어요. 발레복을 입은 무용반 계집 아이들이 발목을 곧추세우고 발레 하는 모습은 정말 아름다웠어요. 하지만 저는 기타리스트가 되었어요. 춤을 추느니 기타를 치는 게 낫겠다고 생각한 부모님들 때문이에요. 사촌누나가 기타 치는 걸 곁눈질로 보고 배

운 저는 제대로 배운 것도 아닌데, 기타 치는 걸 구경한 지 보름 만에 비슷하게 흉내 내며 기타를 치곤 했어요. 초등학교 6학년 무렵엔 기타를 그럴듯하게 치며 김민기의 〈작은 연못〉을 부르곤 했죠. 제가 기타 치는 걸 대견하게 생각한 아버지는 초등학교 6학년 되던 그해 봄 청계천에 저를 데리고 가 도매상에서 LP판 하나를 사주셨어요. 그때 제가 고른 음반이 하모니카를 부르며 통기타를 치면서 노래 부르는 '밥 딜런'의 음반이네요.

어릴 적 할머니를 따라 북한에서 피난을 내려와 평생 먹고살기 위해 돈 벌기에 바빴던 아버지에게 저는 유일한 위안이자 기쁨이었죠. 제가 기타 치며 노래를 부르면 아버지는 〈두만강〉 한 곡 뽑으라고 하셨어요. 그럴 때마다 어린 저는 "두만강 푸른 물에 노 젓는 뱃사공~" 하면서 노래를 불렀죠. 아버지의 눈시울이 붉어질 때마다, 저는 열두 살 어린 나이에 벌써 우리들 삶의 참을 수 없는 존재의 무거움과 가벼움에 관해 생각하곤 했어요.

참 조숙했죠. 그렇게 중학교 3학년이 되고, 전교에서 1등을 하면 전자 기타를 사주겠다는 아버지 말에 저는 진짜 전교에서 1등을 했어요. 머리는 좋은 편이었지만 집중력이 떨어지고 자기가 좋아하는 일 외에는 산만하기 짝이 없는 제게 전교 1등은 기적 같은 일이었죠. 아버지와 저는 전자 기타를 사러 가려고 택시를 탔어요. 택시 속 라디오에서 거짓말처럼 '지미 헨드릭스'의 음악이 흘러나오고 있었어요. '지미 헨드릭스'의 하얀 기타를 살까 '에릭 클랩튼'의 검은색 기타를 살까 망설이던 저는 택시 속에서 들은 '지미 헨드릭스'의 하얀 기타가 제 운명이라는 생각이 들었죠. 그 하얀 기타를 사들고 온 뒤, 저는 통기타와 결별하고 전자 기타를 치며 강렬한 록 음악에 심취하기 시작했어요. 그때만 해도 세상은 외로웠지만 참 행복했죠.

참 이상하죠? 기타를 여러 개 가지고 있어도 그 여러 개를 다 연주할 수는 없어요. 오래도록 연주하지 않고 내버려 두면 기타는 소리 내는 걸 거부하지요. 기타는 왜 나를 그렇게 오래도록 내버려 두었냐고 나무라며 어느 날 갑자기 등을 돌리는 여자를 닮았어요. 그러기에 두 사람을 동시에 사랑할 수 있다고 생각하는 건 오만인지도 모르죠.

그렇고 말고요. 두 여자를 동시에 사랑한 까닭에 제가 이런 시련을 겪고 있는 거 아니겠어요? 두 사람을 사랑하

스틸 라이프

던 그 시절, 기타 줄을 조율하는 일은 늘 저를 긴장시켰어요.

기타 줄을 조이다 보면 줄이 '탕'하고 끊어져 버리곤 했거든요. 요즘의 기타 줄은 잘 안 끊어지죠. 하지만 저는 그렇게도 맑은 가을 하늘의 채도처럼 '탕' 하고 끊어지는 그 시절의 기타가 가끔 그리워져요. 그렇게 갑자기 끊어지는 기타 줄을 볼 때마다 엉뚱하게도 저는 목이 '탕'하고 떨어지는 사형수가 떠오르곤 했어요. 영화 〈스틸 라이프〉의 마지막 장면을 기억하세요? 한 남자가 허공 위에 떠 있는 가늘디가는 전신주 줄 위를 천천히 곡예하듯 한 발자국씩 내디디며 위태롭게 걸어가는 풍경이요. 산다는 건 정말 그런 거죠.

그 가느다란 허공 위의 줄이 제가 조이던 기타 줄처럼 느껴졌어요. 삶의 줄이 기타 줄처럼 느껴질 때, 제게 있어 기타를 치는 행복은 중국인들이 사탕과 담배와 차와 술을 마시는 것보다 훨씬 크다는 걸 그제야 알았네요. 그 가는 줄 위를 걸어가는 영화 속의 실루엣은 마치 춤을 추는 것 같아 보였어요. 인생이라는 가느다란 줄 위에서 제가 기타 치는 거 말고 하고 싶던 일은 바로 춤을 추는 일이었다는 말, 기억하시죠? 기타가 소리를 거부하는 것처럼

스틸 라이프

몸도 움직임을 거부하는 순간이 있겠지요. 어쩌면 죽음은 우리의 호흡을 거부하는 것일 테지요. 제가 여행 중에 보았던 그 풍경을 어떻게 잊을 수 있을까요?

양쯔 강 삼협 크루즈 여행의 배 안에서 저는 한 여인을 만났어요. 영화 속처럼 돌아오지 않는 남편을 찾아온 그녀는 남편에게 다른 여자가 생긴 걸 알고 혼자 여행이나 할 겸 크루즈 배에 올랐대요. 하긴 그녀도 남편을 마냥 기다린 건 아니래요. 어떤 돈 많은 유부남과 눈이 맞아 큰 집과 하인들과 좋은 차를 지니고 한 3년 살았대요. 그런데 어느 날 그 유부남이 또 다른 여자한테 반해서 그녀 집에 발걸음을 끊고 난 뒤, 그녀는 소식이 끊긴 지 오랜 남편을 딱 한 번이라도 보고 싶었대요. 우리가 탄 배는 다른 배들에 비해 상당히 호화 유람선이었죠. 그녀를 보자 첫눈에 저는 깜짝 놀라고 말았어요. 그녀가 중국 말만 하지 않았다면 저는 처제가 살아 돌아온 줄 알았을 거예요. 그녀는 처제를 꼭 빼닮았었죠. 한 이틀이 지나 서로 혼자였던 그녀와 저는 신통치 않은 영어로 서로의 신상에 관해 털어놓기 시작했어요. 짧은 순간이었지만 저는 다시 사랑을 시작할 수 있을 것 같은 희망에 몸을 떨었어요. 하지만 그건 너무나 큰 착각이었죠. 여행이 끝나가는 어느 날 아침이었어요.

소란한 소리에 잠을 깬 저는 무슨 일이 났나 싶어 갑판으로 올라갔어요. 무슨 일이 나도 단단히 났더라고요. 물에 빠진 여인의 사체를 앞에 두고 경찰들이 갑판을 둘러싸고 있었어요. 분명 지난밤 물에 뛰어든 그녀의 사체였어요. 바로 그 직전까지 저와 함께 맥주를 마셨던 바로 그 여자가 틀림없었어요. 경찰들이 접근금지를 시키는 바람에 가까이 갈 수도 없었지만, 어차피 아무도 보지 못한 터라 제가 어젯밤 같이 있었노라고 털어놓을 필요는 없었어요. 그건 그녀도 원하지 않는 일이었을 거라고 저는 지금도 생각해요. 비겁한 걸까요?

저는 언제나 비겁했어요 이 한(恨) 많은 삶, 그 가느다란 삶의 줄 위에서 발 하나만 잘못 내려놓으면 산산이 부서져 가루가 될, 이 아무것도 아닌 삶. 그래도 저는 줄에서 떨어지지 못하고 무사히 서울로 돌아왔어요. 근데 참 이상하죠? 처제를 꼭 빼닮은 그 중국인 여자가 세상을 떠난 그날 이후 제가 늘 치던 전자 기타도, 처제가 남기고 간 통기타도 소리를 거부하는 거예요. 저는 더 이상 기타리스트가 아니었어요. 아무리 새 기타를 쳐보아도 기타는 제대로 음률을 갖춘 소리를 거부하며 이상한 울음만 울어 댔어요. 그 울음소리는 '지미 헨드릭스'와 '에릭 클랩튼' 두 사람이 목소리를 모아 저에게 보내는 메시지 같기도 했어요.

아니 헤어진 아내와 죽은 처제와 처제를 닮은 중국인 여자의 날카로운 목소리들이 뒤엉켜 있는 것 같기도 했어요. 그중에서 각자의 목소리를 구분하는 건 불가능했지만, 저는 그 이후 다시는 기타를 연주하지 않는답니다. 기타를 치지 않고서는 상처도 고독도 달랠 수 없을 줄 알았는데, 그래도 살 만해요. 쓸쓸할 땐 춤을 추곤 하지요.

영화 속 마지막 장면처럼 창밖의 허공 위에 상상의 가는 줄을 매어 놓고 그 위에서 춤을 추는 거예요. 관객은 아무도 없어도, 기타 줄처럼 팽팽한 발밑의 삶의 줄은 그래도 삶은 살 만한 거라고 제 발바닥을 간질이네요. 일주일에 한 번 발레를 배우러 다니는 딸아이 덕분에 발레 학원에 가서 구경만 하다가 나중에 혼자 연습해 보기도 해요. 딸아이를 가르치는 발레 학원의 선생님은 제게 호감이 있는 듯 가끔 향수나 넥타이 같은 선물을 주곤 해요. 다음 주말엔 고마움의 표시로 식사라도 같이 하려고요.

기타를 치기 때문에 여자들이 저를 좋아하는 줄 알았

는데, 아닌가 봐요. 기타를 치지 않아도 여자들은 저를 좋아하네요. 제 몸속에 기타가 들어 있어서 연주하지 않아도 소리가 흘러나오는 걸까요? 아무려면 어때요. 저는 정말 오랜만에 또다시 행복한 기분이네요.

스틸 라이프

첼로

저는 '첼로를 켜는 여자'를 좋아했어요. 피아노나 바이올린도 아니고 왜 하필 첼로냐고요? 하긴 문화적으로 좀 겉멋 든 남자들이 첼로 켜는 여자를 좋아하곤 하지요.

제 경우 고등학교 시절, 별로 예쁘지도 않던 음악 선생님이 첼로 켜는 모습을 처음 본 뒤, 그녀가 제 첫사랑이 되었답니다. 연주할 때 첼로를 껴안고 있는 선생님을 볼 때마다 제가 그 첼로였으면 하는 꿈을 꾸곤 했죠. 가끔 눈이 마주칠 때면 제 착각인지는 모르지만 선생님의 풍만한 가슴이 흔들리는 게 느껴졌어요.

어느 날은 꿈을 꾸었는데, 선생님과 저와 선생님의 첼로, 셋이 섹스를 하는 꿈이었어요. 그 꿈이 얼마나 섹시했

느지 지금도 잊히지 않네요. 그 꿈을 꾼 지 며칠 후 놀랍게도 저는 독감에 걸려 학교에 못 나오는 선생님 댁으로 첼로를 가져와 달라는 부탁을 받았어요. 그 무거운 첼로를 들고 학교에서 멀지 않은 선생님 댁에 도착했을 때, 제 가슴은 쿵쾅거리기 시작했죠. 선생님은 고맙다고 하시며 저를 살포시 끌어안았어요. 그건 아주 따스하고 귀여운 제스처였을 뿐인데 그만 저는 선생님을 확 끌어당겨 제 품에 꼭 끌어안아 버렸어요. 꿈인지 생신지 선생님은 가쁜 숨을 내쉬며 그 뜨거운 가슴으로 제 가슴을 압박해 왔어요. 고등학생이라지만 이미 저는 선생님보다 훨씬 키도 크고 몸집도 당당했어요. 심장은 터질 것 같았고, 집에는 우리 둘밖에 없었어요.

그렇게 제 첫 경험은 갑작스럽게, 그리고 황홀하게 시작되어 갑자기, 그리고 비참하게 끝이 났지요. 선생님은 다시는 저를 쳐다보지도 않았어요. 내 품 안에서 그렇게 뜨겁게 타오르던 여자가 어떻게 저렇게 차가운 얼음으로 변할 수가 있는 건지 어리둥절할 뿐이었죠. 그러더니 어느 날 갑자기 결혼해서 미국으로 가버렸고, 저는 비참하게 버려진 기분으로 청소년기를 살아 냈어요. 그래도 집중력은 있는 편이라 성적이 나쁘지 않아 고등학교도 대학교도 웬만한 학교를 졸업했지요. 여자는 무섭다는 생각과 아울러 첼로를 켜는 여자는 쳐다보고 싶지도 않았어요. 나의 청소년기를 무참히 짓밟은 여자, 선생님 당신은 그런 줄 알기나 하시는지요?

음악 선생님처럼 주근깨가 많은 그녀를 처음 만난 건 대학 들어가 했던 첫 미팅에서였어요. 그날도 아무 기대 없이 친구 놈이 하도 성화를 대는 바람에 미팅 장소에 나갔던 거죠. 설마 그렇게 질긴 운명의 상대를 만나리라고는 생각도 못했죠. 게다가 그녀는 첼로를 전공하는 음대생이었어요. 그녀 역시 결코 미인은 아니었지만, 매력이 없다고는 할 수 없는 좀 묘한 느낌의 여자였어요. 처음엔 그녀에게 별생각이 없었어요. 주근깨 때문에 아련한 옛사랑을 일깨우긴 했지만, 워낙 여자한테 질린 터라 대충 차나 한잔하고 집에 가서 밀린 잠이나 자리라고 생각했죠. 그날은 정말 아무 일도 없이, 다시 만날 약속도 하지 않고 헤어졌어요.

5월 어느 날, 집이 부산이라 학교 앞에 원룸을 빌려 혼자 살고 있는 제게 전화가 걸려 왔어요. 그녀였죠. 학교 축제에 파트너로 같이 가달라고 말하는 그녀의 낮으면서도 경쾌한 목소리는 왠지 사람을 끌어당기는 묘한 매력

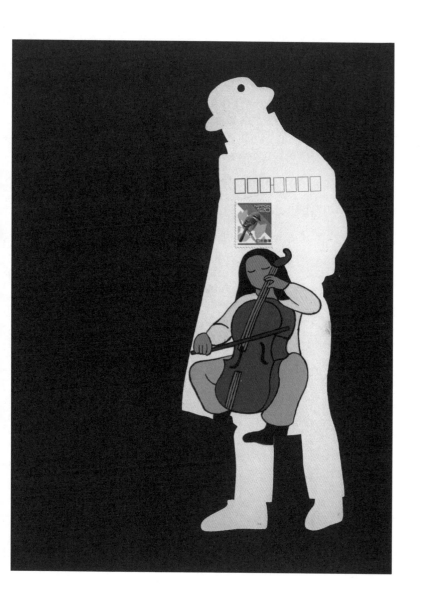

스틸 라이프

이 있었어요. 얼떨결에 그러겠다고 허락을 하고 나서 저는 잠시 마음이 떨려 왔어요. 주근깨가 많은데도 밉지 않았다는 것 말고는 생각이 잘 나지 않았지만, 그녀의 목소리는 계속 제 귓가를 맴돌았어요. 목소리에 반하는, 혹시 그런 기분 아세요? 목소리는 첫 음에 반하게 하지는 않지만 묘한 중독성이 있는 법이죠. 한 번 두 번 듣다가 깊은 정이 들어버리는 목소리, 그래서 전화의 발견은 연애의 역사를 바꿔 놓았다고 생각해요. 드디어 나도 모르게 기다리던 축제의 날이 다가왔고, 그녀는 아름다웠어요. 검은 원피스를 입은 그녀는 유난히 가는 허리와 풍만한 가슴을 지니고 있었어요. 저는 그녀 외엔 딴 곳을 바라볼 틈이 없었죠. 첫 미팅 때 왜 첫눈에 반하지 않았는지 이해가 가지 않았어요. 여운이 길게 남는 목소리 말고도 그녀는 아주 섹시한 몸매를 지니고 있었죠. 게다가 그녀의 매력은 자신이 그렇게 아름답다는 걸 모른다는 거였어요. 그래서 더욱 자연스러운 매력을 지닌 그녀와 저는 사랑에 빠졌어요.

도넛을 좋아하세요? 엘비스 프레슬리가 도넛 중독이었다는 걸 아세요? 도넛에 중독된다는 건 경험해 보지 않고는 이해할 수 없는 일이지요. 술도 담배도 코카인도 아니고, 하필이면 도넛 중독이라니 생각할수록 기가 막히네요. 그때도 그녀는 도넛을 좋아했어요. 도넛 가게가 그냥 동네 빵집이 아니라 전문적인 체인스토어로 대한민국에 자리 잡기 시작했던 그때, 그녀는 그 자리에서 도넛 한 상자를 다 먹어 치우곤 했죠. 그런데도 그녀는 살이 찌지 않았어요. 그게 병이라는 걸 알게 된 건 그녀를 만난 지 한 1년 남짓 되었을 때죠.

어릴 적 엄마가 만들어 준, 모양은 엉망이지만 그 따끈함이 먼저 떠오르는 도넛이 생각나요. 그 위에 뿌려진 설탕의 서걱거림도 떠오르고요. 그녀가 도넛을 집어 들 때는 눈빛이 유난히 반짝거렸어요. 도넛 한 개, 도넛 두 개, 도넛 세 개, 아무리 먹어도 더욱 허기가 지는 것처럼 보이던 내 사랑 그녀.

"인생은 도넛이다."

누군가 그렇게 말한 것 같은데 그게 누구였는지 생각이 나지 않네요. 아니면 바로 그녀였을지도.

그녀의 동생이 제게 전화를 걸어 온 건 그녀로부터 소식이 끊긴 지 한 달째 되었을 때였어요. 제가 전화를 받고 달려간 곳은 대학병원 정신 병동이었어요. 그녀는 진정제를 맞은 탓인지 눈이 완전히 풀려 있었어요. 그녀는 저를 보자마자 아주 분명한 목소리로 말했어요.

"지금 네가 보는 나는 내가 아니야. 그걸 넌 알지?"

그래서 저는 그렇다고 고개를 끄덕여 주었어요. 나중에 알게 된 얘기지만 그녀는 어릴 적부터 고생이라고는 해본 적 없이 자라 무거운 물건이라곤 첼로밖에는 들어본 적이 없는 부잣집 딸내미였어요.

이런 게 운명일까요? 첼로 켜는 여자는 처다보지도 않겠다고 했었는데, 첼로를 켜는 여자와 또 사랑에 빠지다니요. 그것도 우울증이 심한 도넛 중독환자와요. 그녀가 첼로를 켜는 모습을 보면 숨이 막혔어요. 그런 그녀가 왜 방 안에 틀어박혀 나가지도 않고 도넛을 한 상자씩 먹어 치우는지 정말 알 수 없었죠.

"밖에 나가서 아무도 몰래 도넛 한 상자만 사다 줄래?"

그녀는 애절한 눈빛으로 그렇게 말했어요. 요즘 같으면 재료가 유기농인 데다 힐러리가 좋아한다고 해서 더욱 알려진 '도넛플랜트 뉴욕시티'라는 도넛 체인점에 가서 '피스타치오', '애플 시나몬', '트레스레체', '블랙아웃' 같은 가지각색의 맛과 모양을 지닌 도넛을 잔뜩 사다 줄 텐데 그때만 해도 도넛의 종류가 몇 개 되지 않았죠. 어쨌든 저는 아무도 모르게 밖에 나가 도넛 한 상자를 사서 그녀에게 가져다 주었어요. 도넛을 보더니 눈빛을 반짝이며 그녀는 허겁지겁 도넛 한 상자를 다 먹어 치우기 시작했어요. 대신 저는 그녀의 저녁 식사인 병원 음식을 먹어 치웠죠. 미역국과 멸치볶음과 계란 프라이 같은 메뉴였지만, 어찌나 맛이 있었던지 저는 아직도 그 미역국의 맛을 잊지 못한답니다. 일주일에 한 번 저는 면회를 갔어요. 매일 가고 싶었지만 그녀의 식구들이 매일 와 있는 터라 저는 아무도 없는 때를 틈타 도넛을 사가곤 했지요. 날씬하던 그녀는 점점 살이 찌기 시작했어요.

"도넛에 왜 구멍이 뚫려 있는지 알아?" 하고 그녀는 물었어요. 내가 아무 대답이 없자 그녀는 이어서 말했어요.

"그건 존재의 구멍이야. 오래전 미국 남서부 어딘가에서 고고학자들이 선사시대 인디언들이 만든 것으로 추정되는 구멍이 있는 튀김과자 화석을 발견했대. 그러니까 도넛은 선사시대 때부터 있었던 아주 오래된 빵의 일종이지. 빵을 튀길 때 가운데가 잘 익지 않아 아마 구멍을 뚫어서 전체가 고르게 익을 수 있게끔 만든 게 도넛일 거야. 그 구멍이 없었다면 아니 도넛이 없었다면 나는 살아갈 재미가 없었을 거야. 그 존재의 구멍 사이로 나라는 존

한 번, 단 한 번, 단 한 사람을 위하여

재가 희미하게나마 보이거든. 답답해. 숨이 막힐 것 같아. 나를 데리고 어디론가 도망쳐 주지 않을래?"

그렇게 말하며 그녀는 제가 사온 도넛 한 상자를 뚝딱 먹어 치웠어요. 밥을 잘 먹지도 않는데 왜 그렇게 살이 찌는지 아는 사람은 그녀와 저밖에는 없었죠. 살이 찐 그녀가 연주하는 첼로 소리에는 더욱 풍성한 윤기가 흘렀어요.

점점 뚱뚱해진 그녀는 걷기가 힘들 정도가 되었어요. 그러던 어느 날 저도 모르게 갑자기 퇴원해서 집으로 돌아갔고, 그 후 다시는 그녀를 만날 수 없었어요. 그녀의 친구들 중 아무도 그녀를 만날 수 없었죠. 제게 그녀는 쉽게 잊히지 않았어요.

단 한 번의 정사로 끝이 난 음악 선생님도 그토록 오랫동안 못 잊었는데 제가 어떻게 그녀를 잊겠어요? 병원에서 그녀를 데리고 도망가지 못한 게 한이 되었죠.

도망을 치더라도 첼로가 문제였어요. 그녀와 어디를 가려면 꼭 첼로와 함께여야 했어요. 기차를 타도 비행기를 타도 세 좌석을 예약해야 했어요. 단 한 순간도 첼로에서 눈을 떼지 않는 그녀에게서 저 역시 단 한 순간도 눈을 뗄 수 없었죠. 그녀는 이렇게 말하곤 했어요.

스틸 라이프

"이 첼로는 보통 첼로가 아니야. 300살 먹은 첼로를 너는 상상할 수 있어?"

이렇게 제가 그녀를 사랑하는데. 300살이나 먹은 비싼 첼로를 가지고 있는데, 왜 그녀는 도넛을 먹지 않으면 우울증에 시달리는 건지 이해가 되지 않았죠. 그녀는 늘 첼로와 도넛이 없으면 못 산다고 말하곤 했어요. 그녀는 또 이렇게 말했어요.

"내 첼로 속에 벌레가 살아. 벌레 우는 소리가 내게는 들려. 그 소리가 조금씩 점점 커져서 첼로 소리를 다 잡아먹고 말 거야. 나는 그게 두려워."

그렇다면 첼로 속에서 벌레를 꺼내면 될 거 아니냐는 내 질문에 그녀는 벌컥 화를 냈어요.

"그 벌레는 내 첼로 속에서밖에는 살 수가 없어. 어쩌면 전생의 내가 벌레로 변신해서 첼로 속에 살아 있는 건지도 모르잖아."

이해할 수도 없는 그녀의 말을 들으며 나는 물었어요.

"그렇다면 그 벌레는 무얼 먹고 살아? 첼로의 속을 갉아먹고 사는 거야?"

그러자 그녀는 또 화를 벌컥 냈어요.

"그걸 말이라고 해? 그 벌레는 내가 먹는 도넛을 먹고 사는 거야."

하지만 도넛을 한 상자씩 먹어 치우는 벌레가 아니라 그녀 자신이 뚱뚱해지는 게 이해가 되지 않았죠. 정말 그게 없다면 못 사는 그 어떤 존재가 내게는 과연 무엇일까 생각해보곤 했어요. 근데 제게는 그게 바로 이상하기 짝이 없는 그녀였어요.

아무리 뚱뚱해져도, 아니 뚱뚱해질수록 깊고 아름다운 소리를 연주하는 내 사랑 그녀를 어떻게 하면 다시 만날 수 있을지 제 머릿속은 온통 그녀뿐이었어요. 집으로 전화하면 그녀는 이제 한국에 없다는 말밖에는 들을 수 없었고, 몇 날 며칠 그녀의 집 앞 골목에서 아무리 기다려도 그녀는 끝내 나타나지 않았어요.

그렇게 제 청춘은 첼로 켜는 두 여자 때문에 시퍼렇게 멍이 들어 버렸죠. 제 대학 시절은 그렇게 끝날 줄 모르는 방황의 연속이었어요. 수업을 아예 들어가지 않고 그녀를 찾아온 거리를 헤매는 날이 많아졌고, 드디어 저는 수업 일수 부족으로 전 과목 낙제를 하고 말았어요. 한 해를 꼬박 학교를 다시 다니면서 조금씩 정신을 차려 가던 어느 날이었어요.

한 여자가 첼로를 안고 택시에서 내리고 있었어요. 얼

한 번, 단 한 번, 단 한 사람을 위하여

핏 보기에 나이가 좀체 짐작이 가지 않는 그녀를 무작정 따라갔어요. 왜냐면 멀리서 보기에도 그녀가 안고 있는 첼로가 아무래도 낯이 익었기 때문이었어요. 바로 내 사랑 그녀의 첼로가 틀림없다는 생각이 들었어요. 서당 개 3년이면 풍월을 읊는다고 저는 한눈에 그녀의 300살 먹은 첼로를 알아보았던 거죠. 첼로는 저를 보고 이렇게 말하는 듯했어요. '왜 이제야 찾아왔어? 야속한 사람 같으니라고. 주인님은 어딘가 멀리 떠나 당신과 나를 그리워하고 있는데, 어디서 뭐하다가 이제야 온 거야?'라고요.

그녀의 첼로를 껴안고 종종걸음으로 자신의 아파트 현관으로 걸어 들어가는 그 묘령의 여인의 뒷모습은 왠지 낯이 익었어요. 어쩌면 꽤 유명한 첼리스트일지도 모른다는 생각이 들기도 했죠. 저는 그녀의 뒤에서 더듬거리며 말했어요.

"실례지만 말씀 좀 묻겠습니다. 그 첼로의 전 주인이 누군지 혹시 아시는지요?"

제 절실한 목소리에 흠칫 놀란 듯 그녀가 얼른 뒤를 돌아보았죠. 아파트 길목마다 노란 은행잎이 소복이 쌓인 깊어 가는 가을이었어요.

뒷모습부터 어딘가 낯이 익던 그녀는, 정말 놀랍게도 열여덟 살 내 심장을 가져간 음악 선생님 그녀가 틀림없었죠. 그녀는 저를 알아보지 못하는 듯했어요. 아니면 그냥 모르는 척했던 걸까요? 그것도 아니면 기억을 모두 잃은 건지도 모르는 일이죠. 저 역시 억지로 그녀의 기억을 되돌리고 싶지 않았어요.

그녀는 그 첼로의 주인을 본 적이 없고, 그저 뉴욕의 유명한 악기점에서 산 거라더군요.

"선생님 저를 모르십니까?" 하고 묻고 싶었지만 그 말은 입에서 맴돌 뿐 말이 되어 나오지 않았어요. 그 똑같은 첼로가 이 세상에 하나뿐이 아닐지도 모르지만, 저는 직감으로 알 수 있었죠. 그건 틀림없는 그녀의 첼로였어요. 젊을 때도 그렇게 미인은 아니었던 음악 선생님은 나이 든 모습이 오히려 보기 좋았어요. 차가운 바람이 불던 그녀의 표정엔 어딘가 모르게 훈훈함이 감돌았어요. 저는 그때 갑자기 그 옛날처럼 그녀의 집으로 들어가 그녀를 안아 버리고 싶은 충동이 일었죠. 우리는 그렇게 모르는 사람처럼 헤어졌어요.

언젠가 보았던 흑백영화가 생각나더군요. 제목이 〈올림픽〉이었던 것 같은데, 어쩌면 아닌지도 모르겠어요. 우리의 기억은 늘 불확실하니까 말이죠. 정말 음악 선생님과 나 사이에 일어났던 일이 실제로 일어난 일이었을까요? 어쩌면 꿈이었을지도 모르죠. 하긴 꿈과 현실이 뭐 그리 다르겠어요. 지나간 날은 지나간 꿈이고 다가올 날은 아직 꾸지 않은 꿈일 뿐이죠.

영화 속에서 나이 차이가 많이 나는 두 남녀가 재회를 약속하고 약속장소로 나갔어요. 어느 거리 어느 길목에서 만나자 그런 식이었죠. 세월이 많이 지나 서로를 몰라보고 스쳐 지나가는 마지막 장면은 제 기억 속에서 내내 잊히지 않았어요. 여자는 늙어 버렸고, 남자는 어른이 되었던 거죠. 마치 그 장면이 제 자신의 이야기에 오버랩 되더군요.

어쩌면 나도 모르게 오래도록 기다렸던 '재회'란 그처럼 허무하거나 싱겁거나 아무 의미 없는 장면에 불과하다는 걸 실감하게 된 순간이었죠. 제 모든 방황과 고독의 장본인이 눈앞에서 사라지고 문이 닫혔을 때, 저는 순간 무언가 무거운 짐을 내려놓은 것 같은 기분이 들었어요. 기억의 두꺼운 장부에 '지나감'이라는 검은 글씨가 새겨지던 순간이기도 했죠.

이제 도넛을 좋아하는 '내 사랑 그녀'만 기억 속에서

처치하면 될 것 같았어요. 그렇게 싱겁게 재회하고 나면
저는 두 번째 무거운 짐을 내려놓을 수 있을 것 같았어요.

그렇게 세월이 흘러 군복무를 마치고 졸업을 하고 대
기업에 취직을 해서 꽤 유능한 사원이라는 딱지가 붙을
무렵, 사촌 누나가 하도 선을 보라고 해서 어느 토요일 오
후 약속한 하얏트 호텔 커피숍에 나갔죠. 커피숍에 붙어
있는 테라스는 제가 좋아하는 공간이었어요. 여름날 저녁
이면 도넛을 좋아하는 그녀와 함께 그곳에 앉아 비싼 생
맥주를 마시곤 했죠. 호텔에서 데이트할 여유가 없었던
저 대신 그녀는 늘 밥값이며 술값이며 거의 모든 데이트
비용을 기꺼이 내곤 했어요. 제가 할 수 있었던 건 그녀에
게 도넛과 커피를 사주는 게 고작이었죠. 한남동 집들이
내려다보이는 고즈넉한 그곳에 앉아 그녀는 늘 책을 읽
고 있었어요. 그녀가 보고 싶으면 그곳에 찾아가면 될 정
도였으니까요. 그녀가 사라지고 난 뒤에도 저는 쩍하면
그곳에 가서 하루 종일 앉아 있곤 했어요. 그 비싼 생맥주
한 잔을 시켜 놓고요. 약속 시각보다 한 30분 먼저 나가
그 고즈넉한 공간에 앉아 있노라니 그 옛날이 아슴푸레
떠오르더군요. 나날이 뚱뚱해지던 그녀와 다시는 이곳에

올 수 없었던 그 슬픈 사연에 아직도 목이 메어 왔어요. 그녀 이후 여자를 사귄 적이 없었냐고요? 그건 아니죠.

오히려 저는 너무 많은 여자를 만났어요. 그녀를 잊는다는 핑계로 어쩌면 매일 다른 여자를 만나기도 할 정도였죠. 지금 생각하니 누구를 잊기 위해 함부로 사는 건 핑계일 뿐, 그렇게 살다 보면 함부로 제 몸과 맘을 내던지며 사는 그 존재가 바로 원래의 자기 자신이었다는 걸 깨닫게 되죠. 저는 그런 나 자신이 뼛속 깊이 싫어지기 시작했어요. 하지만 오직 내 사랑 그녀 외에는 결혼을 생각해 본 적이 한 번도 없었어요. 저는 정말 그녀와 결혼해서 평생 첼로 소리를 들으며 살고 싶었어요.

퇴근하는 길에 도넛 한 상자를 사가지고 집으로 돌아가는 길은 얼마나 행복할까, 눈을 감으면 뚱뚱한 내 사랑이 첼로를 연주하는 모습이 그려졌어요.

사랑은 어느 날 갑자기 잊히는 게 아니라 자기도 모르는 새 서서히 잊히죠. 그리고는 몸에 있는 옅은 점처럼 그렇게 마음에 남게 마련이죠. 그 기억이 좋으면 좋은 대로, 슬프면 슬픈 대로, 나쁘면 나쁜 대로. 남남이 되어 버린 우리들 사랑의 기억은 마치 오래전에 꾼 악몽 같아요. 기억하기도 싫은데 또렷이 기억나는 나쁜 기억이기 일쑤죠.

스틸 라이프

그 누구의 것인들 그렇지 않겠어요.

상처를 준 사람은 생각도 하지 않고 있는 나쁜 기억들을 상처를 받은 사람은 죽을 때까지 끌어안고 간다는 사실을 생각하면 사랑, 그거 참 무서운 일이죠. 문득 저도 모르게 수많은 여자들에게 상처를 주면서 살았을지도 모르는 이 죄 많은 청춘을 속죄하고 싶은 기분이 들었어요.

상처는 종종 다른 사람에게 자기가 과거에 받은 대로 되돌려지곤 해요. 상처의 윤회랄까요?

하지만 나중에 생각하니 제가 받은 사랑의 상처는 그렇게 나쁘지만은 않았어요. 도넛 가게를 지나칠 때마다 도넛을 한 상자 사서 누군가에게 주곤 했죠. 음반 가게를 지나치다 첼로 소리가 흘러나오면 그 음반을 사서는 누군가에게 선물하곤 했어요.

오랜만에 찾은 그리운 기억의 공간에서 그녀와 함께했던 시간들이 기억 속 여기저기서 용수철처럼 튀어올랐어요. 수많은 생각들 사이로 누군가 저를 향해 걸어오고 있었어요.

평범한 외모에 얌전한 자태를 지닌, 처음 본 여자와 마주 앉아 이런 얘기 저런 얘기를 하다 보니 좀 지루하다는 생각이 들더군요. 하지만 고등학교 물리 교사라는 그녀는

스틸 라이프

나무랄 데 없는 신붓감이 틀림없었어요. 그걸 알면서도 저는 첫눈에 보기에도 참한 그녀에게 별 호감이 생기질 않았어요. 형제가 몇이냐 아버지는 무슨 일을 하시느냐, 뭐 그런 빤한 질문과 대답이 오가다가, 어릴 적 음악가가 되는 게 꿈이었다는 그녀의 말에 갑자기 오래도록 만나 왔던 사람처럼 친숙한 기분이 들었어요. 그것도 첼리스트가 되고 싶었다고 말하는 그 순간부터 갑자기 저는 그녀가 좋아졌어요. 실제로 일주일에 한 번은 취미로 첼로를 배우러 다닌다고 하더군요. 괴물이 되어 버린 제 몸과 마음을 정화시켜 줄 것 같은 선하고 따뜻한 이미지에 이끌려 두 달 뒤 저는 그녀와 결혼했어요. 실제로 아내는 참 좋은 사람이었죠.

참 이상하죠? 도넛을 한 상자씩 먹어 치워서 매일 살이 조금씩 찌던 그녀와 반대로 아내는 뭘 잘 먹는 법이 없었어요. 결혼하기 전 짧은 데이트 기간 동안 저는 그저 안 먹어서 살이 안 찌는 체질인가 보다 생각한 정도였어요. 냉면 반 그릇을 겨우 먹거나 스파게티 반 접시, 스테이크라도 썰라치면 아주 조금 먹는 정도였으니까요. 어떤 날은 안 먹어도 나만 보면 배가 부르다며 1인분만 시키라고 하는 경우도 있었어요.

결혼을 한 날부터 그녀는 점점 더 삐쩍 말라 갔어요. 뚱뚱한 여자와 삐쩍 마른 여자 중에 선택을 하라면 전 뚱뚱한 쪽이에요. 그 마른 몸으로 첼로를 드는 일은 늘 힘들어 보였지만 그녀는 첼로와 함께 있을 때 가장 행복해 보였어요. 부모를 잘 만났다면 유명한 첼리스트가 되었을 텐데, 하고 한숨을 쉬곤 했죠. 어쨌든 아내는 학교 일에도 가사 일에도, 모든 인간관계에 다 성실한 좋은 사람이었어요. 자신은 안 먹어도 언제나 성심성의껏 저를 위한 식탁을 차리곤 했으니까요.

어느 날 저녁 식탁 앞에 앉아 아내는 밥술을 뜨는 둥 마는 둥 하며 제게 물었어요.

"세상에 300살이나 먹은 첼로가 있대요. 누가 그 첼로를 갖고 있다가 집안 형편이 어려워져 남에게 팔았대요. 그런데 팔려고 결심한 날부터 소리가 잘 나지 않더래요. 말을 안 듣는 첼로를 보기만 해도 눈물이 주르륵 흘렀대요. 아마도 악기도 기르던 개나 고양이처럼 정이 드는 생명체인가 봐요."

저는 아내의 말을 듣다가 갑자기 정신이 퍼뜩 드는 기분이었어요. 그 첼로 이야기를 어디서 들었냐고 물으니

한 번, 단 한 번, 단 한 사람을 위하여

같이 첼로를 배우는 동료 교사한테 들었다고 하더라고요. 저는 문득 잊고 살았던 뚱뚱한 그녀의 첼로가 떠올랐어요, 현실에선지 꿈에선지 우연히 맞닥뜨렸던 제 첫사랑 음악선생님이 들고 있던 낯이 익은 첼로도 떠올랐어요. 그게 같은 첼로인지 확신할 수는 없었지만 왠지 첼로의 흔적을 쫓아가다 보면 뚱뚱한 그녀를 찾을 수 있을 거라는 설렘이 제 온몸에 퍼져 가는 걸 느끼며, 그날 저녁 저는 누가 들고 온 와인을 한 병 따서 혼자 다 마셨어요. 아내는 술을 한 모금도 마시지 못했기 때문에 가끔 혼자 마시곤 했죠.

이상하게 착한 아내와 같이 있어도 저는 늘 외로웠어요. 어느 날 밤 혼자 술을 마시고 있는 저를 향해 아내가 조용히 다가왔어요.

"여보, 당신은 도대체 왜 내 곁에 없는 거죠?"

저는 말도 안 되는 소리라고 일축했지만, 제 마음을 저도 알 수 없었어요.

괴물이 된 제 맘을 낫게 해줄 유일한 사람일 거라고 믿었던 착한 그녀에게 저는 나도 모르게 점점 거리를 두고 있었어요. 그럴수록 아내는 점점 말라 갔고, 저는 아내를 안고 싶은 생각이 매일 조금씩 사라져 갔어요.

스틸 라이프

그러던 어느 날이었어요. 결혼 전에 가끔 만나던 여자를 길에서 우연히 만나 같이 술을 한잔 하다가 외박을 해 버렸죠. 다음 날 곧장 출근했다가 저녁에 집에 돌아오니, 거실에 넋 놓고 앉아 있는 삐쩍 마른 아내가 문득 사람이 아닌 이상한 생물체처럼 낯설게 느껴졌어요. 왜 외박을 했느냐 한 마디 묻지도 않는 아내의 모습은 살이 하나도 남아 있지 않은, 누가 다 발라 먹은 생선처럼 앙상했어요. 하긴 아내가 좋아하는 유일한 음식이 남들이 다 발라 먹고 살이 조금 붙어 있는 생선 뼈였어요. 밤이면 조용히 흐느적거리는 아내의 실루엣을 바라보면서 저는 언젠가 출장 가서 본 슬로베니아의 '포스토니아 동굴'에 서식하는 신기한 생명체 프로테우스를 떠올렸어요. 일명 수족관 안의 인어, 혹은 '휴먼 피시'라고도 불리는 그 생명체는 길이가 30센티미터 정도이고, 팔다리가 달려 있으며, 동굴 속의 어둠 속에서만 사는 아주 예민한 동물이지요. 눈이 퇴화되어 없는 휴먼 피시는 수명이 거의 사람과 같아서 80년에서 100년을 살며, 먹이를 안 먹고도 7년을 버틸 수 있다고 하더라고요.

　　아내는 점점 출근하는 일을 힘겨워했어요. 저를 위한 아침 식사를 준비하는 일조차도 힘들어했지요. 아내는 학교도 그만두고 점점 첼로하고만 같이 있고 싶어 했어요. 아이가 생기면 나아질 거라 생각했지만, 딸아이가 생기고도 사정은 나아지지 않았죠.

너무 가벼운 몸으로 세상에 태어나 겨우 목숨을 건진 사랑스러운 딸이 두 돌을 맞은 날, 퇴근해서 돌아오니 멍하니 첼로를 껴안고 있는 아내 곁에서 어린 딸아이가 배가 고파 울고 있더라고요. 갑자기 저는 슬픈 생각이 들었어요. 왜 여자들은 늘 내 곁에서 행복하지 않은가? 도넛을 한 상자씩 먹어 치우며 점점 더 뚱뚱해지든가, 아예 먹지 않아 삐쩍 마르든가, 그러면서 어딘가에 맘을 뺏겨 이 세상에 없는 사람 같은 표정을 짓고 있든가. 아무 곳에도 없는 여자, 그녀가 바로 제 아내의 현주소였지요.

점점 삐쩍 말라 가는 아내를 마지막으로 안아 본 건 바람이 스산하게 불기 시작한 11월 어느 날 밤이었어요. 참이상하죠? 우리는 섹스가 사랑의 전부가 아니라는 걸 잘 알지만, 그래도 사랑의 기능을 원활하게 해주는 윤활유역할을 한다는 사실을 부정할 수는 없지요.

아내와 결혼한 건 그녀를 안고 싶은 생각이 앞섰다기보다는 그녀 곁에서 편안히 쉴 수 있을 것 같은 절실함

스틸 라이프

때문이었어요. 결혼하고 나면 섹스는 어떻게든 기름을 친 톱니바퀴처럼 굴러갈 거라고 생각했죠. 그런데 결혼을 한 후 저는 점점 아내와의 섹스에 집중하기가 어려워졌어요. 맞아요. 섹스든 학문이든 스포츠든 예술이든 사업이든 결국 집중의 문제라는 걸 알기 시작한 저는 너무 늙어 버린 기분이 들었어요. 하지만 저만 그랬을까요?

아내를 마지막으로 안아 본 그날 밤, 안간힘을 쓰는 저를 밀어 내며 아내는 말했어요.

"여보 그만해요. 집중이 안 돼요. 당신하고 할 때마다 사람들이 기르다 버린 유기견들이 떠올라요. 오늘 오후 교보문고에 갔다가 나오는 길에 광화문 한복판에서 유기견 한 마리가 돌아다니는 걸 봤어요. 그 조그만 푸들은 길거리의 수많은 사람들 중 주인을 찾아 헤매느라 정신이 하나도 없는 것처럼 보였어요. 불쌍한 그놈은 지하도로 내려가는 계단 앞에서 망연자실한 표정으로 서 있었어요. 조금 전까지도 곁에 있었던 주인은 어디로 갔을까? 그 밑도 끝도 없는 지하도 계단은 그 조그만 강아지에게는 상상도 할 수 없는 끝없는 절벽처럼 보였어요. 근데 그 애처로운 강아지가 바로 나처럼 느껴졌어요. 아침에 눈을 뜨면 또다시 아침이라는 사실이 허무해요. 밤이 오면 또다

스틸 라이프

시 밤이라는 사실에 불안해져요. 그 허무와 불안을 잠시 나마 잠재워 주는 건 내겐 첼로밖에 아무것도 없어요. 여보, 우리 이쯤에서 헤어져요."

저는 아내의 넋두리인지 절규인지 모르는 주절거림을 들으며 곁에서 잠든 딸아이를 생각했어요. 그 애를 저 혼자 기르는 건 쉽지 않을 거라는 절망적인 생각이 들면서, 저 역시 아내를 안을 때마다 집중할 수 없었던 기억들이 떠올랐어요. 어느 날은 몇 년 전 텔레비전 뉴스에서 본, 까만 보자기를 덮어쓴 한국인 선교사 '김선일'에게 탈레반이 권총을 겨누고 있는 장면이 머릿속을 떠나지 않았어요. 불쌍한 그가 계속 살려 달라고 애원을 하고 있던 장면이 아내를 안고 있는 내내 머릿속에서 맴돌았어요. 또 어느 날은 죽어 가는 아프리카의 병든 아이들이 떠오르곤 했죠. 왜 포르노 산업이 절대 망하지 않는지 이해가 되는 대목이었어요. 하지만 인간으로 태어난 우리가 굳이 셋이 하기도 하고 넷이 하기도 하고 집단으로도 하기도 하는 포르노 필름의 생애를 흉내 낼 필요가 있을지, 절망적인 기분이 드는 쓸쓸한 11월 밤, 아내는 소리를 죽이고 계속 울고 있었어요. 문득 저의 사랑 무기력증은 어쩌면 제 사랑을 훔쳐 간 음악선생님 때문인지도 모른다는 생각이 들었어요. 아니 뚱뚱해질수록 풍요로운 소리를 내던 내 사랑 그녀의 첼로 소리 때문일지도 모른다는 생각도 들었어요.

다음 날 아침 아내는 말했어요.

"여보, 지구 동물의 80퍼센트는 곤충이래요. 내 첼로 속에 벌레가 살아요. 그 벌레가 내 마음속으로 이사를 온 것 같아요. 내 마음속에 사는 벌레 때문에 나는 점점 말라 가는 것 같아요. 식욕이 점점 떨어지고 아무것도 먹고 싶지 않아요."

삐쩍 마른 그녀 곁에서 방실방실 웃고 있는 딸아이를 보면서 아내의 모성애는 도대체 어디로 간 건지 저는 알 수가 없었어요. 기르던 개 한 마리도 절대 버리지 못하는 사람이 있는가 하면 제 자식도 제 부모도 갖다 버리는 사람이 있다는 걸, 도대체 그 차이는 무엇인지 정말 알 수가 없다는 제 두서없는 생각들 사이로 아내가 켜는 바흐의 무반주 첼로협주곡이 섞여 들었어요. 첼로 속에 사는 벌레가 도넛을 한 상자씩 먹어 치운다며 점점 살이 쪄가던 옛사랑 뚱뚱한 그녀와 먹지 않아 삐쩍 말라가는 아내의 마음속에 사는 벌레는 어쩌면 같은 벌레일지 모른다는 생각에 저는 점점 절망적인 기분에 빠져들었어요. 아

스틸 라이프

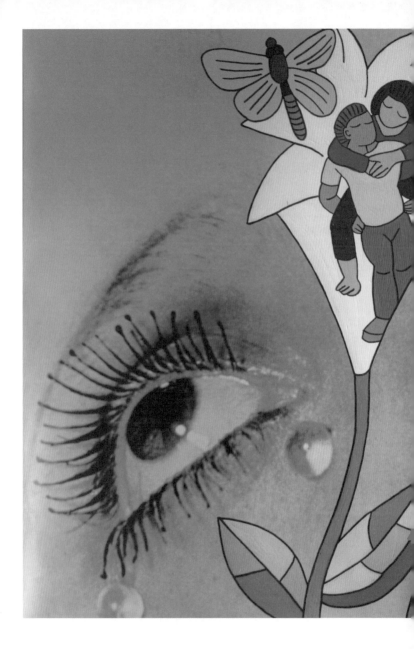

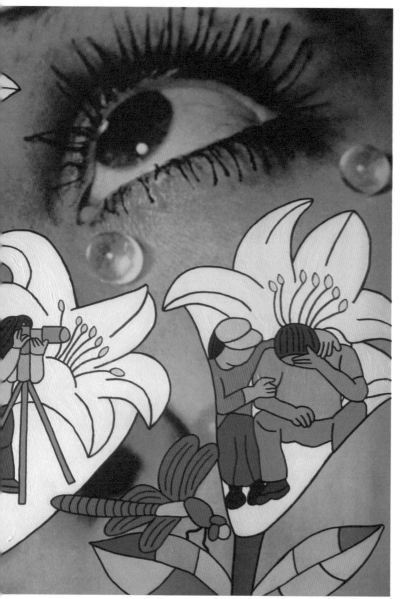

식물학Botany, 2014

내가 집을 나간 건 그로부터 딱 일주일 후, 늦가을비가 추적추적 내리는 어느 날 아침이었어요.

몇 날 며칠이 지나도 아내는 돌아오지 않았어요. 엄마를 찾으며 울어대는 딸아이를 부모님께 맡기고 저는 한동안 혼자 지냈어요. 왜 찾지 않았냐고요? 사실 그동안 아내는 수없는 이별의 신호를 제게 보냈었다는 생각이 들어서였어요. 어쩌면 아내는 이별을 미뤄 왔던 거라는 생각이 드네요. 제가 딱히 눈에 보이는 잘못을 하지 않았기 때문이었을 거예요. 어쩌면 그게 더 사람 잡는 일이라는 걸 아는 사람은 알죠. 이를테면 꿈속에서 실컷 매를 맞고, 깨어보니 아픔은 여전한데 멍 하나 들지 않은 멀쩡한 상태 같은 거라고나 할까요? 아내 곁에서 내 마음속의 괴물은 치유되지 못한 채 그저 어슬렁거리고 있었던 거죠.

그 어떤 일도 아무리 우리에게 남은 시간이 많다고 해도, 미루고 또 미루면 영원히 미룬 채로 결국 하지 못하고 마는 법이죠. 그러나 마침내 아내는 매일 생각만 하던 이별을 그날 아침 실행에 옮긴 것뿐이었어요. 별로 잘못한 것도 없는데, 이별을 통보받는 게 억울하다는 생각은 들지 않았어요. 하루가 가고 이틀이 가고 혼자 있는 시간들이 외롭다는 생각이 들기 시작했죠. 누군가는 외로워서 술을 마시고, 누군가는 외로워서 아무하고나 닥치는 대로 섹스를 하고, 누군가는 외로워서 폭식을 하고, 누군가는 외로워서 이것저것 물건을 사죠. 모든 중독의 뿌리는 외로움이라는 생각이 들더군요. 내 사랑 뚱뚱한 그녀도 외로워서 도넛을 한 상자씩 먹어 치웠던 거였고, 떠나간 아내도 외로워서 첼로를 껴안고 있었던 거라는 생각이 뒤늦게 들었어요. 그렇다면 외로운 나는 도대체 무엇을 해야 옳은 것일지, 한동안 저는 외로움을 잊기 위해 아무 생각 없이 하루 두세 시간씩 걸었어요.

혼자서도 둘이서도 영원히 해결 불가능한 우리들의 난제難題 고독, 그 고독을 관리하는 능력에 따라 사람은 행복해지기도 하고 불행해지기도 한다는 걸 조금씩 깨달아가고 있었죠. 그렇게 외로운 날들 속에 해외 출장의 기회가 주어졌어요. 행선지는 뉴욕이었죠. 뉴욕은 언제나 가보고 싶던 곳이었어요. 어쩌면 내 사랑 뚱뚱한 그녀를 만날 수 있을지도 모른다는 생각에 가슴이 설레었어요. 문득 뉴욕 맨해튼 길거리에서 그녀를 보았다는 대학 동창놈의 말이 떠올랐어요. 계속 그녀를 따라가 아는 척했더니 그녀는 "저를 아세요?" 하더라며 동창생 녀석이 혀를 차던 생각이 났어요. 왜 모든 그녀들은 과거를 잊어버리는 걸까? 아니 모르는 척하는 걸까? 남자는 적어도 과거를 잊지 않는다고 생각해요. 여자들에게는 면면히 내려오는 유전자 속에 오래된 피해의식이 있어서 아프거나 싫은 기억은 잊어버리는 방어기제가 있는 건지도 모른다는 생각이 들더군요. 만날 때는 여자가 더 집착하는 경우가 많을지도 모르지만, 헤어진 뒤에는 집착한 만큼의 속도로 깨끗이 잊어버리는 쪽도 여자가 아닐런지…… 그런 생각이 드네요. 하긴 제게 집착하는 여자는 아무도 없었어요. 아이를 낳고 산 아내마저도 그렇게 쉽게 제 곁을 떠났으니까요. 어쨌든 뉴욕을 향해 떠나는 비행기 속에서 저는 오랜만에 홀가분한 기분을 느꼈어요. 뉴욕 월드 트레이드 센터 근처의 호텔에 짐을 풀고, 자유의 여신상이 손을 잡을 수 있을 것처럼 가까이 보이는 공원에 가서 산책을 즐겼어요. 어둑한 황혼에 손에 횃불을 들고 서 있는 자유의 여신상은 아름다웠어요. 문득 뚱뚱한 내 사랑 그녀와 뚱뚱한 자유의 여신상이 제 눈에 겹쳐져 떠올랐어요. 그녀가 너무 보고 싶었어요.

"그대는 내일 죽는다. 지금 이 순간 무얼 하고 싶은가?"

이렇게 하느님이 묻는다면 서슴없이 도넛을 한 상자씩 먹어 치우는 내 사랑 뚱뚱한 그녀를 만나보는 거라고 서

스틸 라이프

습없이 말하고 싶은 기분이었죠.

　그런데 뉴욕에 도착한 며칠 뒤 저는 정말 꿈속에도 그리던 내 사랑 뚱뚱한 그녀를 거짓말처럼 우연히 만났어요. 57가 매디슨 애비뉴에 있는 약국에서였어요.

　미국의 약국은 별의별 게 다 있는 참 편리한 곳이지만, 그 규모가 하도 커서 아는 사람을 만나도 서로 모르고 지나치기 일쑤죠. 감기 기운이 있어서 타이레놀이라도 사 먹을까 싶어 들어간 약국 저쪽 구석에서 낯익은 뒷모습을 한 여자가 허리를 굽히고 물건을 고르고 있는 게 제 눈에 들어왔어요. 저도 모르게 그쪽을 향해 다가가는데, 왠지 가슴이 마구 두근거렸어요. 바로 곁에 다가가 보니 그녀가 틀림없었어요. 그렇게 우린 아무 일도 없었던 것처럼 서로 반갑다고 호들갑을 떨며 약국을 나와 한참을 걸었어요. 겨울이지만 하늘은 파랗고 날씨는 정말 너무 좋았죠. 우리나라만 스타벅스니 커피빈이니 하는 커피집이 하도 많아 커피공화국이라 생각했었는데, 뉴욕도 그렇더군요. 아니, 이 세상의 도시들이 다 커피공화국이 되어 가고 있다는 생각이 드네요.

　'우리는 언제 맨 처음으로 커피를 먹었을까? 어른이 되는 징표인 양 언젠가부터 먹기 시작한 커피 도대체 우리는 왜 매일 커피를 마시는가? 밥 다음으로 자주 먹는 커피는 우리의 고독에 어떻게 얼마나 큰 위안이 되는 걸까? 커피에 중독된 우리는 아침에 눈 뜨자마자 한 잔의 커피를 마신다. 뜨거운 커피, 아이스커피, 식은 커피, 아메리카노, 에스프레소, 카페라테, 카푸치노, 모카치노, 모카자바, 콜롬비아 수프레모, 헤이즐넛, 킬리만자로, 탄자니아 등 등…….'

그녀를 서울도 아닌 뉴욕에서 그렇게 쉽게 우연히 만났다는 충격을 누그러뜨리기라도 하듯 제 머릿속에 갑자기 커피에 관한 모든 생각들이 떠올랐어요. 길 건너마다 하나씩 있는 커피집이 그날따라 한참을 걸어도 보이지 않았어요. 누가 먼저랄 것도 없이 "저기……" 손짓하며 우리가 들어간 곳은 '던킨 도너츠' 가게였어요. 갖가지 모양의 도넛을 내려다보며 저는 눈물이 쏟아질 것만 같았어요. 도넛 속에 제 가버린 사랑이 녹아들어 입에 들어가자마자 스르륵 녹아 버리는 것 같았지만, 아무런 맛도 느낄 수가 없었어요. 제 눈물이 섞여 들어간 달고 짠맛이라고나 할까요? 그녀는 예전처럼 뚱뚱하지 않았어요. 오히려 마른 듯한 몸에 걸친 허름한 검은 스웨터에는 오래된 가난이 묻어 있었죠. 그 부잣집 딸내미의 행색이 그렇게 초라해 보이는 게 낯설고도 가슴 아팠어요.

우리는 아무 말 없이 도넛과 커피를 마셨어요. 무슨 설명이 필요하겠어요? 세월은 이미 그렇게 흘렀고, 제 앞에 앉은 그녀는 이미 기억 속의 '내 사랑 뚱뚱한 그녀'가 아니었어요. 예전처럼 그녀는 도넛을 게 눈 감추듯 먹지 않았어요. 도넛 한 개를 포크로 4등분하더니 그중 두 개를 입에 넣어 아주 천천히 씹었어요. 저는 제가 그토록 오랜 세월 그리워하던 여자가 바로 앞에 앉은 그녀라는 사실이 믿기질 않았어요. 모든 사랑은 기적이지만 대부분의 재회는 그저 식은 커피의 맛을 닮았다는 걸 인정할 수밖에 없는 슬픈 시간이었죠. 제가 그리워했던 건 도넛을 눈 깜짝할 사이 한 상자씩 먹어 치우는 그녀, 뚱뚱하지만 아름답던 그녀, 살이 찔수록 깊은 첼로의 음률을 연주하던 그녀, 이유를 알 수 없는 괴로움에 고통스러워하지만 어떤 식으로든 늠름하기 짝이 없는 초라하지 않은 그녀였어요. 한없이 작아 보이는 그녀가 도넛을 천천히 씹으며 말했어요.

"그렇게 갑자기 사라져서 미안해. 나는 네 생각 정말 많이 했어. 병원에서 너를 마지막 본 날 이후 난 부모님의 결정대로 뉴욕 가는 비행기를 탔어. 존스 홉킨스 병원의 신경 정신과 의사로 재직하고 있는 삼촌이 나를 그리로 부른 거야. 물론 300살 먹은 비올롱첼로를 옆자리에 앉히고 말이지. 기내식 식사가 나오는데 난 아무것도 먹을 수가 없었어. 승무원에게 도넛 한 개만 가져다줄 수 없느냐고 물었지. 불행히도 그 비행기 안에는 도넛이 한 개도 없었어. 갑자기 배가 고파진 나는 기내식이라도 먹어 보려고 애썼지만 갑자기 구토가 나더라고. 그즈음 나는 도넛이 아닌 그 어떤 걸 먹어도 구토가 나서 토하곤 했어. 검사를 해도 의학적으로는 아무런 문제가 없었지. 금방 토할 것 같은 배를 움켜쥐고 기내 화장실에 가서 한참을 토했어. 아무것도 먹지 않았는데 이상하게도 내 뱃속에서는 알 수 없는 노란 물질이 계속 나왔어. 믿지 못하겠지만 자세히 보니 그건 금을 닮은 어떤 물질이었어. 남들이 놀랄까봐 나는 얼른 변기를 비우고 제자리로 돌아갔어. 수면제를 먹고 겨우 잠이 든 나는 뉴욕에 도착할 때까지 계속 잤던가 봐. 드디어 케네디 공항에 도착한 나는 첼로를 들기운이 하나도 없었어. 비틀거리는 나를 보고는 내 뒤에 앉아 있던 어느 미국인이 첼로를 들어 준 거야. 그게 우리들 인연의 시작이었지."

스틸 라이프

저는 그녀의 지난 이야기를 들으며 그 세월 동안 그녀를 그리워하던 나 자신을 돌이켜보았어요. 문득 언젠가 읽은 소설 속의 문구가 떠오르더군요.

삶이란 매 순간 끊임없이 무너져 가는 모래성이다.

그녀는 그동안 하고 싶은 말을 아무에게도 하지 못한 채 쌓아 두었던 사람처럼 말들을 쏟아 냈어요.

"공항에 도착하자마자 나는 의사 삼촌이 공항에서 기다리는 걸 교묘하게 따돌렸어. 그리고는 첼로를 들어 준 그 남자가 사는 같은 건물 같은 층에 집을 빌렸어. 이민자들이 사는, 공동 샤워실과 화장실이 있는 아주 초라한 곳이었어. 그곳에는 각 나라 이민자들이 모두 모여 살고 있었어. 베트남, 쿠바, 멕시코, 이란, 이라크, 필리핀, 남아프리카 공화국, 케냐, 짐바브웨, 수단, 콩고 등등… 말로만 듣던 그 많은 나라 사람들과 모여 사는 일은 그리 즐겁지 않았어.

하루 종일 싸우는 소리, 애 우는 소리가 끊이지 않았어. 나는 귀마개를 하고 첼로를 켜곤 했어. 그리고는 하루 종일 그 사람을 기다렸어. 건축가 지망생이었떤 그는 우연히도 도넛 가게에서 아르바이트를 하고 있었어. 일을 마치고 돌아올 마다 그는 도넛이 가득 든 상자를 들고 내 방문을 두드렸어. 덕분에 나는 아무것도 먹지 않고 도넛만 먹으며 몇 달을 살았어. 부모님이 사라진 나를 울며불며 찾으리라는 게 마음에 늘 걸렸지만 난 병원 냄새를 정말 맡기 싫었어. 또 병원에 가서 신경안정제를 맞고 눈이 게슴츠레 풀려 있을 걸 생각하면 소름이 끼쳤지. 난 첼로와 도넛만 있으면 살 수 있었으니까. 게다가 내 건축가 친구는 도넛만 먹는다는 게 뭐가 그렇게 이상한 일이냐며, 내가 지극히 정상이며 병원에 갈 필요가 없다고 말하곤 했지. 듣고 보니 살이 찌는 것 외에는 나는 극히 정상이었어. 알고 보니 그 친구도 도넛만 먹으며 끼니를 때우고 있었어. 문제는 그가 매일매일 말라간다는 거였어. 한국에 살고 있는 어머니를 만나고 오는 길이랬어. 얼굴은 미국인이지만 사실 그는 부모가 누군지 모르는 입양아였어. 어머니는 화가이고 아버지는 유태인 목사였다는데, 그들이 이혼을 하는 바람에 그는 또 혼자가 되었지. 그는 어머니를 참 좋아했어. 내가 어머니를 닮았다며 틈만 나면 내 곁을 떠나지 않으려고 했지. 그 사람도 너처럼 내가 켜는 첼로 소리를 사랑했어. 사실 나는 어릴 적에 음악보다는 그림을 그리고 싶었어. 어머니가 못 이룬 꿈을 내게 심은 거였지. 다섯 살 때부터 피아노를 치고 열 살 때부터 첼로를 연주했는데, 난 그리 성공도 못한 채 비싼 첼로만 들고 다니는 사람이 되었지. 어쨌든 그렇게 1년을 살고 보니 가져온 돈이 다 떨어져 버렸어. 그때 첼로를 팔았어. 그 피 같은 돈도 다 떨어져 버리고, 그제야 할 수 없이 서울의 집에다 전화를 했는데 아무도 받지 않는 거야. 할 수 없이 의사 삼촌에게 전화를 했어. 참 철없는 내 인생을 어떻게 속죄해야 할지 정말 모르겠어."

그녀의 눈에 눈물이 어렸어요. 어떻게 나를 그리 쉽게 잊을 수 있었느냐는 말은 나오지 않았어요.

"사업이 기울어 가던 참에 아버지는 형제나 다름없는 친구 빚보증을 선 거야. 그 아저씨도 일부러 그런 건 아니었을 테고. 운이 나빴지. 하루아침에 쓰러진 아버지는 병원에 누워 계시고, 온 집 안에 빨간 딱지가 붙은 장면을 목격한 고생 하나 안 해본 늙은 울 엄마는 아무런 힘이 없었어. 삼촌 덕분에 부모님을 미국에서 내가 모시게 되었어."

문득 그녀가 철이 콱 든 어른처럼 보였어요. 그녀의 초라함은 차라리 성숙함이었어요. 제가 그 건축가 친구는 어떻게 되었느냐고 묻기도 전에 그녀는 슬픈 얼굴로 말을 이었어요.

"도넛으로 끼니를 때우며 살아가던 그 사람은 점점 말라서 뼈만 남게 되었어. 내가 부모님을 모셔 와 그 초라한 이민자 아파트에서 지내던 어느 추운 겨울날, 마침 크리스마스가 그 사람의 생일이었어. 조금씩 회복해 가는 아버지를 어머니에게 맡기고 우리는 디즈니랜드로 여행을 떠났어. 정말 처음 가는 밀월여행이었지. 그 옛날 너랑 같이 가고 싶던 디즈니랜드에 나는 그 사람과 함께 갔어. 우리는 수많은 놀이기구를 타며 정말 즐거웠어. 그런데 놀이 기구 중에 우주선을 타고 뺑뺑 도는 게 있었어. 우리나라의 놀이공원에 있는 롤러코스터 같은 건데 훨씬 더 무서웠어. 타자마자 안경이 막 날아가는 거야. 우주 밖으로 아주 멀리 날아가 버린 것 같던 내 안경은 내릴 때 보니 바로 코앞에 있었어. 무서운 것도 그냥 쇼였던 거지. 우주선에서 내린 뒤 그 사람은 잠시 너무 어지럽다며 화장실에 갔어. 그게 그 사람을 마지막 본 날이야."

그녀는 마치 손닿을 수 있는 거리에 사라진 그 사람이 서 있기라도 한 듯 허공의 한 점에 시선을 박고 말을 이었어요.

"그 사람은 그냥 거짓말처럼 수증기가 증발하듯 그렇게 사라졌어. 한두 시간 그렇게 기다리다가 나는 무슨 일이 났다는 생각이 들었지. 경찰을 불러 샅샅이 다 찾아보았지만 그는 없었어. 한 달 두 달이 지나도 그는 돌아오지 않았어. 그래도 나는 어느 날 갑자기 그가 도넛을 한 상자 들고 돌아올 것만 같은 생각이 들었지. 하지만 아무리 시간이 지나도 그는 돌아오지 않았어. 어느 날 나는 퇴근을 한 뒤 일하던 사무실 근처를 서성이다가 어느 조용한 길모퉁이에 숨어 있는 신비한 가게에 들어섰어. 타로 카드와 신비로운 색깔을 띤 돌들을 파는 가게였어. 금박을 두른 오래된 책들에서 나는 책 냄새와 향 냄새가 뒤섞여 그 조그만 가게 안은 아주 묘한 분위기를 발하고 있었어. 나는 무언가에 홀린 듯 중세의 점성술에 관한 책을 뒤적이다가 어떤 페이지에 눈이 멈췄어. '떠나간 사람을 돌아오게 하는 법'이라는 구절에서 눈을 뗄 수가 없었던 거야. 그 페이지에는 '발가락 사이에 포도를 끼고 걸을 것'이라고 쓰여 있었어. 그 후 나는 이상한 버릇이 생겼어. 발가락 사이에 포도를 끼워 넣고 걷는 버릇이. 포도를 발가락 사이에 끼고 걷는 일은 쉽지 않았어. 어쨌든 그러던 어느 날부터 나는 도넛을 먹지 않게 되었어. 먹지 않는 정도가

한 번, 단 한 번, 단 한 사람을 위하여

아니라 냄새만 맡아도 구역질이 났어. 그리고는 점점 체중이 줄었지. 하지만 포도를 끼워 넣고 아무리 걸어도 그 사람은 돌아오지 않았어. 그렇게 시간이 흘러 첼로와 도넛이 없으면 못 살 것 같던 나는 첼로를 켜지 않아도 아무렇지 않다는 사실을 깨달았어. 아니 첼로를 판 다음부터 내 마음은 굉장히 홀가분해졌어. 운이 좋아 규모는 크지 않아도 탄탄한 미국 회사에 취직을 했고, 나는 그저 보통 사람으로 살아가는 게 행복했어. 그렇게 살면서 순간순간 네 생각이 났어. 결혼은 했을까? 행복하겠지? 뭐 그런 식으로 말이야. 이렇게 널 갑자기 만나게 되리라고는 생각도 못했지."

철이 콱 들어 버린 낯선 그녀를 바라보며 저는 할 말을 잃었어요. 무슨 말이 필요하겠어요. 그녀도 저도 그때 그 사람이 아니어서 우리 사이엔 공유할 게 아무것도 없었어요. 엉뚱하게도 저는 그녀의 오래된 첼로의 향방이 궁금해졌어요. 내가 그리워했던 건 그녀보다 그녀의 첼로가 아니었을까 하는 생각이 들더군요. 그럴 수 있는 일이죠.

사랑이 가도 사물의 기억은 남는 거니까요. 문득 그 옛날 음악 선생님의 첼로가 떠올랐어요. 그녀를 다시 볼 수 없었던 날부터 저는 특정 인물이 아니라 그녀가 연주하던 첼로를 그리워했던 거라는 생각이 들었어요. 세월이 흘러 거짓말처럼 우연히 부딪힌, 나이 든 그녀가 들고 있던 그 낯익은 첼로도 떠올랐어요. 그 첼로가 뚱뚱한 내 사랑 그녀의 첼로가 틀림없었다는 기억은 제 착각이었을지도 모르죠. 아내가 켜던 첼로 소리도 떠올랐어요. 그 외롭고 스산하던 아내의 첼로 소리는 늘 뚱뚱한 그녀를 생각나게 했어요. 하지만 무슨 소용이겠어요. 그 오래된 그리움의 끝에서 만난 그녀는 내 사랑 뚱뚱한 그녀가 아니었어요. 더 이상 그 아름다운 음률을 연주하던 나만의 그리운 사람도 아니었고요.

사랑이란 참 우스워요. 기억 속의 사람이 지금 내 앞에 있는 사람과 다른 사람일 때 우리는 허무해지지만, 동시에 참 홀가분해지죠. 그녀로부터 자유로워진 기분, 이제야 다른 사람을 사랑할 수 있을 것 같은 희망의 출발신호 같은 거랄까요. 그녀와 다시 만나자는 약속을 하고 전화번호를 주고받은 뒤 우리는 헤어졌어요. 하지만 저는 알고 있었죠. 이제 우리는 다시 만나지 못할 거라는 걸요.

서울로 돌아온 뒤 저는 떠나간 아내가 무척 그리웠어요. 사랑이 별 거라고 생각한다면 그건 정말 착각이죠. 사랑은 내게 따뜻한 밥을 해주는 사람이에요. 적어도 제게는요. 하지만 인간이라는 종種이 그렇게 겸허하다면 무슨 문제가 있겠어요. 밥이 해결되는 순간 금세 다른 욕망이 차오르는 게 인간이죠. 어쨌든 저는 아내가 너무 보고 싶었어요. 아내가 끓여주던 시금칫국이 너무 그리웠고요.

어느 날 동료들과 소주 한 잔 먹고 돌아오는 길에 문득 '떠나간 사람을 돌아오게 하는 법'이라는 문구가 떠오르더군요. 더 이상 뚱뚱하지 않은, 옛사랑 그녀가 들려준 말이라는 생각이 어슴푸레 들었어요. 우습지만 저는 포도를 발가락마다 끼워 넣고 출근을 했어요. 그래도 아내는 돌아오지 않더군요. 제일 듣고 싶은 건 그 누구도 아닌 아내의 쓸쓸한 첼로 소리였어요. 도대체 자신이 누구인지 안다면 무슨 문제가 있겠어요?

자기가 누군지 뭘 원하는지 모르는 채 우리는 온 삶을 낭비하죠. 제가 보고 싶은 딱 한 사람은 바로 내가 자신을 사랑하지 않는다며 떠난 아내였어요. 섹스보다 중요한 건 사랑이 묻어 있는 스킨십이에요. 따뜻한 체온을 나누며 서로 껴안고 누워 있는 시간, 어쩌면 섹스 후의 평화로운 스킨십이야말로 제가 꿈꾸는 사랑하는 사람들 간의 소통이지요.

어쨌든 저는 미국에서 돌아온 몇 달 뒤 캄보디아 출장의 기회를 얻었어요. 정말 가보고 싶은 곳이었어요. 장만옥과 양조위가 주연한 〈화양연화〉라는 영화는 제 청춘 시절에 본 가장 인상적인 영화 중 하나였어요. 뚱뚱한 내 사랑 그녀가 떠난 뒤 혼자 본 영화이기도 했죠.

그 영화의 마지막 장면은 캄보디아의 거대한 앙코르와트 유적지에 쓸쓸히 서 있는 양조위의 모습이었지요. 마치 제 모습 같았어요. 어슴푸레한 기억을 지니고 그 마지막 장면에 관해 컴퓨터에 클릭을 해보니 누군가 이렇게 썼더군요. 배우는 아무 말도 하지 않았고 자막에는 이렇게 쓰여 있더래요.

그는 지나간 날들을 기억한다. 먼지 낀 창틀을 통해 과거를 돌이켜볼 수 있겠지만, 모든 것이 희미하게만 보였다.

씨엠립 공항에 도착하자마자 저는 수영장이 아름다운 호텔에 짐을 풀었어요. 크메르 왕국의 영화로움을 내현해놓은 듯 아름다운 호텔이었죠. 제가 이 세상에서 제일 싫어하는 사람이 '히틀러'와 '폴 포트'예요. 그 아름다운

스틸 라이프

크메르 왕국을 킬링필드로 만든 폴 포트를 생각하면 이가 갈렸어요. 중학교 이상 학력을 지닌 사람은 닥치는 대로 데려다가 비닐봉지로 얼굴을 씌워 숨통을 막아 죽인 장본인이 바로 폴 포트예요. 전국에 남은 의사는 일곱 명뿐이어서 환자를 치료할 수도 없었다더군요. 어쩌면 제가 전생에 앙코르와트를 건설하는 데 필요한 벽돌을 나른 크메르인이었는지 모르죠. 아― 앙코르와트는 눈물이 날 정도로 아름다웠어요. 저는 대충 일을 마치고 해질 무렵 앙코르 톰에 올라 일몰을 바라보았어요. 정말 눈물이 나더라고요. 제가 마치 영화 속의 양조위가 된 기분이었어요. 아쉬운 기분을 뒤로하고 앙코르와트를 내려와 야시장에 갔어요. 왠지 제 발길을 끄는 골동품 가게 안으로 들어섰는데, 정말 놀랍게도 아내와 너무 닮은 여인이 오래된 첼로를 부드러운 수건으로 닦고 있었어요. 하지만 분명 아내는 아니었어요. 저는 이 세상에 이렇게 닮은 사람이 있다는 게 신기했어요. 꿈이었을까요?

저는 마치 전생의 기억처럼 아득하게 아내가 첼로를 켜는 모습이 떠올랐어요. 첼로를 부드러운 수건으로 닦고 있던 아내를 닮은 여인은 그 첼로가 소리가 나지 않는다고 서툰 영어로 말하더군요. 아무리 유명한 사람이 연주를 하려 해도 소리가 나지 않더래요. 어쩌다가 캄보디아까지 흘러왔는지 아무도 모른다 하더군요. 저는 직감으로 알았어요. 그 소리 나지 않는 첼로는 틀림없이 뚱뚱한 내 사랑 그녀의 첼로였어요. 아니 제 첫사랑 선생님이 커다란 트럭같이 생긴 택시에서 들고 내리던 바로 그 첼로였어요. 얼마냐고 물었더니 1천 불을 달라더군요. 원래는 무지하게 비싼 첼로인데 소리가 나지 않기 때문에 싸게 주는 거라고 하더라고요. 저는 두말하지 않고 그 첼로를 샀어요. 돌아와 거실에 두고 저는 아내가 돌아오기를 기다려요. 저 첼로를 소리 나게 할 수 있는 유일한 사람은 바로 제 아내일 것 같은 생각이 들었어요. 왜 우리는 늘 한 발자국 늦는 걸까요?

저는 지나간 날들을 생각했어요. 오래도록 닦지 않아 먼지 낀 창틀을 통해 과거를 돌이켜볼 수 있겠지만, 모든 것이 희미하게만 보였어요.

스틸 라이프

골동품점 메리 포핀스

참 알 수 없는 게 우리네 인생이지요. 제가 골동품 가게를 하리라고는 예전엔 상상도 할 수가 없었어요. 가톨릭 집안에서 태어난 저는 어릴 적부터 수녀가 되는 게 꿈이었답니다.

우리 집안엔 고고한 순교자의 피가 흐른다고 말씀하시던 돌아가신 할아버지가 떠오르네요. 우리 가게에 와 보신 분은 아시겠지만 정말 없는 거 빼곤 다 있답니다. 오래되어 소리가 나지 않는 기타, 아무리 달래 보아도 침묵을 지키는 첼로, 옛날 옛적 어느 먼 나라의 황실에 있었을 법한 고색창연한 라디오, 물론 소리는 나지 않는답니다.

이상한 건 우리 가게에 있는 물건을 고장 난 것일수록

스틸 라이프

기품이 있다는 겁니다. 소리 나지 않는 첼로만 해도 예전에 엄청난 가격에 팔리던 몇백 년 묵은 거라고 해요. 모습은 멀쩡한데 제 기능을 하지 못하는 물건들은 인테리어 소품으로 팔려 나가기도 하죠. 10년 전 여행을 왔다가 우연히 골동품 가게에 들른 프랑스인과 결혼해서 파리로 떠난 친구로부터 제 딴에는 꽤 큰 액수의 돈을 주고 이 가게를 맡았어요. '메리 포핀스'는 친구가 운영하기 훨씬 전 원래부터 이 골동품 가게의 이름이었어요. 신기하게도 짧은 시간이지만 수녀 생활을 잠시 했던 제 별명이 '메리 포핀스'였답니다. 그래서 이 가게를 맡는 걸 주저하지 않았는지도 모르죠. 지팡이를 휘두르기만 해도 발아래 신비로운 세상이 펼쳐지는 마술사, 하긴 제 꿈도 마술사였어요. 이 가문 세상에 비를 고루고루 내리게 해서 배고픈 사람도 아픈 사람도 없는 따뜻한 세상을 만드는 게 제 오랜 꿈이었죠. 수녀가 되어서 그런 세상을 만드는 데 조금이나마 보탬이 될까 했는데, 어림도 없는 일이었어요.

수녀복을 벗고 바람 불고 비 오는 세상으로 나오니 갈 곳이 없더군요. 피붙이라고는 딸랑 오빠 하나밖에 없는데 그 집에 가기가 망설여졌어요. 왜냐면 오빠는 제가 수녀가 되는 걸 누구보다도 말리던 사람이었거든요. 일단 바다를 보고 싶었던 저는 동해안으로 가는 기차를 탔어요. 그때 제 옆자리에 앉아 있던 그 사람이 바로 훗날 제 남편이 된 사람이랍니다. 그는 대기업에 근무하던 건실한 회사원이었어요. 제 옆자리에 앉은 그는 제가 내미는 캔 커피를 받아 들며 머뭇거리는 목소리로 자신이 이 지구상에서 가장 외로운 사람이며 집 나간 아내를 찾으러 휴직계를 내고 전국을 돌아다니는 중이라고 말했어요. 별일 없다면 동행해 주면 정말 감사하겠다고 말한 건 그가 아니라 제 안의 목소리였어요. 그렇게 우린 한 달 남짓 전국을 여행하며 쏘다녔어요. 아무리 다녀도 그 사람의 아내는 찾을 수가 없었어요. 우리는 해가 뜨면 그 사람의 아내를 찾으러 다녔고 그 핑계로 이 땅의 풍광 좋다는 산과 강과 계곡과 바다들을 죄다 돌아다녔어요. 제 생애 가장 좋은 날들이었죠.

밤이 되면 찜질방에 고단한 몸을 뉘었어요. 그 사람과 저는 누가 볼세라 멀찌감치 떨어져 누워 있곤 했어요. 대한민국의 찜질방처럼 신기한 공간이 또 있을까요? 남녀 구분 없이 다 함께 따뜻하고 커다란 공간에 드러누워 휴식을 취하는 곳, 찜질방은 오갈 곳 없는 외로운 사람들의 값싼 은신처가 되어 주기도 하지요. 밤이 깊어 갈수록 점

스틸 라이프

한 번, 단 한 번, 단 한 사람을 위하여

점 커져 가는 코 고는 소리들의 합창은 여름의 막바지에 귀가 떨어지도록 시끄럽게 울며 죽어 가는 매미들의 합창 같아요. 가끔은 새벽에 새로운 사람이 손님처럼 들어오기도 하죠. 주위를 둘러보고는 불안한 몸짓으로 자기 자리를 찾아 몸을 뉘는 사람에게 너는 누구냐고 묻는 사람은 아무도 없지요. 발가벗고 있어도 당신은 누구냐고 묻지 않는 목욕탕이나 수영장처럼 정말 만인이 평등한 곳, 그곳 또한 찜질방이에요. 머리가 긴 여자들이 잠이 오지 않는지 가운을 입고 넓은 방안을 이리저리 서성이는 모습을 보면 마치 연옥煉獄을 닮았어요. 제대로 죽지도 살지도 못하는 귀신들이 어슬렁거리는 모습을 누워서 바라보는 일은 슬퍼요. 마치 나 자신도 그들 중의 하나라는 생각에 이르니까요. 황토방, 수정방, 산소방 등등 신기한 이름의 방들은 뜨끈뜨끈한 게 마치 저승세계의 '퓨전' 같아요.

대청마루는 바닥은 뜨거운데 웃풍이 너무 세서 잠이 오지 않아 저도 귀신처럼 흐느적거리며 따뜻한 수정방으로 들어갔어요. 말똥말똥 눈을 뜨고 아줌마들의 코 고는 소리를 들으며 누워 있자니 쪄죽을 것 같았어요. 이런 제 사정을 아는지 모르는지 그때 저와 동행한 지금의 남편은 웃풍이 센 대청마루 구석에 몸을 구부리고 누워 인기

척도 없더라고요. 찜질방에서 지낸 그때 불면의 기억들은 제게 이런 결론을 내리게 해주었죠.

'우리네 삶은 누구에게나 한대가 아니면 열대이다. 우리 맘에 딱 맞는 쾌적한 온도의 삶은 없다.'

온 세상을 다 돌아다녀도 그 사람의 아내는 찾을 수가 없었어요. 우리는 기차를 타고 처음에 그렇게 만났듯이 캔 커피를 마시며 서울로 돌아와 기약도 없이 헤어졌어요. 그렇게 세월이 흘러 저는 뜻밖의 골동품 가게 메리 포핀스를 운영하게 되었답니다. 생각처럼 골동품 가게를 운영하는 건 쉽지 않았어요. 하루 종일 앉아 있어도 손님이 한 명도 안 오는 날도 있게 마련이거든요. 40평 남짓한 공간에 많을 때는 하루에 한 스무 명도 들어오곤 하지요.

들어와서는 이것저것 묻고는 그냥 가버리는 사람들이 대부분이고요. 실은 단골손님들 몇이 제 생계를 도와주는 셈이죠. 골동품가게에 하루 종일 앉아 있는 건 도를 닦는 거하고 많이 비슷해요. 하긴 그렇지 않은 일이 어디 있겠어요? 하루 종일 오래된 물건들 사이에 앉아 있다 보면 나 자신이 그들 중 하나가 된 것 같은 묘한 기분이 들어요.

처음 이 가게를 시작했을 때, 별의별 물건들이 다 있

스틸 라이프

는 가운데 저는 우선 이 물건들의 존재를 다 기억해야겠다는 생각이 들었어요. 마치 별을 헤거나 양의 숫자를 세는 것처럼 물건은 많았지요. 그중에는 중국이나 네팔, 티베트 등지에서 들여 온 부처상들도 많았어요. 예수나 마리아상만 훌륭한 줄 알았는데 부처상들도 들여다볼수록 아름답더라고요. 저는 종교 역시 인연의 문제라는 생각이 들었어요. 우리 집안이 가톨릭을 믿지 않았더라면 저는 스님이 되고 싶었을지도 모른다는 생각이 들더군요. 그렇듯 부부의 연도 이루지 못한 연인들의 인연도 다 인연이지요. 어쩌면 이 세상 모든 인연들을 우리는 소중하게 가꿔야 하는 거라고 생각해요. 지금 이순간의 짧은 찰나라 할지라도 인연 닿은 상대방에게 최선을 다하기, 그게 바로 제 만남의 법칙이지요.

수녀복을 벗고 세상으로 나와 기차 안에서 처음 만난 그 사람과의 만남이 바로 그랬어요. 최선을 다해 그 사람의 아내를 찾아다녔고, 남녀를 떠나 같은 인간의 종으로서 우리는 거의 99퍼센트 소통이 가능했어요. 어쩌면 그게 사랑이었을지도 모른다는 생각이 한참 뒤에 들더군요. 하지만 그 사람의 전화번호조차 받지 않았다는 생각이 저를 슬프게 했어요.

정말 기적처럼 우리가 다시 만난 건 기차역에서 헤어진 뒤 3년 후였어요. 그날따라 가게에 손님이 많았던 어느 봄날, 그 사람이 커다란 첼로를 들고 우리 가게 안에 들어섰어요. 저는 그 순간 제 눈을 의심했어요. 다신 만나지 못할 줄 알았거든요. 그 사람은 수줍은 얼굴로 저를 바라보며 이렇게 만나게 될 줄은 정말 몰랐다, 한 번쯤 꼭 만나고 싶었다고 말했어요. 들고 온 첼로는 사연이 깊은 물건인데 이제는 악기가 아니라 소리가 나지 않는 그저 골동품이라 미련을 버리고 싶은 마음에 팔아 버리려고 왔다고 하더라고요. 그렇게 그 첼로는 우리 가게에서 제일 좋은 자리에 놓이게 되었던 거죠. 첼로를 놓고 간 뒤 그 사람은 종종 가게에 들러 이런저런 물건들을 사곤했어요. 오래된 중국산 램프, 이런저런 모양들의 골동 의자, 손바닥에 놓일 만큼 조그만 부처상들, 그에게는 누군가 세상 곳곳을 돌아다니며 모은 물건들 중 그리 비싸지 않고 아름다운 물건들을 고르는 심미안이 있었어요. 저는 그 사람의 그 심미안을 사랑했지요. 제 생애 가장 좋은 때, 그때가 제 인생의 '화양연화'였어요.

어느 비 오는 날 그 사람은 가게 문을 열고 들어와 조그만 부처상을 하나 사더니 그걸 제게 선물로 주더라고요. 당신이 수녀였다는 걸 잘 알지만 이 세상에는 강물이 흐르는 방향으로 흘러가는 인연이 따로 있으니 그게 바로 당신과 나의 인연인 것 같다며, 아무리 찾아도 없는 아내는 이미 자신과 빗겨 간 인연이라 말하더군요.

봄비가 보슬보슬 내리던 그날, 그 사람은 제게 장미꽃 한 송이도 없이 손바닥에도 놓이는 조그만 부처상을 제 손에 쥐여 주며 '결혼하자' 하고 말했어요.

소리가 나지 않는 첼로 곁에 놓인 골동 의자에 앉아보 아요. 문득 밥 딜런의 〈One more cup of coffee〉가 듣고 싶어져요. 수녀 시절 저는 혼자 그 노래를 즐겨 들었어요.

제 남편이 된 그 사람은 자신이 사랑했던 여자들이 다 우울증 환자였다고 말하더군요. 제가 좋았던 이유는 마음 이 건강하기 때문이랬어요. 정말 저는 우울증이 뭔지 몰 라요. 심심한 것조차 재밌는걸요. 움직이지 않는 골동품 사이를 걸어다니며 저는 사물들에게 말을 걸어요.

소리가 나지 않는 첼로나 오래된 고장 난 라디오에게 다가가 마법이 풀리기를 기도하지요. 그럼 정말 안 들리 던 라디오가 조그만 신음소리를 내기도 해요.

어느 영화에선가 들었던 대사 한마디가 갑자기 누군가

망치로 머리를 때리듯 아프게 떠올라요. '시간을 낭비한 죄' 그래요, 제가 수녀 생활을 했던 짧다면 짧고 길다면 길 그 세월이 시간 낭비는 아니었을까요? 결국 제게 어울리지도 않는 수녀 생활을 끝내고 그 사람과 함께했던 그 아득한 시간들이 시간 낭비였을까요? 아니 제 온 생애가 다 시간 낭비는 아닐는지요.

우리의 삶이 낭비가 아니라는 생각이 들 때는 언제쯤일지 궁금해져요.

저와 결혼을 한 뒤에도 남편의 아내 찾기는 끝나지 않았어요. 가끔 남편은 퇴근 후 집에 돌아오지 않았어요. 출장 가는 거라고 핑계를 대곤 했지만, 아내와 비슷한 사람을 보았다는 소식을 들으면 그곳이 어디든 달려가는 눈치였어요. 모르는 척하는 제 마음은 황량한 바람이 부는 사막 한가운데 홀로 서 있는 기분이었죠. 어쩌면 남편은 그녀들의 우울증을 사랑한 건 아닐까 하는 엉뚱한 생각을 해보네요. 그는 세상 사는 일이 너무 힘들다, 회사 다니기 싫다, 이렇게 매일 노래를 불렀어요. 그러던 어느 날 남편은 평생직장이라고 생각했던 회사에 사표를 내고 집에 돌아와 그냥 당신을 의지하며 같이 가게나 돌보면 안 되겠느냐 물었어요. 쉬고 싶다, 남편의 지친 얼굴은 그렇

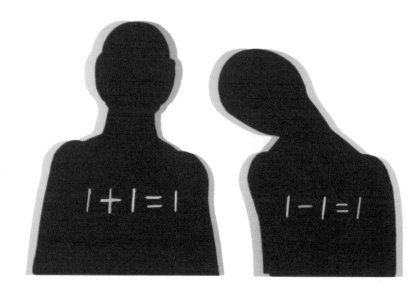

한 번, 단 한 번, 단 한 사람을 위하여

게 말하고 있었어요.

어쩌겠어요? 우리는 할 수 없이 24시간 붙어 있게 되었어요. 차라리 풀빵을 굽는 게 나았을 거예요. 한 사람은 반죽을 하고 한 사람은 틀에 넣어 풀빵을 굽고, 서로 다른 역할을 할 수 있으니까요. 우리는 하루 종일 골동품 속에 파묻혀 손님을 기다렸어요. 이상하게도 그와 같이 있는 날은 손님이 더 없었어요. 정말 한 사람도 오지 않는 날도 있었죠. 마치 대학 시절 보았던 연극 속의 '고도'를 기다리는 기분이었어요. 언제부터 무엇이 잘못된 걸까요?

상처는 전염된다는 생각이 드네요. 남편은 저를 사랑하고 의지했지만 제게 평화를 주지는 못했어요. 혼자 고도를 기다리는 일은 그리 나쁘지 않았어요. 그런데 왜 둘이 함께 고도를 기다리는 일은 그렇게 힘이 들까요? 남편의 한숨 소리가 가게의 적막을 뚫고 고장 난 라디오의 신음 소리처럼 들리곤 했어요. 하나의 고독에서 하나의 고독을 빼면 우리 둘 중 하나라도 고독하지 않아야 되죠. 하지만 하나의 고독에 다른 하나의 고독을 곱하는 격이었어요.

심한 우울증을 앓았다는 제 남편의 아내가 잘 지내고 있는지 궁금해져요. 그녀가 행복해야 남편의 우울증도 나을 것 같아서요. 저는 수녀 생활과 결혼 생활이 비슷하다는 생각이 들기 시작했어요. 그렇고 말고요. 남편의 한숨 소리는 점점 더 커졌어요. 어느 날부터 그는 가게에 나오지 않기 시작했어요. 밤새도록 인터넷을 뒤지며 잠 못 이루는 날들이 많아졌죠.

친구가 한다는 다단계 사업에 관심을 가지더니 아예 푹 빠져 버렸어요. 골동품도 많은데 그는 수많은 물건들을 사들였어요. 비누, 세제, 화장품, 치약, 각종 건강식품. 일단 본인이 쓰기 시작해야 남들도 쓰는 거라더군요. 하도 조르는지라 우리는 가게 문을 닫고 다단계 사업 설명회장에 가서 앉아 있곤 했어요. 저는 문득 이것이 일종의 종교라는 생각이 들더군요. 우선 믿어야만 다단계 사업을 시작할 수 있는 거거든요.

남편의 문제점은 처음엔 전혀 보이지 않았어요. 그저 외로운 남자처럼 보여서 그 외로움을 덜어 주는 일이 행복하기도 했죠. 하지만 남편의 문제점은 조금씩 조금씩 라디오의 채널을 돌릴 때처럼 천천히 아주 천천히 조금씩 커져 가고 있었어요.

가게에 홀로 앉아 하루 종일 라디오를 들어요. 문득 이런 구절이 들려오네요.

몸의 장애는 한눈에 보인다. 하지만 마음의 장애는 첫눈에 보이지 않는다. 한 번 두 번 자꾸 만날수록 마음의 장애는 천천히 드러난다. 상대의 마음의 장애를 발견했을 때 우리는 선택을 해야 한다. 그의 손을 더욱 세게 꼭 잡을 것인지. 그냥 그 손을 놓을 것인지.

문득 이런 생각이 드네요. 끝까지 함께 가지 않을 거면 그냥 지금 손 놓아 버리는 게 낫지 않을까 하는 생각이요. 문제는 우리 모두 타인을 포용하는 자기 자신의 그릇의 크기를 모르는 데 있을지도 모르죠. 저 자신도 남편을 포용하는 제 그릇이 너무 작은 것처럼 느껴졌어요. 그러니 제가 수녀 생활을 제대로 못한 건 당연한 일이었어요. 남편의 병은 알고 보니 가장 가까운 사람이 소중하다는 걸 모르는 병이었어요. 멀리 있는 사람이, 모르는 여자가 아름다운, 그런 병이랄까요. 남편이 돌아오지 않은 지 열흘째네요. 무슨 일이 난 거라는 생각은 들지 않아요. 가끔 하루나 이틀, 집에 돌아오지 않은 적은 있지만 이번엔 좀 기네요. 사라진 옛 아내를 찾아 어디론가 여행을 떠났을까요? 별로 걱정이 되지 않는 저는 이제 남편을 사랑하지 않는 걸까요?

아무도 오지 않는 나른한 오후의 시간들을 지나 누군가 가게에 들어와서 고색창연하게 늙어 가는 기타를 어루만지며 얼마냐고 묻네요. 저는 값을 매길 수 없는 기타를 어루만지며 아무 생각 없이 비매품이라고 말했어요. 그랬더니 나이가 짐작이 가지 않는 그 손님은 그 기타가 언젠가 자신이 연주하던 기타라고 말하더군요. 언제부턴가 자신이 많이 불행하다고 느낀 그 순간부터 소리가 나지 않더래요. 기타를 치지 않으면 한순간도 살아 낼 수 없을 것 같았는데 기타를 치지 않아도 살아지더래요. 그래서 저도 말했죠. 수녀가 되지 않으면 못 살 것 같아 수녀가 되었는데, 수녀가 되고 보니 수녀복만 벗으면 살 것 같아 세상으로 나왔다고요.

그런데 골동품 가게에 이렇게 앉아 골동품처럼 낡아 가는 자신의 시간들이 수녀 시절의 고독했던 시간들과 다름없이 느껴진다고요. 고도는 아무리 기다려도 오지 않고, 늦게 만난 하나밖에 없는 남편도 열흘째 집에 돌아오지 않는다고요. 그는 선한 두 눈동자 사이의 미간을 약간 찌푸리며, 정말 선한 웃음을 지었어요. 수녀복을 벗고 처음 세상에 나와 동해안으로 가는 기차를 탔을 때, 제 옆에 앉았던 사람이 남편이 아니라 이 사람이었다 해도 좋았을 것 같다는 엉뚱한 생각이 순간 제 마음을 스치고 지나갔어요. 손님은 마치 피치 못할 사정으로 오래전에 헤어져 다시 만나지 못한 애인을 만난 듯 감개무량한 얼굴로 기타를 어루만졌어요. 제가 가끔 먼지를 털어 주는 탓에 기타는 고색창연하게 빛이 났어요. 정말 거짓말처럼 손님의 손가락이 닿자마자 기타는 소리를 내기 시작했어요. 손님의 선한 눈동자에 눈물이 어렸어요. 저는 주인이 돌아왔으니 기타를 그냥 가져가라고 했어요.

손님은 한사코 두 손을 내저으며 돈을 가지고 오겠다고 말하고는 돌아갔어요.

그 손님은 다음 날 적지 않은 돈을 들고 와 기타를 가져갔어요. 그리고는 하루가 멀다 하고 우리 가게에 들렀어요. 어떤 날은 기타를 들고 와 연주를 하면서 노래를 불러 주기도 했죠.

정말 놀랍게도 그는 제가 좋아하는 '밥 딜런'의 〈One more cup of coffee〉를 들려줬어요.

저는 한 번 두 번 세 번 자꾸만 그 노래를 들려달라고 졸랐어요. 선한 웃음을 지으며 그는 몇 번이고 그 노래를 들려주네요.

스틸 라이프

한 번, 단 한 번, 단 한 사람을 위하여

Your heart is like an ocean

Mysterious and dark

One more cup of coffee for the road

One more cup of coffee 'fore I go

To the valley below

너의 마음은 마치 바다처럼

알 수 없고 어둡지

길을 나서기 전에 커피 한잔만 더

저 계곡 아래로 떠나기 전에 커피 한잔만 더

스틸 라이프

'내 심장이 건너뛴 박동'에 관한 이야기

〈내 심장이 건너뛴 박동〉, 제목이 너무 좋아 영화를 봤다. 어쩌면 나의 그림, 소설, 산문을 설명해 주는 가상 좋은 한 마디인 것 같아 가슴이 뛰었다. 암흑가의 조폭인 주인공은 늘 어릴 적 피아노를 치던 손의 기억을 잊지 못한다. 암흑가에서 사람을 때려눕히는 손과 피아노를 치는 두 손은 얼마나 다른 손일까? 영화 속에서 그 두 손의 역할은 공존한다. 꿈과 현실의 괴리, 하지만 꿈을 포기하지 않는 주인공이 말하고 싶은 건 이런 말이다.

"오— 꿈이여. 그대가 있어 오늘도 나는 모진 목숨을 보존한다. 꿈이 있다. 고로 나는 존재한다."

소위 희망이라는 이름을 간직한 사람은 내 심장이 건너뛴 박동을 죽을 때까지 버리지 못할 것이다.

어릴 적 피아노를 처음 보았을 때의 설렘을 잊을 수 없다. 피아노를 치는 섬세한 열 개의 손가락을 사랑한 기억도 아득하다. 어릴 적 참 아름답다 생각한 동네의 처녀 피아노 선생님이 좋아서 억지로 한 몇달 피아노를 친 게 내 피아노 경력의 전부이지만, 피아노라는 사물은 내게 음악적이라기보다는 회화적 사물로 남아 있다. 피아노를 치는 섬세한 열 개의 손가락 같은 그런 그림, 그런 소설을 쓰고 싶었다. 〈내 심장이 건너뛴 박동〉은 어쩌면 짝사랑에 관한 이야기들을 생각나게 한다. 암흑가 조폭의 주먹이 잊지 못하는 어린 시절의 피아노 건반처럼.

오늘도 우리는 매 순간 우리 심장의 박동을 건너뛴다. 검은 건반과 흰 건반을 건너뛰는 열 개의 손가락처럼 소중한 그 무엇을 잃어 가며, 아니 우리가 잃어버린 게 무엇인지도 모르는 채 건너뛴 심장의 박동에 관한 이야기, 우리 모두의 사랑이거나 사랑이 아닌 이야기, 오늘 죽은 사람이 마지막으로 본 어제의 거리 풍경, 아니 그가 사라진 뒤에도 끊임없이 흘러가는 강물 같은 일상의 풍경, 이제 사라진 자와는 아무 상관없다는 듯 무심하게 흘러가는, 그럼에도 누군가에게는 무척이나 소중한 순간들에 관한 이야기. 이 책은 어쩌면 지구의 역사가 시작된 이래의 모든 사랑 유전자를 담아 오늘까지 지속되어 온, 사물과 식물과 동물과 우주와 사람과 사람 사이의 짝사랑에 관한 이야기이다. 짝사랑을 휴지통에 버린 지 오랜 '기브 앤드 테이크'의 세상에서, 그래서 우리가 얼마나 더 행복해졌는지에 관한 엉뚱한 사랑탐구서이다. 우연히 보게 된 그리 알려지지 않은 또 다른 어느 영화를 보며, 주인공의 마지막 독백이 문득 이 책의 주제인 것 같아 옮겨 써본다.

"그녀를 다시 볼 수 있을지는 모르겠다. 그게 좋은 일인지, 나쁜 일인지도 모르겠다. 하지만 이것만은 틀림없다. 당신이 나의 어떤 책을 좋아하든 그건 모두 단 한사람, 한 독자를 위해 쓰인 책이다."

그리고 이 글의 마지막은 이렇게 끝내고 싶다.

"누군가 내 손을 꼭 잡고, 아니 곳곳에 흔적을 놓아두어 내가 길을 잃지 않도록 지켜주면 좋겠다. 혹은, 내가 누군가의 손을 꼭 잡고, 아니 곳곳에 흔적을 놓아두어 네가 길을 잃어버리지 않도록 지켜주면 좋겠다."
—파트릭 모디아노,《네가 길을 잃어버리지 않게》를 떠올리며

epilogue

황주리 그림소설 Painting Novel The Museum of Love
한 번, 단 한 번, 단 한 사람을 위하여

2017년 02월 22일 1판 1쇄 박음
2017년 03월 02일 1판 1쇄 펴냄

지은이 황주리
펴낸이 김철종 박정욱
책임편집 장여진 **디자인** 정진희 **마케팅** 오영일, 한동우
인쇄제작 정민문화사

펴낸곳 노란잠수함
출판등록 1983년 9월 30일 제1 - 128호
주소 110 - 310 서울시 종로구 삼일대로 453(경운동) KAFFE빌딩 2층
전화번호 02)701 - 6911 **팩스번호** 02)701 - 4449
전자우편 haneon@haneon.com **홈페이지** www.haneon.com

ISBN 978 - 89 - 5596 - 784 - 5 03810

이 도서의 국립중앙도서관 출판예정도서목록(CIP)은
서지정보유통지원시스템 홈페이지(http://seoji.nl.go.kr)와
국가자료공동목록시스템(http://www.nl.go.kr/kolisnet)에서
이용하실 수 있습니다.(CIP제어번호: CIP2017002476)